Nina Blazon

LAQUA

Der Fluch der schwarzen Gondel

DIE AUTORIN

Nina Blazon, geboren in Koper bei Triest, las schon als Jugendliche mit Begeisterung Fantasy-Literatur. Selbst zu schreiben begann sie während ihres Germanistik-Studiums. Ihr erster Fantasy-Jugendroman wurde mit dem Wolfgang-Hohlbein-Preis und dem Deutschen Phantastik Preis ausgezeichnet. Seither haben Nina Blazons Bücher zahlreiche Preise erhalten, zuletzt 2016 den Seraph für Der Winter der schwarzen Rosen. Die erfolgreiche Kinder- und Jugendbuchautorin lebt in Stuttgart.

Von Nina Blazon sind bisher bei cbt erschienen:

Lilesang – Das Geheimnis der dunklen Nixe (31071)
Silfur – Die Nacht der silbernen Augen (31216)
Fayra – Das Herz der Phönixtochter (16493)

Der Winter der schwarzen Rosen (31177)
Der dunkle Kuss der Sterne (31036)
Ascheherz (30823)
Faunblut (30847)
Zweilicht (05658)

Nina Blazon

LAQUA

Der Fluch der schwarzen Gondel

Mit Illustrationen von
Annabelle von Sperber

cbt

Dieses Buch ist auch als E-Book erhältlich.

FSC
www.fsc.org
MIX
Papier aus verantwortungsvollen Quellen
FSC® C014496

Verlagsgruppe Random House FSC® N001967

1. Auflage
Neuausgabe cbt Taschenbuch März 2019
Gesetzt nach den Regeln der Rechtschreibreform

Umschlagbilder: Shutterstock (Zita, gararia, AkimD, Aepsilon)
Umschlaggestaltung: Geviert, Grafik & Typografie
Innenillustrationen: Annabelle von Sperber
MI · Herstellung: LW
Satz: Uhl + Massopust, Aalen
Druck: GGP Media GmbH, Pößneck
ISBN: 978-3-570-31259-9
Printed in Germany

www.cbj-verlag.de

INHALT

DER DUNKLE

HUNDERTE VON JAHREN hatte er auf dem Grund des Wassers gewartet, eingesponnen in die Strömung und die treibenden Algen. Doch jetzt erwachte er. Wasser verwirbelte, als er mit seiner Gondel nach oben stieg und die Oberfläche durchstieß. Bäche strömten aus den Lecks seines morschen Bootes, aber trotzdem schwamm das magische Gefährt. Der Dunkle stand auf, streckte sich, knochige Finger knackten. Dann griff er nach dem langen Stab, Riemen genannt, mit dem das Boot gerudert wurde. Regen fegte ihm ins Gesicht. Der Sturmwind ließ seinen langen, zerlumpten Mantel flattern.

Er wandte den Kopf und betrachtete ein schlankes, hohes Gebäude am Ufer des Canal Grande. Es war rot gestrichen und hatte hohe schmale Bogenfenster. In früheren Jahrhunderten war das Gebäude ein prächtiger Palast gewesen. Könige waren darin zu Gast gewesen. Prinzessinnen hatten auf den Marmorböden lachend ihre Schuhe durchgetanzt.

Heute prangte über der Eingangstür der Schriftzug Hotel Dandolo. Die meisten Fenster waren dunkel, nur im dritten Stock schimmerte Licht. Hinter violetten Vorhängen flackerte so etwas wie Kerzenschein. Und jetzt sah der Dunkle auch einen Schatten hinter der Gardine. Eine Frau trat ans Fenster und zog den Vorhang auf. Im Gegenlicht war nur ihr Umriss zu sehen: wilde, kinnlange Locken, ein schlanker Hals, eine zierliche, aber kräftige Gestalt.

Der Dunkle lächelte boshaft. Er spürte es genau: Das war SIE, auf die er Hunderte von Jahren ungeduldig gewartet hatte und deren Ankunft ihn nun aus seinem Schlaf erweckt hatte. Sie würde ihm nicht entkommen. Er musste seine Diener zusammenrufen, dann würde die Stadt bald ihm allein gehören. Endlich. Das heisere Gelächter, das er nun ausstieß, kräuselte das Wasser, als würde der Canal Grande eine Gänsehaut bekommen.

DER ROTE PALAZZO

»Sara! Komm endlich vom Fenster weg und setz dich zu uns an den Tisch«, sagte Nonna streng.

Sara zögerte zwar, aber schließlich gehorchte sie ihrer Großmutter. Das war wirklich erstaunlich, fand Kristina. Normalerweise ließ ihre Tante Sara sich von niemandem etwas sagen. Aber wenn die Großmutter – »Nonna«, wie sie auf Italienisch hieß – etwas befahl, dann traute sich offenbar niemand zu widersprechen.

»Ich wollte nur sehen, ob die Fenster fest verschlossen sind«, murmelte Tante Sara und setzte sich wieder an den Tisch. »Bei dem Sturm muss man ja Angst haben, dass die Scheiben davonfliegen.«

Das stimmte. An diesem Winterabend schneite es nicht in Venedig, es gewitterte und stürmte, dass die Fensterscheiben nur so zitterten. Und auch sonst war es das gruseligste Weihnachten aller Zeiten. Das Hotel Dandolo war bis zum Januar geschlossen. Die zwölf Gästezimmer standen also leer, was den alten Palazzo wie ein Spukhaus wirken ließ. Sara hatte sich zwar alle Mühe gegeben, Nonnas Wohnzimmer im dritten Stock in aller Eile festlich herzurichten, aber hier nützte auch kein Weihnachtsschmuck.

»Es sieht trotzdem aus wie in Draculas Gruft«, hatte Jan Kristina heimlich zugeflüstert. Und ausnahmsweise war Kristina mit ihrem jüngeren Bruder einer Meinung. In dem alten Gemäuer zog es, dass die Kerzenflammen flackerten und die lila Vorhänge sich leicht bewegten. Nonna hatte jeden einzelnen Fenstergriff im Hotel mit Silberkordeln umwickelt, an denen Glasperlen aufgefädelt waren. Die losen Enden dieser Kordeln schwangen in der Zugluft sacht hin und her, als würden Geisterkatzen vorsichtig mit ihnen spielen. Im Hintergrund schmetterte ein altes Radio italienische Schlager und neben dem Tisch erhob sich ein giftgrüner Weihnachtsbaum aus Plastik. Die Lichterkette, die ihn umschlang, erinnerte an eine leuchtende Schlange, die den armen Plastikbaum erwürgen wollte. Sie hatte einen Wackelkontakt und flackerte, und das machte jedes Mal: *dzzzzd, dzzzd, dzzzd.*

»Na dann, *Buon Natale*«, sagte Nonna und hob ihr Glas. Es klang genauso fröhlich, als würde sie einer Beerdigung beiwohnen.

»Frohe Weihnachten«, antworteten Sara, Jan und Kristina brav wie aus einem Mund. Sara bemühte sich sogar um ein Lächeln, was ihr nicht gut gelang. Kristina wusste nicht, was los war, aber Tante Sara war schon seit ihrem

Wiedersehen vor zwei Tagen blass und niedergeschlagen. Auch jetzt waren ihre Augen gerötet und ein wenig verschwollen, als hätte sie heimlich geweint.

Kristina nahm einen Schluck von dem Orangensaft und beobachtete über den Rand ihres Glases, wie ihre Urgroßmutter an dem Wein nippte. Mit ihrer spitzen Nase, dem dünnen Hals und ihren flinken Bewegungen erinnerte die kleine alte Dame ein bisschen an einen Vogel. Dazu passten auch das violette Strickkleid und der fedrig-flauschige Schal – ebenfalls lila. Sogar die weißen Haare hatten einen fliederfarbenen Schimmer. Sie sah genauso aus wie auf den Fotos im Familienalbum zu Hause.

Sara dagegen sah sich heute gar nicht ähnlich. Kristina und Jan hatten ihre Tante in den letzten sechs Jahren, seit sie bei ihnen ausgezogen war, meist nur noch auf Fotos gesehen, die sie aus allen Ecken der Welt schickte. Auf den Fotos trug Sara stets einen orangefarbenen Overall und eine Schwimmweste. Mit zerzaustem Haar, einem breiten Lächeln und kämpferisch funkelnden Augen saß sie in irgendeinem Schlauchboot, um die Wale zu retten. Und wenn sie nicht mit *Greenpeace* unterwegs war, sondern auf Stippvisite bei ihrem großen Bruder Flavio – Kristinas Vater –, sah man sie nur in Jeans, Sneakers und zu großen Schlabberpullis. Für etwas anderes hatte sie ohnehin keinen Platz, sie besaß in ihrer WG in Berlin keinen Kleiderschrank, sondern nur einen großen Koffer.

Kristina kam sie gar nicht vor wie eine Tante – eher wie eine ältere Schwester. Und das lag nicht nur daran, dass Sara erst zweiundzwanzig war. Schließlich hatte Sara seit dem Unfalltod ihrer Eltern vor zwölf Jahren bei ihrem erwachsenen Bruder in Deutschland gelebt, bis sie dann noch sehr jung dort ausgezogen war. Zu diesem Zeitpunkt waren Kristina fünf und ihr Bruder Jan drei Jahre alt gewesen.

Aber heute Abend sah ihre junge Tante ausnahmsweise einmal richtig erwachsen aus. Sie trug eine goldbraune Seidenbluse zu einem feinen Samtrock und hatte sogar versucht, ihre störrischen dunklen Locken zu einer hübschen Frisur zu kämmen. Eine Silberspange, die Nonna ihr geschenkt hatte, hielt ihr eine Locke aus der Stirn. Nonna hatte darauf bestanden, dass sie alle am Festabend »anständig aussahen«. Für Kristina hatte sie deshalb aus irgendeinem Schrank ein altmodisches lila Kleid mit einem weißen Spitzenkragen und einer Silberbrosche hervorgezerrt. Es war ein bisschen zu groß, und es roch nach Lavendel, aber es war immer noch besser als Jans Verkleidung.

Nonna setzte ihr Glas hart auf dem Tisch auf. »Ach ja, Sara, wann, sagtest du doch gleich, reist du mit den beiden wieder zurück nach Deutschland?«

Jan hätte sich fast an seinem Orangensaft verschluckt.

»Wir sind nicht taub«, meldete Kristina sich zu Wort. »Außerdem verstehen wir ganz gut Italienisch. Papa hat es uns beigebracht. Und wir haben es uns nicht ausgesucht, über Weihnachten herzukommen.«

»Genau!«, ereiferte sich Jan trotzig. »Das war ganz allein Tante Saras Idee. Von mir aus können wir gleich wieder zurückfahren. Und es ist fies, dass ich hier nicht Skateboard fahren darf!«

Nonna sah die Geschwister so verwundert an, als wären sie zwei Hauskatzen, die überraschenderweise zu sprechen begonnen hatten.

»So, so, aha«, sagte sie mürrisch. »Na, von ordentlichem Italienisch seid ihr aber noch ein gutes Stück entfernt.« Und, an Sara gewandt, fügte sie hinzu: »Was denkst du dir eigentlich? Jahrelang weigerst du dich, nach Venedig zu kommen und jetzt platzt du hier aus heiterem Himmel mit zwei Kindern rein. Noch dazu wie ein Überfallkommando am Weihnachtstag.«

»Wir fahren zurück, sobald in Flavios Wohnung der Wasserrohrbruch repariert ist und die Böden wieder trocken sind«, antwortete Sara. »In ein oder zwei Wochen.«

»Ein oder zwei Wochen?«, rief Nonna entsetzt aus. »Warum hast du sie nicht zu dir nach Berlin mitgenommen?«

Sara zuckte zusammen und schluckte. »Weil das in der WG eben nicht ging«, murmelte sie.

»So, so«, schnappte Nonna. »Und was ist mit den Verwandten ihrer Mutter? Haben die kein Herz für Halbwaisen?«

Kristina starrte Nonna nur fassungslos an. Ihre Mutter war bei Jans Geburt gestorben. Neun Jahre war das nun her. Aber trotzdem traf das Wort Halbwaise sie immer noch wie ein Schlag. Wie konnte ihre Urgroßmutter nur so gemein sein? Andererseits war die alte Frau offenbar einfach herzlos: Als Sara mit elf Jahren zur Waise geworden war, hatte Nonna sie nicht zu sich genommen, sondern sie schlichtweg zu deren erwachsenem Bruder Flavio – Jans und Kristinas Vater – nach Deutschland abgeschoben.

Jetzt bekam auch Tante Sara rote Flecken auf den Wangen. Ein sicheres Zeichen, dass sie wütend wurde.

»Die Verwandtschaft ihrer Mutter lebt nun mal sehr weit weg in Schweden«, erklärte sie mit mühsamer Beherrschung. »Wir hätten fliegen müssen und Kristina hat Höhenangst. Außerdem haben sie die Kinder seit Jahren nicht gesehen.«

»Aber ich, was?«, grummelte Nonna. »Und warum sind sie nicht bei ihrem Vater?«

Sara schnaubte. »Das habe ich dir doch schon erklärt. Flavio ist bis Mitte Februar auf Geschäftsreise in Afrika. Es ist ein sehr wichtiger Auftrag, er konnte die beiden nicht mitnehmen. Und bis er zurückkommt, kümmere ich mich um sie.« Sie seufzte, als wäre das eine Strafe. Was es für sie vermutlich auch war. Aber als ihr Bruder, der immer für sie da gewesen war, sie gebeten hatte, sich um ihre Nichte und ihren Neffen zu kümmern, hatte sie nicht Nein sagen können. »Und außerdem«, setzte

Sara spitz hinzu, »du bist die Urgroßmutter der Kinder. Andere Nonnas würden sich freuen, ihre Familie endlich einmal an Weihnachten um sich zu haben!«

Nonna verzog den Mund, als hätte sie Zahnschmerzen, aber sie sagte nichts mehr. Sara hatte gewonnen. Aus dem Augenwinkel konnte Kristina erkennen, dass Jan schief grinste. Aber sie traute sich immer noch nicht, ihren Bruder direkt anzuschauen. Sonst, das wusste sie ganz sicher, würde sie trotz allem losplatzen und nicht mehr aufhören zu lachen. Und Sara hatte ihnen eingeschärft, ihre bärbeißige Urgroßmutter nicht durch Herumgetobe oder lautes Gelächter noch mehr zu reizen.

Es blitzte. Die unzähligen alten Spiegel in dem Raum wurden für einen Augenblick ganz hell, als wären es riesige, zwinkernde Augen. Dann gab es einen so lauten Donnerschlag, dass Kristina beinahe das Glas aus der Hand gefallen wäre. Fensterscheiben zitterten.

Selbst ihre unerschütterliche Urgroßmutter schaute besorgt zum Fenster, als würde sie irgendetwas Schlimmes befürchten. Dort wo Kristina saß, konnte sie in einem ovalen Silberspiegel das hohe Bogenfenster sehen, an dem Sara eben noch gestanden hatte. Da war nichts Ungewöhnliches. Nur der Regen klatschte gegen die Scheiben und die Perlenkordel schaukelte hin und her.

Alle zuckten zusammen, als noch ein Donnerschlag ertönte – doch diesmal kam er aus dem Hotel. Eine Tür war mit lautem Knall zugefallen. Und jetzt hörte man schlurfende, schwere Schritte und ein seltsam dumpfes Ächzen. Kristina schluckte. Jetzt bekam sie doch Herzklopfen. Jan duckte sich sofort unter den Tisch. Seit ihrer Ankunft behauptete er steif und fest, dass es in dem Hotel Gespenster gäbe, die in den Ecken flüsterten. Kristina glaubte nicht an so etwas, aber plötzlich war sie sich nicht mehr so sicher.

Die Klinke wurde heruntergedrückt und schnappte wieder nach oben, dann rumste es, als würde jemand mit einer Schuhspitze gegen Holz treten. »Tür auf, Cecilia!«, brummte eine tiefe, freundliche Stimme. »Oder willst du, dass dein Besuch an Weihnachten verhungert?«

Etwas Erstaunliches geschah: Nonnas finstere Miene hellte sich auf. »Oh, er ist schon hier«, rief sie und gab Kristina einen Wink. »Na los, Mädchen, lass ihn rein!«

Das ließ sich Kristina nicht zweimal sagen. Sie rannte zu der schweren Flügeltür, riss sie auf – und sah sich einem Riesen gegenüber, der eine große Plastikkiste in den Händen hielt. Darauf prangte das Logo eines Restaurants: eine Meerjungfrau, die Messer und Gabel in den Händen hatte, und dazu die Aufschrift *La Sirena Affamata* – Zur hungrigen Meerjungfrau. Als der Mann eintrat, tropfte das Wasser von seiner Regenjacke auf den Boden.

»Brrr! Was für ein Hundewetter«, rief er und schüttelte sich. Tropfen spritzten nach allen Seiten, dann rutschte die Kapuze der Regenjacke in seinen Nacken. Zum Vorschein kam ein rundes, gutmütiges Gesicht mit wasserblauen Augen. Graues Haar stand wirr vom Kopf ab. »Hallo, du musst Kristina sein!«, sagte der alte Mann. Kristina konnte gar nicht anders, als ihn anzulächeln, so nett wirkte er. »Na, du siehst deinem Vater aber ähnlich«, staunte der Fremde. »Als Flavio in deinem Alter war, ist er nachmittags gerne in meine kleine *osteria* gekommen und hat dort Kellner gespielt. Du hast dasselbe dunkle Haar und seine braunen Augen, eine richtige Venezianerin!« Mit diesen Worten stellte er die Kiste auf den Boden. »Und wo ist meine kleine Sara?«

»Cesare!« Sara rannte herbei und umarmte den Alten, ohne darauf zu achten, dass sie dabei nass wurde.

»Oh, aber klein bist du ja nun wirklich nicht mehr«, lachte Cesare. »Wie die Zeit verflogen ist. Ich sehe dich noch vor mir, wie du als Kind den Sohn des Bürgermeisters in den Kanal geschubst hast, weil er einen Stein nach einer Katze geworfen hatte. Seitdem haben dich die Leute *la paladina dei gatti* – die Katzenbeschützerin – genannt.«

Sara schmunzelte. »Das ist lange her.«

»Mir kommt es vor wie gestern«, antwortete Cesare und zwinkerte ihr zu. Dann holte er Schüsseln voller Essen aus der Kiste und rief munter: »So, ich habe Leckereien mitgebracht. Ich hoffe, ihr habt Hunger!«

FENSTERGESPENSTER

KURZE ZEIT SPÄTER SASSEN SIE ALLE vor vollen Tellern, auf denen sich gegrillte Mini-Calamari mit Knoblauchsoße und frittierte Stockfischbällchen türmten. Es war seltsam, aber mit Cesares Ankunft schien es im Salon wärmer und heimeliger geworden zu sein. Jan war unter dem Tisch hervorgekommen und selbst Nonna hatte bessere Laune und lächelte sogar einmal. Cesare plauderte mit Sara über alte Zeiten. Offenbar war er früher Koch im Hotel gewesen, bevor er sein eigenes kleines Restaurant aufgemacht hatte, das mittlerweile seine Tochter führte.

Kristina konnte es sich jetzt doch nicht verkneifen, zu ihrem kleinen Bruder hinüberzuschauen. Sofort musste sie sich tief über den Teller beugen, um nicht die Beherrschung zu verlieren: Sonst hatte Jan immer eine Strubbelfrisur wie ein Räuber und trug am liebsten seinen alten Fußballpulli und Hosen mit Grasflecken. Aber heute sah er aus wie der kleine Lord. Nonna hatte sein blondes

Haar streng gescheitelt und mit Gel glatt an den Kopf geklatscht. Außerdem hatte sie ihm einen dunkelblauen Matrosenanzug verpasst, der aussah wie aus der Mottenkiste gezogen. Die Silberknöpfe waren schon dunkel angelaufen. Aber das Lustigste war Jans Gesicht: Seine Wangen leuchteten immer noch quietschrosa vom Lippenstift, den er sich heute mindestens zehnmal unwillig mit dem Handrücken abgewischt und damit verschmiert hatte. Die Nachricht vom Besuch aus Deutschland hatte sich im Viertel natürlich sofort herumgesprochen. Alle Freundinnen von Nonna waren am Nachmittag zu Besuch gekommen, um die Kinder zu sehen. Und alle hatten sich natürlich auf den blonden Jan gestürzt, ihn abgeknutscht und begeistert »*Che dolce angelo!*« – was für ein süßer Engel! – ausgerufen. Kristina biss sich auf die Unterlippe. Ihr Zwerchfell hüpfte schon, und ihr Kopf lief knallrot an, so schwer war es, nicht loszulachen. Ein Glucksen steckte tief in ihrer Kehle und hörte sich an wie Schluckauf. Jan warf ihr einen misstrauischen Blick zu.

Kristina wusste, dass ihr Bruder ohnehin schon schlecht gelaunt war, aber jetzt konnte sie einfach nicht anders: Sie spitzte die Lippen zum Kuss und klimperte mit den Wimpern wie eine von Nonnas Nachbarinnen. Ihr Bruder lief vor Wut natürlich sofort tomatenrot an.

»Was ist los, Kristina?«, fragte Tante Sara. »Hast du was im Auge?«

»Nein«, presste Kristina mühsam beherrscht hervor. »Ich dachte nur, ich hätte hier irgendwo einen kleinen süßen Engel gesehen.«

Wie immer wurde Jan nicht einfach nur wütend, nein, Jan explodierte. »Du siehst mit deinem affigen Kleid noch viel blöder aus!«, brüllte er. »Wie Draculas Barbie!«

Sein Stuhl fiel um, so stürmisch sprang er auf. Ein Glas kippte, Orangensaft schwappte auf die Tischdecke.

»Madonna!«, schrie Nonna auf.

Aber da hatte Jan sich schon ein Stück Tintenfisch geschnappt und nach seiner Schwester geworfen. Knoblauchsoße spritzte und verfing sich in Kristinas Wimpern.

»Kinder, Schluss jetzt!«, rief Sara. Doch Kristina musste jetzt erst recht lachen. Mit einem Mal machte sich die ganze Spannung der letzten Tage Luft. Lachtränen schossen ihr in die Augen. Und damit steckte sie auch Jan an. Eben noch war er stinksauer gewesen, aber nun deutete er auf ihren Tintenfischbart und prustete los. Es herrschte ein heilloses Durcheinander. Nonna schimpfte, Sara regte sich auf, das Radio dudelte, und Cesare fuchtelte mit der Serviette, um den verschütteten Saft aufzutupfen. Und zu allem Überfluss blitzte und donnerte es zur gleichen Zeit. *Dzzzz,* machte die Lichterkette, dann erlosch sie. Und auch das Radio verstummte mit einem Schlag. Im Zimmer war es dunkel geworden.

»Auch das noch!«, stöhnte Sara. »Stromausfall.«

Kristina blinzelte und sah, dass nur noch die Kerze auf dem Tisch brannte. Sara war schon aufgesprungen und lief zu einer Kommode. Hastig kramte sie eine Taschenlampe aus der Schublade und eilte zur Tür. »Bleibt am Tisch, ich kümmere mich um die Sicherung!«, rief sie über die Schulter zurück.

Kristinas Zwerchfell hüpfte immer noch, das Kichern wollte nicht aufhören. Im Spiegel sah sie sich selbst: ein elfjähriges Mädchen mit schulterlangem, glattem Haar und soßenverschmiertem Kinn, breit grinsend. Aber dann blieb ihr das Lachen mit einem Mal im Hals stecken. Hinter ihr fauchte der Wind den Sturmregen gegen die Scheiben. Aber da war noch etwas zu sehen. Eine Gestalt am Fenster! Und sie starrte in den Raum. Im Kerzenlicht konnte Kristina nur ein patschnasses blasses Gesicht erahnen, verstrubbeltes schwarzes Haar und ebenso schwarze Augen.

Kristina schrie auf und wirbelte auf dem Stuhl zum Fenster herum. Das Ding war immer noch da. Und jetzt erhellte wieder ein Blitz das Zimmer. Für eine Sekunde sah sie das Wesen ganz genau. Es war ein Kind! Es war barfuß und trug ausgefranste Kniehosen, die ebenfalls klatschnass waren, dazu ein schmutzig weißes Hemd und eine Weste. Es starrte Kristina aus weit aufgerissenen Augen an, dann kletterte es weiter wie ein Äffchen.

In diesem Moment erwachten Lichterkette und Radio wieder zum Leben.

Und gleich darauf kam Sara wieder ins Zimmer und fragte: »Was ist passiert? Was soll das Geschrei?«

»Da … da draußen ist jemand!«, stotterte Kristina.

Sara ging zum Fenster. Das Fensterbrett war leer. »Ich habe es aber gesehen!«, beteuerte Kristina. »Es war ein Kind und es ist von außen am Hotel hochgeklettert!«

Nonna winkte ab. »So ein Unsinn! Wir sind im dritten Stock. Wie soll denn ein Kind da draußen rumklettern – und noch dazu bei Sturm?«

In diesem Augenblick rumpelte es direkt über ihren Köpfen, als würde etwas im Dachzimmer umfallen. Jan hechtete zu Cesare. Sara packte die Taschenlampe wie einen Schlagstock und rannte los. Kristina zögerte, aber dann nahm sie ihren Mut zusammen und folgte ihr.

Zwei Stufen auf einmal nehmend, rannte Sara direkt zu dem Zimmer unter dem Dach, in dem Kristina und Jan schlafen sollten. Als Kristina ihre Tante endlich eingeholt hatte, riss Sara gerade die Tür auf. Eisiger Wind fegte ihnen entgegen. Kristina zitterte immer noch vor Schreck, und jetzt, als sie in das Zimmer blickte, rutschte ihr das Herz in die Hose. Das Fenster stand offen und die Fensterflügel schlugen im Wind wie von unsichtbaren Händen bewegt. Geisterhaft flatterten die Vorhänge. Sara schritt, ohne zu zögern, zum Fenster und schloss es. Dann wischte sie sich mit dem Ärmel den Regen von der Stirn und sah sich um.

»Der Wind hat das Fenster aufgedrückt«, stellte sie fest. »Und einiges durcheinandergebracht.«

Einiges durcheinandergebracht? Im Zimmer sah es aus, als wäre ein Orkan hindurchgefegt. Von den zwei Betten waren die Decken heruntergeweht worden. Sie waren nass vom Regen. Kristinas Koffer lag offen auf dem Boden. Er war von dem Stuhl heruntergefallen und dabei aufgegangen. Alle Sachen lagen in einem wirren Haufen auf dem Boden. Und Jans grünes Skateboard, das er neben dem Stuhl geparkt hatte, lag umgeworfen da, die Räder drehten sich in der Luft.

»Habt ihr heute das Fenster aufgemacht?«, ertönte Nonnas atemlose Stimme hinter Kristina. Die alte Frau war gemeinsam mit Cesare und Jan ins Zimmer getreten und sah sich besorgt um.

»Ja, schon«, erwiderte Kristina. »Als wir ankamen, hat Jan auf den Canal Grande hinuntergeschaut. Da unten fuhr ein Ruderboot mit Weihnachtsmännern vorbei.«

»Und wo ist die Silberschnur?«, rief Nonna mit schriller Stimme. »Ich habe sie doch heute Morgen an den Fenstergriff gebunden!« Es war komisch, dass die alte Dame so erschrocken aussah. »Habt ihr sie weggenommen?«

Kristina und Jan wechselten einen verdutzten Blick. Dann schluckte Jan und sagte mit kleinlauter Stimme: »Ich habe sie.« Er zog die Silberkordel aus seiner Tasche. »Ich wollte sie wieder hinhängen, ehrlich!«

Nonna schloss für einen Moment die Augen, als müsste sie sich anstrengen, ganz ruhig zu bleiben. »Merkt euch eines: Die Silberbänder und Perlen werden nicht von den Griffen entfernt, verstanden?«

»Warum nicht?«, wollte Jan wissen.

Nonna runzelte verärgert die Stirn. »Das siehst du doch! Die alten Fenster schließen nicht immer gut. Und die Bänder halten die Fensterflügel zusammen, falls der Wind doch mal ein Fenster aufstößt.«

»Es war aber nicht der Wind!«, platzte Kristina heraus. »Sondern das Kind, das an der Fassade hochgeklettert ist! Kein Windstoß schmeißt ein Skateboard um. Das Zimmer ist durchsucht worden, das sieht doch jeder! Die Pfützen da auf dem Boden sind Fußspuren.«

»Unsinn«, erwiderte Nonna. Sie pflückte Jan die Perlenschnur aus der Hand und wickelte sie wieder fest um die beiden Fenstergriffe. »Und jetzt räumt auf. Sara, hol rasch einen Lappen, die Pfützen verderben das Parkett. Ich bringe euch neue Bettwäsche, damit ihr heute trocken schlafen ...«

»Ich schlafe hier auf gar keinen Fall!«, schrie Jan. »Nicht in dem Spukzimmer! Das war eindeutig ein Gespenst.«

Nonna schüttelte entschieden den Kopf. »Jetzt setzt dir deine Schwester auch noch diese Flausen in den Kopf!«

»Na na«, sagte Cesare und lachte gutmütig. »Hier gibt

es doch keine Gespenster. Aber für alles eine Erklärung: Auf dem gewachsten Parkett bilden sich nun mal Pfützen, die wie Spuren aussehen können. Und der Koffer ist auf das Skateboard gefallen und hat es umgekippt.«

Kristina konnte es nicht fassen. Das war wirklich verrückt! Hilfe suchend sah sie zu ihrer Tante, aber Sara starrte nur ratlos auf den nassen Boden.

»Ich schlafe auch nicht hier oben!«, sagte Kristina und verschränkte die Arme.

Und zu ihrer Überraschung trat nun Sara neben sie und legte ihr die Hand auf die Schulter. »Wir sollten die Kinder nicht zwingen, hierzubleiben, wenn sie Angst haben«, sagte sie sanft zu Nonna. »Die Hotelzimmer stehen doch alle leer. Ich richte ihnen für heute die Betten im Dogenzimmer her.«

Und zu Kristinas unendlicher Erleichterung nickte Nonna nach kurzem Zögern.

Das Dogenzimmer war der prächtigste Raum im Haus. Ein gewaltiges Himmelbett mit grüngoldenen Vorhängen stand in der Mitte und das Bad war mit weißem Marmor gefliest. Touristen zahlten sehr viel, um hier zu übernachten. Doch Kristina kam sich in dem riesigen Bett verloren vor. Das Weihnachtsfest war vorbei, der Sturm hatte sich gelegt und nun war es ganz still im Haus. Inzwischen war es tiefste Nacht, aber immer noch grübelte Kristina über das Kind nach. Sie erschrak, als sie leise Schritte hörte. Kinderfüße tappten auf den Steinboden. Aber es war nur Jan, der es in dem zweiten, kleineren Bett am Fenster nicht ausgehalten hatte.

»Kannst du auch nicht schlafen?«, flüsterte sie in die Dunkelheit.

Jan gab keine Antwort, sondern kletterte zu ihr ins Himmelbett und wärmte seine Eisfüße an ihren Beinen.

»Ich will wieder nach Hause«, jammerte er.

»Ich auch, aber das geht nicht. Unsere Wohnung hat einen Wasserschaden, und bis alles wieder trocken ist, stehen unsere ganzen Sachen auf dem Dachboden.«

Jan seufzte tief und Kristina musste plötzlich schwer schlucken. Noch nie hatte sie sich so sehr nach zu Hause gesehnt, nach Faulenzen und Telefonieren und Schlittschuhlaufen mit ihren Freundinnen. Und wie jedes Jahr sehnte sie sich auch völlig unvernünftig nach ihrer Mutter, an die sie sich kaum noch erinnerte. Mit jedem Weihnachtsfest schien das Bild der sanften blonden Frau, die ihr so oft vorgesungen hatte, mehr zu verblassen. Inzwischen war sie fast nur noch ein fernes Echo in Kristinas Erinnerungen.

»Glaubst du, das Geisterkind kommt wieder?«, fragte Jan leise.

»Ich glaube nicht, dass es ein Gespenst war«, erwiderte Kristina beruhigend.

»Echt nicht? Wieso?«

»Gespenster werden doch nicht nass, oder?«

Jan atmete hörbar auf. »Nein«, murmelte er erleichtert. »Und war es ein Junge oder ein Mädchen?«

Kristina zögerte. Plötzlich war ihr auch ein bisschen kalt. Und sie wünschte sich, sie hätte auch jemanden, der sie trösten würde. Aber sie war die Ältere und sie durfte ihren Bruder nicht noch mehr erschrecken. »Ich weiß es nicht«, antwortete sie leise. »Es sah eher aus wie ein Junge. Aber ich habe ihn ja nur ganz kurz gesehen.« Und nach einer Weile setzte sie hinzu: »Auf jeden Fall war es ein ziemlich komisches Kind. Es hatte ganz altertümliche Sachen an, wie aus einem Mittelalterfilm.« Doch sie verriet ihrem Bruder nicht, was noch viel seltsamer gewesen war: Vorhin, als die kleine Gestalt sie durch die verregnete Scheibe angestarrt hatte, war das Zimmer für eine Sekunde vom Blitzlicht erhellt worden. Dabei hatten die Augen des Kindes aufgeleuchtet wie die einer Katze.

BÖSES ERWACHEN

»AUFSTEHEN! *AVANTI!*« Ein energisches Händeklatschen ertönte, dann wurde der Vorhang mit einem Ruck aufgerissen. Kristina blinzelte. Im ersten Augenblick wusste sie nicht, wo sie war. Erst als sie den goldgrünen Betthimmel über sich sah, fiel ihr alles wieder ein: Venedig, das gruselige Weihnachtsfest, das Gewitter und das Kind am Fenster. Sie fuhr hoch – und sah ihre Urgroßmutter am Bett stehen. Natürlich trug Nonna auch heute ein violettes Kleid – und darüber eine rosa Schürze. »Zieht euch an, das Frühstück wartet. Und danach könnt ihr gleich mit der Arbeit anfangen.«

Kristina blinzelte verdutzt. »Arbeit?«

»Ma certo!«, antwortete Nonna. »Aber sicher! Wenn ich euch schon eine Woche lang durchfüttere, dann könnt ihr ruhig auch etwas dafür tun. Sara ist schon unten. Ein Zimmer im ersten Stock soll leer geräumt und neu gestrichen werden, es wird ein neues Hotelzimmer. Nächste Woche kommen wieder Touristen, bis dahin muss es fertig sein.«

Kristina verstand immer noch nur Bahnhof. »Es sind doch Weihnachtsferien! Und wir sind deine Gäste – du kannst uns doch nicht arbeiten lassen.«

»Gäste? Ihr seid Familie!«, antwortete Nonna trocken. »Aber natürlich kann ich euch nicht zwingen. Allerdings solltet ihr wissen, dass es ohne Arbeit kein Mittagessen gibt. Und an eurer Stelle würde ich schnell aufstehen. Frühstück gibt es nämlich nur bis acht Uhr.« Sie tippte mahnend auf ihre kleine silberne Armbanduhr und wieselte aus dem Zimmer, bevor Kristina auch nur Piep sagen konnte. Aber ihr war der Mund ohnehin offen stehen geblieben. Fassungslos ließ sie sich in die Kissen zurückfallen und schloss die Augen. Jetzt wusste sie es ganz sicher: Sie musste in einem Albtraum gefangen sein. Neben ihr ertönte unter der Bettdecke ein dumpfes, verzweifeltes Stöhnen. Jans Blondschopf wühlte sich aus dem Deckenberg. »Nonna spinnt ja wohl!«, beschwerte er sich. »Wir sind doch nicht ihre Sklaven! Die soll ihr blödes Zimmer doch selber einrichten.«

Es war komisch, normalerweise waren Jan und Kristina wie Feuer und Silvesterknaller. Kamen sie sich zu nahe, flogen die Funken. Aber seit sie gestern in Venedig angekommen waren, waren sie plötzlich ständig einer Meinung.

Jan schlüpfte aus dem Bett und sprang mit einem Satz auf den Boden. Dann schnappte er sich sein Skateboard und rannte zur Tür.

»Wo willst du hin?«

Jan drehte sich um. »Na, frühstücken.« Er deutete auf eine altmodische goldene Uhr, die auf einer Kommode stand. Sie zeigte zwanzig vor acht. »Der lila Drache lässt uns sonst verhungern.«

»Warte, ich komme mit!«

Sie rannten hinauf zum Dachzimmer, um sich Pullover zu holen. Das Zimmer war immer noch so durcheinander, wie sie es gestern Nacht verlassen hatten. Aber jetzt, bei Tageslicht, sah es wenigstens nicht mehr gruselig aus. Die Wasserpfützen waren verschwunden. Kristina sammelte einen dicken Pulli und eine Hose vom Boden auf und stopfte die anderen Sachen hastig zurück in den Koffer.

»Oh nein!« Jans spitzer Aufschrei gellte so laut durchs Zimmer, dass Kristina zusammenschrak.

Ein wutrotes Gesicht wandte sich ihr zu. Jan deutete anklagend auf die Schublade des Nachttischchens. »Das Kind hat meinen neuen Radiergummi geklaut«, empörte er sich. »Und den Totenkopfanhänger und meine Fußballsticker auch. Ich habe sie gestern extra in die Schublade gelegt – und jetzt sind sie weg.« Mit ein paar Sätzen war er beim Fenster und wickelte in Windeseile die Perlenschnur ab. Dann kletterte er auf das Fensterbrett und riss kniend das Fenster auf. »He, das sind *meine* Sachen, du Dieb!«, rief er nach draußen.

»Pass auf!« Kristina stürzte zu ihm und packte ihn am

Pyjama. Mit der anderen Hand musste sie sich am Fenstergriff festhalten, so mulmig wurde ihr beim Gedanken an die Tiefe. Jan hätte sich auch kopfüber aus einem Riesenrad hängen lassen können, Kristina dagegen würden keine zehn Pferde überhaupt auf ein Riesenrad bekommen. Aber jetzt nahm sie ihren ganzen Mut zusammen und blickte nach unten. Steil fiel die Fassade ab. Nonna hatte recht gehabt: Kein Mensch konnte hier einfach so hochklettern. Das Hotel Dandolo stand direkt am Canal Grande. Und heute sah es so aus, als würde das Haus *im* Kanal stehen. Es nieselte und das grüne Wasser der Lagune hatte die Stadt überschwemmt.

Kristina war fast ein wenig enttäuscht, dass sonst nichts Ungewöhnliches zu entdecken war. Aber hatte sie tatsächlich gehofft, das seltsame Kind bei Tageslicht wiederzusehen?

»Was macht ihr da?«

Kristina und Jan prallten zurück. Jan rutschte vom Fensterbrett und landete mit einem Plumps auf dem Boden. An der Tür stand Tante Sara. Sie trug wieder ausgeleierte Jeans und einen verwaschenen Pulli, die Locken nachlässig mit ein paar Spangen hochgesteckt. Doch heute hingen auch noch Spinnweben in ihrem Haar und auf ihren Wangen und dem Pulli prangten Staubstreifen. Das ließ nichts Gutes ahnen. Offenbar meinte Nonna es mit dem Arbeiten wirklich ernst.

»Lasst euch bloß nicht dabei erwischen, dass ihr die

Fenster aufreißt!« Rasch kam sie herüber und zog die Flügel wieder zu. Dann nahm sie die Kordel vom Fensterbrett und brachte sie wieder an den Griffen an.

»Man wird ja wohl noch aus dem Fenster schauen dürfen!«, erwiderte Kristina unwillig. »Und was soll eigentlich dieses Getue mit den Perlenschnüren?«

»Ach, das ist nur so eine von Nonnas Marotten. Habt ihr gut geschlafen?«

»Geht so«, murrte Kristina.

Ihre Tante rang sich ein Lächeln ab. »Früher, als ich noch klein war, habe ich oft in den Gästezimmern übernachtet, manchmal jede Nacht in einem anderen Raum. Na ja, beeilt euch, wir haben viel zu tun. Zimmer Nummer vierzehn muss ausgeräumt werden.«

Kristina stutzte. »Das Hotel hat doch nur zwölf Gästezimmer. Plus eins macht dreizehn, oder?«

Sara zuckte mit den Schultern. »Die Nummer dreizehn bringt Unglück, deshalb sparen Hotels diese Zahl aus.«

Jan hatte lange genug gebrodelt. Jetzt stampfte er mit dem Fuß auf. »Ich werde gar kein Zimmer ausräumen!«, brüllte er. »Und ich bleibe auch nicht in dem Spukhotel. Ich rufe heute Papa an und sage ihm, dass wir hier wie Gefangene behandelt werden und schuften sollen. Du bekommst Riesenärger!«

Aber Sara griff nur lässig in die Hosentasche und zog ihr Handy hervor. »Ach, da wir gerade von eurem Vater sprechen … Er hat heute Morgen schon angerufen und lässt euch grüßen. Und das ist seine Nachricht.«

Sie drückte eine Taste. »Hallo, meine beiden«, ertönte Papas müde Stimme. »Ich wünsche euch Frohe Weihnachten und hoffe, es geht euch gut. Ich habe sehr viel Arbeit und vermisse euch wahnsinnig! Hab schon gehört, dass Nonna eure Hilfe braucht. Ich habe ihr versprochen, dass ihr keinen Ärger macht und tut, was sie sagt. Und … na ja … es wird ja auch mal Zeit, dass ihr meine italienische Familie richtig kennenlernt.«

DAS DREIZEHNTE ZIMMER

Das neue Hotelzimmer war im Augenblick nur eine staubige Gerümpelkammer ganz am Ende eines düsteren, fensterlosen Flurs. Auch im Zimmer drang kein Licht durch die geschlossenen Fensterläden aus Holz. Im Funzellicht einer nackten, staubigen Glühbirne konnte man erkennen, dass der ganze Raum mit Truhen, Gemälden und Spiegeln vollgestopft war – Familienerbstücke aus vergangenen Jahrhunderten. Sogar ein altes Fischernetz lag darin herum. Eine Staubwolke vernebelte die Luft, als Sara es in den Flur warf.

Kristina und Jan hatten ihre Aufgabe bekommen: Sie rollten die Gemälde auf dem Skateboard zur Treppe oder zum Aufzug und brachten sie in Nonnas Wohnzimmer. Es machte keinen Spaß, aber nach dem mickrigen Frühstück, das nur aus einem harten flachen Keks und Kakao bestanden hatte, wäre es dämlich gewesen, das Mittagessen aufs Spiel zu setzen.

Da der Aufzug zu schmal war, mussten sie die größten Bilder über die Marmortreppe in den dritten Stock schleppen. Und als wäre das noch nicht blöd genug, hatte Nonna es sich auch noch in den Kopf gesetzt, aus der ganzen Aktion eine Unterrichtsstunde über die Familiengeschichte zu machen. »Das ist Giacomo, der Alchimist und Apotheker.« Sie deutete auf das Bild eines schielenden Mannes mit Doppelkinn. »Er war berühmt für sein Skorpionöl und für andere Wundermittel.« Der nächste Typ erinnerte an Captain Jack Sparrow aus *Fluch der Karibik,* allerdings mit Augenklappe. »Battiste Einauge«, erklärte Nonna. »Er liebte das Glücksspiel. Hat das ganze Geld der Familie in einer Nacht verspielt und in der nächsten wiedergewonnen.« Dann gab es noch Lukrezia, die Wahnsinnige, Asdrubale, den Astrologen, und drei Bilder von blassen Männern mit komischen Mützen, die allesamt aussahen wie dem Familienalbum der Addams Family entsprungen.

»Mit denen bist vielleicht du verwandt, nicht ich!«, flüsterte Kristina ihrem Bruder zu und kassierte dafür einen Stoß mit dem Ellenbogen.

»Diese drei hier waren Dogen«, erklärte Nonna. »Ihr wisst doch, was ein Doge ist? Er wurde als Staatsoberhaupt gewählt und herrschte dann ein paar Jahre über Venedig. Wir haben also sehr ehrenwerte Vorfahren. Seht ihr die Kappen? Sie waren so etwas wie eine Krone, Zeichen der Dogenwürde.«

»Von wegen, die sehen aus wie Schlumpfmützen«,

murmelte Jan. Bei diesem Gedanken hüpfte sofort wieder ein Glucksen in Kristinas Kehle.

Wenig später reichte Sara endlich das letzte Gemälde nach draußen. Es war das verstaubteste von allen und zeigte eine Dame in einem Festkleid. Stolz aufgerichtet stand sie vor einem Fenster. Kerzenlicht ließ ihren Schmuck und das prächtig bestickte Kleid schimmern. Sie hatte dunkle Locken wie Sara und ein kühles, ein wenig hochmütiges Lächeln. Hinter ihr glitzerte der Canal Grande im Mondlicht. »Und das ist Violetta«, erklärte Nonna, die heruntergekommen war, voller Stolz. »Sie war die Frau des Dogen Dandolo, also eine *Dogaressa.*«

»Na, jetzt wissen wir wenigstens, woher Nonnas Lila-Tick kommt«, raunte Jan Kristina zu. Es stimmte: Schon damals waren die Vorhänge violett gewesen – und auch das Festkleid der Dame leuchtete in dieser Farbe, dazu der Amethyst-Schmuck, die Tapeten, die Vase auf dem Tisch – und auch die Blumen darin. Veilchen.

»Man nannte sie auch Violetta Aquana«, fuhr Nonna fort. »Ihr gehörte eine ganze Bootsflotte. Vor einer großen Sturmflut hat sie viele Menschen gerettet. Als hätte sie geahnt, was geschehen würde, schickte sie alles, was ein Ruder hatte, los, um die Leute aufs Festland zu bringen. Selbst als die Flut einsetzte, stand Violetta noch ganz allein auf dem Dach und dirigierte mit einer Fackel die letzten Boote auf dem Kanal. Nur sie selbst hat diese Nacht nicht überlebt.«

Jan und Kristina horchten auf. Endlich mal eine spannende Geschichte!

»Ist sie vom Dach gefallen und ertrunken?«, wollte Jan wissen.

Nonna schüttelte den Kopf. »Oh nein. Sie stürzte auf der Treppe. Zumindest ist es so überliefert.«

Jan riss die Augen auf. »Hier? Auf der Hoteltreppe?«

Nonna nickte gewichtig. »Niemand weiß, was in jener Nacht wirklich geschehen ist. Jedenfalls wurde Violetta morgens auf der dreizehnten Stufe liegend gefunden – tot. In ihrer starren Hand hielt sie einen Rosenzweig. Ihre Augen waren weit aufgerissen und ihr schönes rabenschwarzes Haar war in dieser Nacht weiß geworden.«

Kristina war nicht abergläubisch, aber die Vorstellung, dass sie schon den ganzen Vormittag über die Treppe gelaufen waren, auf der Violettas Leiche gelegen hatte, jagte ihr doch einen Schauer über den Rücken. Jan sah aus, als hätte ihm jemand alle Farbe aus dem Gesicht gewischt. »Aber sie spukt doch nicht hier herum, oder doch?«, fragte er mit piepsiger Stimme.

Nonna schien angestrengt nachzudenken. Dann wiegte sie den Kopf. »Also ... äh ... für gewöhnlich nicht«, sagte sie schließlich zögernd. Mit diesen Worten machte sie auf dem Absatz kehrt und verschwand eilig die Treppe hinunter.

»Also ist das Hotel doch ein Geisterhaus«, ereiferte sich Jan. »Ich wusste es! Heute Nacht hat es überall geknarzt und gescharrt. Und ich habe auch ein Flüstern gehört, ganz bestimmt.«

Kristina stöhnte innerlich auf. Na wunderbar! Jetzt würde sie Jan garantiert jede Nacht mit seinen Eiszehen in ihrem Bett haben.

»Bringen wir das Bild nach oben«, sagte sie.

»Spinnst du? Ich gehe doch die Treppe nicht mehr hoch!«, rief Jan prompt. »Nie wieder!«

»Sei nicht albern, das Bild passt nicht in den Fahrstuhl.«

Aber Jan schüttelte den Kopf, dass seine blonden Haare nur so flogen. Missmutig hievte Kristina das Bild auf das Skateboard und fuhr alleine los. Vor der Treppe blieb sie stehen und zählte die Stufen ab. Dann packte sie das Bild und schleppte es nach oben. Die dreizehnte Stufe ließ sie allerdings aus. Keuchend kam sie im Wohnzimmer an. Rasch stellte sie das Bild zu den anderen und wollte wieder hinausrennen. Aber ihr Nacken kribbelte, als würde sie beobachtet. Offenbar hatte Jan sie mit seinem Gespenstertick schon angesteckt: Sie hätte schwören können, dass Violetta sie durchdringend anstarrte, als versuchte sie, ihr etwas zu sagen. Und war es im Zimmer nicht auf einmal unheimlich still geworden? Nur von draußen hörte sie den Klang von Bootshupen hereindringen – und irgendwo einen gellenden Möwenschrei.

Völlig atemlos kam sie wieder unten an. Durch den Flur dudelte Radiomusik und Sara polterte im Gerümpelzimmer herum. Jan hatte sich irgendwohin verkrümelt und sein Skateboard mitgenommen.

Kristinas Nacken kribbelte immer noch, und an den Armen hatte sie eine Gänsehaut, als würden Violettas Blicke sie verfolgen.

»Kristina, bist du das?«, krächzte Sara aus dem Gerümpelzimmer. »Holst du mir bitte den Staubsauger? Er steht in der Besenkammer.«

Der Staubsauger war ein riesiges Ungetüm mit einem Krakenarm aus schwarzem Plastik. Kristina zerrte das Gerät hinter sich her auf den dunklen Flur – und sah gerade noch, wie etwas direkt auf sie zusauste. Mit einem Aufschrei sprang sie vor dem heranrasenden Skateboard zur Seite, stolperte über den Staubsaugerschlauch und schlug der Länge nach hin. Das Skateboard fuhr weiter, prallte neben einem dunkelgrünen aufgehängten Teppich gegen die Wand und überschlug sich.

»Jan!«, brüllte Kristina. »Das ist nicht witzig!«

»Was denn?«, kam Jans verwunderte Stimme ganz vom anderen Ende des Flurs. Verwirrt rappelte sich Kristina auf. Auf gar keinen Fall konnte ihr Bruder das Skateboard von dort aus vor ihre Füße geschubst haben. Es sei denn, das Gefährt hätte mitten im Flur die Richtung geändert.

Der Boden war verstaubt. Das Skateboard hatte eine Fahrspur darin hinterlassen. Kristina folgte der Fährte und bückte sich an der Wand. Ihr Herz machte einen

Satz. Neben der Fahrspur war noch etwas anderes zu erkennen: der verwischte Abdruck eines kleinen bloßen Fußes!

»Was machst du da? Wehe, es ist kaputt!« Jan stürzte an ihr vorbei und hob das Skateboard auf. Dabei verwischte er die Fußspur.

»Das war ich nicht. Ich glaube, das Kind vom Fenster ist wieder da.«

Jan wirbelte herum und drückte sein Skateboard schützend an sich. »Hier drin? Echt jetzt?«

Kristina nickte beklommen. »Es hat mir eben das Skateboard in den Weg geschubst, als wollte es mich zum Stolpern bringen und ...«

Sie verstummte. Jan wurde ganz blass und hechtete hinter Kristinas Rücken. Sie hatten es beide gehört: ein leises Kichern. Und es schien direkt aus der Wand gekommen zu sein.

»Es ... es versteckt sich hinter dem Wandteppich«, wisperte Jan. »Schau du nach!«

Er schubste seine Schwester zwischen den Schulterblättern. In solchen Momenten hasste Kristina es, die Ältere zu sein. Ein Rückzieher würde feige aussehen. Schließlich nahm sie ihren ganzen Mut zusammen. Immerhin waren sie zu zweit und Sara war nur ein paar Meter entfernt. Aber trotzdem nahm Kristina sich zur Sicherheit einen Besen, der an der Wand lehnte. Mit dieser Waffe in den Händen, trat sie zum Wandteppich. Vorsichtig hob sie ihn mit dem Besenstiel ein wenig an und spähte dahinter, jederzeit bereit, zurückzuspringen. Jan lugte neben ihrem Ellenbogen hervor. »Eine Tür«, hauchte er.

Die Tür musste uralt sein, so schartig und wurmstichig, wie sie war. Das Schloss schien völlig verrostet und der Türgriff hatte die Form eines Schlangenkopfes. Und auf Augenhöhe konnte man noch genau erkennen, welche Zahl früher auf das Holz gemalt gewesen war.

»Es gibt hier also doch ein dreizehntes Zimmer«, stellte Kristina fest.

Jan nickte eifrig. »Und der Dieb hat sich darin versteckt. Dann sind meine Sticker und mein Schlüsselanhänger bestimmt auch dort.«

Die Schlangenklinke knirschte, als Kristina sie herunterdrückte, Rost rieselte, doch die Tür blieb fest verschlossen.

»Wo bleibt der Staubsauger?«, rief Sara.

»Der ist hier bei Nummer dreizehn!«, antwortete Kristina. »Du hast doch gesagt, das Hotel hat kein dreizehntes Zimmer. Aber hier ist eines.«

Gepolter erklang, dann kam Sara aus dem Raum am Ende des Flurs herbeigeeilt.

»Was? Wovon redet ihr?« Sie hatte sich ein Taschentuch über Mund und Nase gebunden. Als sie es nun herunterzog, sah es aus, als hätte sie eine Zorro-Maske aus Staub auf Stirn und Wangen. Beim Anblick der Tür prallte sie erschrocken zurück und wurde seltsamerweise totenblass. Vorsichtig, fast ehrfürchtig streckte sie die Hand aus und berührte mit den Fingerspitzen das verwitterte Holz. »Du meine Güte«, hauchte sie. »Die Tür ... das hatte ich ja ganz vergessen.«

»Was für ein Zimmer ist das?«, wollte Kristina wissen.

Sara schluckte sichtlich, dann verfinsterte sich ihre Miene plötzlich. »Gar keines«, erwiderte sie barsch. »Früher war das nur ein Ausgang zu einem ... einem kleinen Innenhof. Für die Bediensteten, nicht weiter wichtig.«

»Aber warum schreibt jemand auf eine Ausgangstür die Nummer dreizehn?«, beharrte Kristina.

»Woher soll ich das wissen?«

»Wir brauchen den Schlüssel«, drängte Jan.

Sara schüttelte den Kopf. »Es gibt keinen mehr, Nonna hat ihn schon vor Jahren weggeworfen. Die Tür ist seitdem verschlossen. Wahrscheinlich hat Cesare sie von außen längst zugemauert.« Mit diesen Worten schnappte Sara sich den Staubsauger und zog ihn rumpelnd hinter sich her, als würde sie vor weiteren Fragen flüchten. Das war wirklich mehr als verdächtig.

Jan runzelte die Stirn. »Von wegen kein Schlüssel. Da stimmt was nicht. Sara schwindelt doch.«

»Schnellblicker«, murmelte Kristina. Sie versuchte, durch das Schlüsselloch zu spähen. Doch das Schloss war mit irgendetwas verstopft. »Wir müssen uns diesen Innenhof anschauen. Bestimmt sehen wir ihn von irgendeinem Fenster aus.«

Aber es war wie verhext. Aus welchem Fenster sie auch schauten, da waren immer nur Mauern oder Gassen. Schließlich standen sie wieder ratlos vor dem Wandteppich. Kristina rollte genervt mit den Augen – und erhaschte dabei zufällig einen Blick auf etwas, das sich weit über ihren Köpfen befand. Ein winziges Fenster. Oder eher eine Art Guckloch in der Wand. Das ovale Glas war nicht größer als ein Kuchenteller und so von Staub verkrustet, dass kaum Licht hindurchfiel.

»Jan, traust du dich, da hochzuklettern?«

Jan legte den Kopf in den Nacken und grunzte verächtlich. »Trägt Batman 'ne Maske?« Und mit einem diebischen Grinsen fügte er hinzu: »Traust du dich, auf einen Stuhl zu steigen?«

Wenig später standen sie wie eine Akrobatentruppe vor dem Wandteppich: Kristina auf einem Stuhl, ihr Bruder auf ihren Schultern. Jan sah zwar schmal aus, aber er war ziemlich schwer. Kristina ächzte schon, als ihr Bruder endlich die dicke Eisenstange zu fassen bekam, an welcher der Teppich hing. Er zog sich mit einem Klimmzug hoch und hakte das Bein hinter die Stange. Dann konnte Kristina nur noch staunend zusehen, wie er sich geschickt nach oben hangelte, bis er auf der Stange hockte. Er spuckte auf die Scheibe und rubbelte mit dem Zeigefinger ein Loch in die Staubkruste. Ein fahler Lichtstrahl fiel auf sein Gesicht. »Ui!«, sagte Jan andächtig.

Kristina hielt es kaum noch aus. »Was siehst du?«

Jan grinste triumphierend zu ihr herunter. »Jedenfalls keinen Innenhof, wie Sara behauptet. Sondern ...«

Der Rest des Satzes ging in einem gewaltigen heulenden Röhren unter. Es hörte sich an, als würde ein Flugzeug mitten im Hotel landen. Jan zuckte erschrocken zusammen – und rutschte auf der Stange ab. Kristina konnte gerade noch die Arme hochreißen, dann sauste Jan ihr schon entgegen. Der Aufprall tat gemein weh, der Wandteppich flappte über ihr Gesicht. Unter ihr kippte der Stuhl weg, dann landeten sie und ihr Bruder in einem Knäuel aus Armen und Beinen auf dem Boden – umwabert von Staub.

»Autsch«, keuchte Jan. Er rieb sich mit schmerzverzerrtem Gesicht die Schulter. Kristina konnte gar nichts sagen, sie japste nur nach Luft. Das Röhren des Staubsaugers verstummte wieder. Zum Glück hatte Sara das Gepolter nicht gehört. »Was ist da draußen?«, keuchte Kristina. »Hast du das Kind gesehen?«

Jan vergaß seine blauen Flecken auf der Stelle. Seine Augen begannen zu leuchten und er grinste breit. »Nein, aber einen Dschungel! Mitten in Venedig, cool, was?«

FEUERWERK

ALS SIE SICH AUS DEM HAUS STAHLEN, wussten sie, warum Tante Sara darauf bestanden hatte, ihnen gleich nach der Ankunft bei einem Souvenirhändler Gummistiefel zu kaufen: Das Hochwasser war noch gestiegen. Der schmale Weg zwischen Hotel und Kanal war nun restlos unter smaragdgrünen Wellen verschwunden. Der Canal Grande schwappte bis zur Hauswand und sogar ein Stück über die Eingangstreppe. Kristina spürte die Kälte an den Waden und stellte sich vor, wie glitschige Aale und riesige Krebse nach ihren Gummistiefeln schnappten, um sie in die Tiefe zu zerren. Jan watete voraus, sein kostbares Skateboard fest unter den Arm geklemmt. Die »geheime Tüte«, die er aus Deutschland mitgenommen hatte und in die niemand einen Blick werfen durfte, hatte er sich unter die Jacke gestopft. Wahrscheinlich aus Angst, der Dieb könnte sie ihm sonst ebenfalls stehlen.

Mäuerchen und kleine Anbauten ließen die Rückseite des Palazzos wie einen verschachtelten Irrgarten wirken.

Einige Balkone der Nachbarhäuser waren mit Lichterketten geschmückt. Und hinter den Fenstern glomm warmes Licht. Kristinas Laune sank auf der Stelle. Bisher hatte sie sich eingeredet, dass Weihnachten sie ohnehin kaltließ. Aber jetzt merkte sie, wie sehr es ihr doch fehlte. Die venezianischen Kinder packten da oben sicher gerade ihre Geschenke aus und aßen den Weihnachtskuchen *pannatone* – ein fluffiges süßes Hefegebäck mit Rosinen. Jedenfalls hatten sie anderes zu tun, als einsam und weit weg von zu Hause mit knurrendem Magen komische katzenäugige Diebe zu verfolgen.

»Hier muss der Garten sein. Da oben ist das runde Fenster.« Jan deutete auf die Hauswand. Sogar das kleine Guckloch, das er freigeputzt hatte, war von hier aus zu erkennen. Doch weiter kamen sie an den geheimnisvollen Innenhof nicht heran. Vor ihnen erhob sich eine Treppe zu einer hohen Ziegelmauer. Früher hatte eine Tür hindurchgeführt, aber auch diese war zugemauert. Man sah nur noch den steinernen Türrahmen. Jan legte den Kopf in den Nacken und kaute nachdenklich auf seiner Unterlippe herum. »Komisch. Von oben habe ich Palmen und einen Baum gesehen«, murmelte er verwundert. »Die Zweige müssten doch über die Mauer ragen. Und es gab ganz viele Kletterpflanzen und rote Rosen und weiße Steinfiguren.«

Rosen im Winter? Jetzt hielt es Kristina kaum noch aus. »Sehen wir auf der anderen Seite nach.«

Gemeinsam schlichen sie an der Mauer entlang am

Nachbarhaus vorbei zu einem kleinen Treppchen, dann standen sie etwas erhöht im Trockenen. Vor ihnen befanden sich immer noch die Ziegelmauer und etwas weiter links die verschlossenen Fensterläden von Zimmer Nummer vierzehn im ersten Stock. Ein paar aufgeplusterte Tauben hockten auf dem Fenstersims und blinzelten die beiden Kinder empört an. Jan stellte sein Skateboard auf dem Boden ab. »Hier ist die Mauer nicht so hoch. Hilf mir mal, vielleicht kann ich drüberschauen.«

Kristina seufzte und formte mit den Händen einen Steigbügel. Jetzt war es ohnehin schon egal, ob sie nass und schmutzig wurde. Aber sosehr Jan auch versuchte, sich möglichst langzumachen, die Mauer war zu hoch und bot nicht genug Halt zum Klettern. Schließlich gab Jan auf und sprang herunter. Er wollte sich sein Skateboard greifen. Doch es verschwand in genau diesem Augenblick mitten in der Mauer! Jan stieß einen empörten Schrei aus, warf sich auf den Boden und langte durch einen flachen Spalt, dort wo ein paar Mauersteine fehlten. »Lass … los!«, presste er zwischen zusammengebissenen Zähnen hervor. »Hilf mir doch!« Kristina packte ihren Bruder. Jemand zerrte tatsächlich mit aller Kraft auf der anderen Seite. Aber dann schrie Jan auf und ließ los. Er schüttelte mit schmerzverzerrtem Gesicht seine Hand und starrte dann entsetzt auf seinen Daumenballen. Darauf zeichnete sich ein Kranz von winzigen roten Zahnabdrücken ab. »Es hat mich gebissen!«

Kristina spürte, wie ihr das Blut heiß in die Wangen schoss und ihre Fäuste sich ganz von selbst ballten. Sachen klauen war eine Sache. Aber ihren kleinen Bruder beißen eine ganz andere!

»He!«, schrie sie. Sie warf sich auf den Bauch und ihre Hand schnellte durch den Spalt. Ihre Finger erwischten gerade noch den Zipfel eines Stoffstückes. Ein erschrecktes Kieksen ertönte, dann schlug das Skateboard schmerzhaft gegen ihr Handgelenk, es gab einen Ruck und das Kind war Kristina wieder entwischt. Wütend spähte sie durch den Spalt. Nicht einmal Jan hätte sich da durchquetschen können, aber das Kind war offenbar klein genug. Jetzt versteckte es sich wohl direkt an der Mauer. Jedenfalls schien der Hof leer. Soweit Kristina erkennen konnte, war es ein gepflasterter viereckiger Platz. In der Mitte erhob sich ein kleiner Steinbrunnen. Um ihn herum bildeten braune und weiße Steinfliesen ein geometrisches Schachbrettmuster. Doch an sehr vielen Stellen hatten die Steine Risse und waren gesprungen. An einer Stelle klaffte sogar ein breiter Spalt im Boden. Aber weit und breit keine Palmen.

Jetzt erklang ein Rollergeräusch. Der Dieb fuhr seelenruhig im Hof herum! Das war zu viel für Jan. Tränen der Wut und Verzweiflung schossen ihm aus den Augen. »Ich will mein Skateboard zurück!«, heulte er auf. Jenseits der Mauer ertönte ein kleines, fieses Kichern.

»Na warte, wenn ich dich erwische«, zischte Kristina.

Aber wie sollte sie in den Hof kommen? Hastig sah sie sich um. Die Balkone waren zu hoch und zu weit weg von der Mauer. Sie musste eine Leiter suchen und an Nonna vorbeischmuggeln. Aber das würde viel zu lange dauern. Man müsste das Kind bis dahin festhalten und …

Festhalten. Kristina lächelte grimmig. Das war die Lösung.

Sie wirbelte herum und packte Jan bei den Schultern. »Keine Sorge, du kriegst es wieder«, flüsterte sie ihm ins Ohr. »Aber wir müssen schnell sein. Geh zurück ins Haus und klemm den Stuhl unter die Klinke von Nummer dreizehn. Und dann hol eine Wäscheleine und das Fischernetz. Ich warte hier und passe auf, dass die kleine Ratte nicht abhaut.«

Jan vergaß auf der Stelle zu heulen. »Was willst du mit dem Netz?«, flüsterte er ebenso leise wie sie.

»Was wohl? Wenn das Kind nicht durch die Tür zurück ins Haus kann, muss es hier raus. Nur wird es nicht weit kommen, weil es uns ins Netz geht. Aber psst! Es darf nicht hören, was wir vorhaben.«

Jan begann zu strahlen wie ein Weihnachtsbaum und schnellte hoch. Er fegte so rasch davon, dass seine Beine nur so wirbelten.

Kristina bückte sich wieder zum Spalt. »He, du!«, rief sie.

Das Rollergeräusch verstummte. Drinnen wurde es so still, als würde der Dieb verharren und lauschen. Und jetzt, als sich Kristinas Wut ein wenig abkühlte, fand sie die Stille fast ein bisschen unheimlich. Bei der Erinnerung an die Katzenaugen fröstelte Kristina. Was auch immer auf der anderen Seite der Mauer hockte – ein gewöhnliches Kind war es nicht. Aber komischerweise war ihre Neugier größer als ihre Furcht.

Kurz darauf kam Jan atemlos angestürmt, das Netzbündel auf der Schulter. Um seinen Hals hing eine Wäscheleine.

Kristina fädelte blitzschnell die Leine durch die Schlaufen des Netzes, dann warf sie je eines der beiden Enden nacheinander über die runden Säulen der Balustraden zu beiden Seiten der Mauer. Ein Ende lag in Kristinas Hand, auf der anderen Seite spannte Jan das Netz. Wenn der Dieb durch den Spalt nach draußen kroch, würde er ruck, zuck sicher verpackt nach oben gezogen werden.

»Jetzt tun wir so, als ob wir gehen«, flüsterte sie und fügte laut auf Italienisch hinzu: »Hat keinen Sinn, Jan. Wir müssen wieder ins Haus zurück, schauen wir später noch mal nach.«

Sie trampelten laut ein paar Schritte davon und postierten sich dann wieder.

Nichts geschah. Eine Minute verging, und dann zwei weitere. Und immer noch herrschte Totenstille. Kristina wurde nervös. Ob das Kind überhaupt noch da war? Vielleicht hatte der Hof ja doch einen weiteren Ausgang?

Hinter ihr wühlte Jan in seiner geheimen Tüte herum. Ein metallisches Schnippen ertönte.

»Psst!«, zischte Kristina. Beim Blick über die Schulter entdeckte sie ein Feuerzeug in seinen Händen.

»Wo hast du das denn her?«, flüsterte sie.

»Aus der Schublade in Nonnas Wohnzimmer.«

»Spinnst du? Was willst du damit? Steck das sofort weg!«

Jan schüttelte den Kopf. »Ich habe noch was von zu Hause mitgebracht«, sagte er geheimnisvoll. »Hab ich gegen Fußballsticker getauscht. Damit jagen wir den Dieb raus. Guck!«

Eine Flamme loderte aus dem Feuerzeug und ein ganzes Bündel von Zündschnüren begann zu brutzeln und zu knistern – und jetzt erkannte Kristina voller Schreck, was Jan hervorgekramt hatte. Böller und Feuerwerk.

»Nein!«, wollte sie rufen, aber es war zu spät. Schon flogen die Böller durch die Luft über die Mauer und Jan zündete schon die nächste Ladung. Dann brach ein Höllenlärm los. Heulen, Zischen und Kanonenschläge hallten in den Gassen wider. Erschreckt flatterten die Tauben davon. Federn stoben in der Luft. Ein bunter Funkenball sauste hoch in die Luft und explodierte mit einem ohrenbetäubenden Knall in einem Regen aus roten Sternschnuppen.

Fenster flogen auf, aufgeregte Stimmen erklangen. Auf dem Balkon tauchte eine Frau mit einer karierten

Schürze auf und schlug beim Anblick des Feuerwerks erschrocken die Hände vor den Mund. Kristina biss sich auf die Unterlippe. Na klasse! Das würde Mordsärger mit Nonna geben.

Aus dem Hof gellte ein schriller panischer Schrei. Die Wäscheleine ruckte in Kristinas Händen. Ohne nachzudenken, warf sie sich nach hinten. Jetzt war es ohnehin zu spät, einen Rückzieher zu machen. Jan ließ ein Triumphgebrüll los und schnappte sich ebenfalls die Leine. Dann zogen sie beide mit aller Kraft, als würden sie beim Fischefangen das Netz einholen, und hievten das Bündel hoch. Schaukelnd hing es nun am Balkon, zwei Meter über dem Boden.

»Um Himmels willen!«, kreischte die Balkonfrau. »Was macht ihr denn da?«

Auch im Hotel Dandolo flog ein Fenster auf – in Nummer vierzehn. Die Fensterläden hatten so viel Schwung, dass sie gegen die Mauer krachten und Putz abfiel. Und zwischen ihnen tauchte Nonna auf. Doch sie machte sofort einen Sprung zurück, als der letzte Kracher direkt vor ihrer Nase vorbeizischte und in einem grünen Funkenregen explodierte.

»Oh, oh«, sagte Jan.

Das Feuerwerk war jetzt endlich abgebrannt, aber seltsamerweise gellte immer noch ein Heulen in Kristinas Ohren. Und jetzt sah sie auch, woher das schaurige Geräusch kam: aus dem schaukelnden Netz, in dem etwas wie wild herumzappelte. Ein strampelndes, kleines Etwas mit winzigen Händen, die verzweifelt an den Schlaufen zerrten. Für einige Momente riss das Gezeter ab, als der kleine Dieb Luft holte. Und dann war es, als würde eine Alarmsirene losgehen. »Luca!«, brüllte das Wesen. »Luuuuuca!«

»Au!«, schrie Jan auf und ließ die Leine los. Das Netz ruckte nach unten, dann nahm ein Schlag gegen die Rippen Kristina alle Luft. Jemand schubste auch sie so grob zur Seite, dass sie gegen die Mauer taumelte. Als sie das nächste Mal aufblickte, stand vor ihr ein schlaksiger großer Junge mit einer Baseballkappe. Die Wäscheleine hatte er ihr aus den Händen gerissen. Die Nachbarn lehnten sich aus den Fenstern, fuchtelten mit den Händen und riefen dem Jungen Dinge zu wie »Vorsichtig« – »Halt gut fest« – »Langsam«.

Der Junge ließ die Falle eilig zu Boden. Erleichtertes Aufseufzen ringsherum, zwei ältere Spaziergänger applaudierten. Den Jungen kümmerte das nicht, kaum lag das Bündel, stürzte er hin und schälte das plärrende Etwas aus dem Netz.

Jetzt begriff Kristina das ganze Ausmaß ihrer Aktion: Das war ganz sicher nicht das geheimnisvolle Kind vom Fenster. Stattdessen hatten sie und Jan irgendein kleines Nachbarsmädchen gefangen. Es war höchstens sechs Jahre alt, hatte rotbraune Locken und niedliche Glitzerspängchen im Haar. Das Gesicht war rot vom Weinen und von Tränen ganz verschmiert. Im Eifer des Gefechts war der Kleinen ein babyblauer Gummistiefel vom Fuß gerutscht. Er lag verheddert im Netz – neben Jans Board. *»Brutta, cattiva strega!«* – Hässliche gemeine Hexe!, schrie die Kleine und deutete anklagend auf Kristina. Nun, das war offensichtlich kein »süßer kleiner Engel«.

»Alles gut, Pippa«, sagte der Junge tröstend. Doch an Kristina gewandt, stieß er hervor: »Ihr spinnt wohl! Sie hätte sich verletzen können!«

»Es war eine Verwechslung«, rechtfertigte sich Jan.

Missbilligendes Murmeln wallte auf. »Ts, ts«, machte die Nachbarin auf dem Balkon kopfschüttelnd.

Angelockt von dem Lärm und Geschrei, waren noch mehr Leute aufgetaucht. Einige hatten Tüten mit Weihnachtsgeschenken und Kuchen in hübschen, mit Bändern geschmückten Kartons dabei. Offenbar hatten sie ihre Familien besucht und waren jetzt unterwegs nach Hause oder zur Vormittagsmesse. Neugierig musterten sie Kristina und Jan. Auch der Junge, der offenbar Luca hieß, betrachtete die Geschwister Vianello von Kopf bis Fuß. Die Baseballkappe verdeckte seine Stirn, aber ein paar glatte braune Strähnen lugten darunter hervor. Er hatte grüne Augen, die immer noch vor Zorn funkelten, und ein schmales Gesicht. Noch nie hatte Kristina sich so innig gewünscht, einfach unsichtbar zu werden. »Es … war wirklich ein Versehen«, stammelte sie. »Ehrlich.«

»Aber trotzdem«, ereiferte sich Jan. »Sie hat mein Skateboard geklaut. Und außerdem hat sie mich gebissen.«

»Geklaut?«, keifte die Balkondame. »Was seid ihr denn für Kinder? Die Kleine wollte sicher nur spielen. Wenn ihr nett wärt, würdet ihr sie mitmachen lassen.«

Zustimmendes Gemurmel und noch mehr *ts, ts* von allen Seiten.

Luca kniff die Augen zusammen. »Warum redest du so komisch? Seid ihr Touristen?«

»Nein, das sind doch die Kinder von Flavio Vianello«, erklärte die Balkonfrau. »Sie sind über Weihnachten zu Besuch bei Cecilia.«

»Ach, die Deutschen!«, rief ein anderer Nachbar, als sei damit alles erklärt. Es klang, als hätte er gesagt: *Ach, die Sumpftrolle.*

Na toll, jetzt starrten die ganzen Leute sie an, als seien sie eine seltene Art von Rüsselschweintigern.

Die Kleine zappelte in Lucas Armen, bis er sie losließ. Doch statt ihren Stiefel wieder anzuziehen, stürzte sie zum Skateboard, pflückte es aus dem Netz und wollte sich damit aus dem Staub machen.

»Halt!« Jan flitzte los und erwischte das Mädchen gerade noch am Jackenzipfel, bevor es die nächste Hausecke erreicht hatte. Doch Luca war genauso schnell. Er packte Jan und riss ihn zurück. »Finger weg von meiner Cousine!«, fuhr er Jan an. Kristina vergaß auf der Stelle, dass sie sich nicht noch mehr blamieren sollten. Mit ein paar Schritten war sie bei Luca und stellte sich schützend vor Jan. »Lass du deine Finger von meinem Bruder!«, fuhr sie den Jungen an. »Sonst bekommst du Ärger.«

Luca lachte. »Mit dir?«

»Probier es nur aus«, erwiderte Kristina. Das war ziemlich gewagt. Luca war älter und überragte sie um einen ganzen Kopf. Und im Moment sah er nicht so aus, als hielte er Mädchenverprügeln für eine schlechte Idee. Aber schließlich zuckte er nur betont arrogant mit den Schultern und wandte sich an seine kleine Cousine. »Na los, Pippa, gib es ihm zurück.«

Das Mädchen verzog den Mund und schniefte trotzig, aber es machte kein Theater, als Luca ihm das Board aus den Händen nahm und Kristina reichte.

»Da!«, sagte er unfreundlich. »Und in Zukunft lasst ihr die Kleine in Ruhe, klar?«

Jan zupfte an Kristinas Ärmel. »Der Totenkopfanhänger!«, flüsterte er aufgeregt. »Sie hat ihn!«

Tatsächlich. An einer Gürtelschlaufe der Kleinen baumelte ein Schlüsselbund. Ein winziger Plüschbär hing daran, jede Menge alter Schlüssel – und auch Jans Totenkopfanhänger. Es war garantiert seiner. Kristina erkannte sogar die Macken im Totenschädel. Sie stammten von einem Hund, der sich den Anhänger einmal geschnappt und angekaut hatte. Aber wie kam das Nachbarsmädchen an den Gegenstand, den doch das seltsame Kind gestern Nacht gestohlen hatte? Kristina räusperte sich. »Der … der Anhänger da gehört auch Jan.«

Pippas Mund klappte auf. Die Art, wie sie Luft holte, ließ Kristina sofort wieder an das Sirenengeheul von vorhin denken. Und schon brach ein Wutgebrüll los. »Das ist gelogen!«, kreischte Pippa. »Den Anhänger habe ich geschenkt gekriegt!« Mit diesen Worten stampfte sie mit dem bloßen Fuß auf und flitzte davon.

»Luca Pezzi!«, donnerte hinter Kristina eine wohlbekannte, strenge Stimme. Nonna stapfte in rosa Gummistiefeln und ohne Jacke auf Luca zu und baute sich vor ihm auf. »Was fällt dir ein, du Nichtsnutz? Wolltest du mit den Raketen mein Haus abbrennen?«

Der Junge schnaubte. »Nein, Signora Vianello. Das schafft Ihre Familie ganz gut ohne mich.«

»Luca kann nichts dafür, ich habe es gesehen!«, ereiferte sich die Nachbarin. »Die beiden haben das Feuerwerk gezündet und die kleine Pippa heimtückisch mit dem Netz eingefangen.«

»Petze«, murmelte Jan. War ja klar, dass die Balkonfrau sich auf Lucas Seite schlug.

Und jetzt mussten auch die anderen Leute ihren Senf dazugeben. Plötzlich redeten alle durcheinander. Nonna hörte gar nicht hin, sie drehte sich langsam zu den Geschwistern um.

»Das wart *ihr*?«, fragte sie mit bebender Stimme.

»Na ja, Pippa hatte sich im Hof versteckt«, fiepte Jan.

»Wir wollten sie nur ein bisschen erschrecken, damit sie rauskommt.«

Kristina zog unwillkürlich die Schultern hoch und machte sich schon auf ein Donnerwetter gefasst. Doch zu ihrer Überraschung runzelte Nonna nur besorgt die Stirn. »Das Mädchen war *in meinem Hof*? Wie ist sie dort reingekommen?«

»Da ist sie reingekrochen!« Jan zeigte auf die fehlenden Mauersteine. Nonna holte tief Luft und wirbelte blitzschnell zu Luca herum.

»So, und jetzt hörst du mir mal genau zu«, keifte sie. »Danke dem Himmel, dass Pippa sich nicht den Hals gebrochen hat. Was glaubst du wohl, warum die Tür zugemauert ist? Weil der Hof da drinnen baufällig ist! Der Boden kann jeden Moment nachgeben.«

»Ich habe die Mauersteine nicht entfernt«, brauste Luca auf.

Doch Nonna winkte ab. »Ach was, ich kenne euch Pezzis doch. Irgendetwas fresst ihr doch immer aus. Lasst euch nicht mehr auf meinem Grundstück sehen, sonst hole ich die Polizei. Und sei froh, dass ich deine Eltern nicht für den Schaden an der Mauer bezahlen lasse!«

Der Junge kniff die Lippen zusammen, aber er sagte nichts mehr. Nonna hatte offenbar gewonnen, nicht einmal die Balkonfrau traute sich noch, Luca zu verteidigen.

»Gibt es hier noch irgendetwas zu sehen?«, rief Nonna

unwirsch in die Runde. »Habt ihr kein Zuhause? Geht feiern!«

Die Leute zuckten mit den Schultern und gingen wieder zurück in die Wohnungen oder weiter ihres Weges.

»Was habt ihr da draußen nur gemacht?«, fragte Nonna, als sie ein paar Schritte gelaufen waren.

»Wo ist der Garten mit den Palmen?«, platzte Jan heraus.

»Was für Palmen?«

»Na, die ich durch das Guckloch über dem Wandteppich gesehen habe.«

Nonna blieb stehen und sah Jan von der Seite scharf an. »Willst du mir etwa erzählen, du bist da oben herumgeturnt?«

»Ich wollte nur durch das Fenster schauen. Und da war ein Gar...«

»Du hast wohl geträumt.«

»Aber...«

»Hier gibt es keinen Garten. *Basta.*«

Jan wollte widersprechen, aber Kristina drückte verstohlen seinen Arm und ihr Bruder verstand und verstummte mit hochrotem Kopf. Nonna starrte ihn noch ein paar Sekunden durchdringend an, dann marschierte sie weiter.

»Und fürs nächste Mal: Haltet euch von den Pezzi-Kindern fern«, murmelte sie. »Sie taugen nichts.«

Das war ein ziemlich hartes Urteil, fand Kristina. Gut,

Pippa war ein kleines Biest, aber Luca hatte, wenn man ehrlich war, ganz anständig gehandelt. Hätte Luca Jan in ein Fischernetz gesteckt, hätte Kristina ihn jedenfalls ganz sicher verprügelt.

»Wieso taugen sie nichts?«, bohrte sie nach.

»Die Pezzis stammen von Fischern ab, doch nicht mal das können sie ordentlich. Lucas Mutter hangelt sich von einer Aushilfsarbeit zur nächsten, derzeit ist sie wohl auf dem Fischmarkt – und sein Vater schlägt sich damit durch, dass er Souvenirs verkauft und Touristen herumführt. Mit solchen Faulpelzen wollen wir nichts zu tun haben. Wir sind nun mal eine Familie mit Ehre und Tradition, unsere Vorfahren haben Geschichte geschrieben und die Geschicke der Stadt gelenkt.«

Kristina verbiss sich die Bemerkung, dass Nonna mittlerweile ihr Geld damit verdiente, Touristen in ihrem Haus wohnen zu lassen. An der Ecke warf sie einen Blick über die Schulter zurück. Luca stand immer noch unter dem Balkon und sah ihnen mit gekränkter Miene nach.

SCHWARZE SPAGHETTI

Nonna führte sie nicht zurück ins Hotel Dandolo, sondern bog nach rechts ab und überquerte einen von hohen roten Backsteinbauten umgebenen Platz, den *Campo dell'albero.* Von dort aus kamen sie zu einer kleinen Brücke in eine Wohnstraße. »Wohin gehen wir?«, fragte Jan.

»Zu Cesare. Erstens könnt ihr dann keine weiteren Dummheiten mehr machen. Und zweitens gibt es dort Mittagessen.«

Das Restaurant »Zur hungrigen Meerjungfrau« befand sich nicht weit vom Hotel auf einem großen Platz namens *Campo Santo Stefano.* Links erhob sich eine Kirche und in der Mitte die Statue eines bärtigen Mannes. Und rechts neben einem braun gestrichenen Hotel sahen sie schon von Weitem das Schild mit der Nixe, die Messer und Gabel in der Hand hielt. Das Gasthaus war an dem Feiertag geschlossen, aber Nonna klingelte und schon flog die Tür auf und Cesare empfing sie mit einer Schürze und einem Kochlöffel in der Hand.

»Willkommen in meinem kleinen Palazzo«, rief er. Er führte sie in die winzige, aber heimelige Gaststube. Lampen aus buntem Glas verbreiteten warmes Licht, der Tresen war vollgestellt mit Vasen voller Plastikblumen und Schälchen; an den Wänden hingen Postkarten und Gemälde von alten Schiffen.

Und auf einem Regal über der Theke gab es sogar Kostbarkeiten zu bestaunen: bunte Kelche mit goldenem Rand. Ein tiefrotes Glas mit der edlen Form einer Lilie war besonders schön.

»Murano-Glas«, sagte Cesare stolz. »Mein Großvater gehörte nämlich zu den *vetraio* – den Glasbläsern. Der rote Kelch war sein Meisterstück.«

Wenig später standen vor ihnen Teller voller dampfender kohlschwarzer Spaghetti. »Die sind mit Tintenfisch-Tinte gefärbt«, erklärte Cesare. »Eine Spezialität. *Buon appetito!*«

»Hm, na lecker«, maulte Jan, sobald Cesare in der Küche verschwunden war. »Schwarze Würmer aus dem Dschungelcamp!« Aber offenbar siegte der Hunger. Jan machte sich über die Nudeln her. Kristina horchte mit gespitzten Ohren, was Nonna mit Cesare in der Küche besprach. Viel verstehen konnte man nicht, Nonna flüsterte. Sie klang sehr besorgt, fast ängstlich. »... Du musst die Mauer sofort wieder abdichten«, hörte sie. »... Pezzi-Pack ...«, und auch das Wort: »... Raketen ...«

Dann hallte Cesares dröhnendes Lachen zu ihnen herein. Der alte Wirt kam in den Gastraum. »Ihr jagt das halbe Hotel in die Luft, um die kleine Pippa Pezzi aus dem Hof zu jagen?«, lachte er. »Ihr zwei seid ja noch verrückter als Sara früher!«

Immer noch lachend, ging er zur Garderobe und zog sich seinen Regenmantel und seine Stiefel an. »Ich finde das nicht so witzig«, meinte Nonna. »Kinder, Cesare und ich gehen. Und wagt es nicht, vor sechs heimzukommen.«

»Fühlt euch wie zu Hause«, setzte Cesare freundlicher hinzu. »Wenn ihr fertig seid, sagt Anna Bescheid – das ist meine Tochter. Sie ist nebenan in der Wohnung. Ihr könnt auch fernsehen. Und den Weg zurück zum Hotel findet ihr ja, oder?«

Kristina und Jan nickten. Dann klappte die Tür und sie waren allein. Nur nebenan, wo wohl die Wohnung lag, hörten sie den Fernseher laufen.

»Erst sollen wir helfen und jetzt will sie uns loswerden«, beschwerte sich Jan. »Ich will wieder heim!«

Kristina konnte ihn nur zu gut verstehen. Aber es half ja nichts. Und außerdem gab es hier noch ein Geheimnis zu lüften. »Wir müssen unbedingt mit den Pezzis reden«, sagte sie. »Pippa muss uns sagen, wer ihr den Totenkopfanhänger geschenkt hat.«

Jan nickte mit vollem Mund. »Glaubst du, der Dieb ist immer noch im Hotel?«, nuschelte er.

Kristina nickte. »Und ich bin sicher, da *ist* irgendwo ein Garten.«

»Sag ich doch.« Jan kaute eine Weile auf den Nudeln herum, dann schoss er mit einem Mal hoch. Schon war er auf dem Weg in die Küche. Schubladen gingen auf und wurden mit Schwung wieder zugeworfen. Kurz darauf erschien Jan wieder an der Tür und hob triumphierend eine Tüte Mehl hoch. »Damit erwischen wir den Dieb«, erklärte er und stopfte ein paar Handvoll in die leere Tüte, in der vorhin die Böller gewesen waren. »So machen es nämlich die Geisterjäger: Mehl auf den Boden streuen, dann sieht man morgens die Fußabdrücke, wenn jemand im Zimmer war.«

SARA

ENDLICH SAH ER SIE bei Tageslicht! Sie trat eben aus dem roten Palazzo und blieb auf der Treppe direkt am Wasser stehen, flankiert von zwei rot-weißen Pfählen, an denen Boote angebunden waren. Der Dunkle richtete sich in seiner Gondel auf und betrachtete sie genau. Sie trug einfachste Kleidung, die voller Staub war. Eine grobe Jacke und sogar Männerhosen wie ein Fischer. Aber trotz dieser Verkleidung hätte er sie unter Tausenden sofort erkannt. Nichts konnte den Schimmer verbergen, der sie umflirrte und den die gewöhnlichen Menschen nicht wahrnahmen. Regentropfen fingen sich in ihren Locken und glänzten wie ein Diadem aus gläsernen Perlen. Dort wo sie am Kanal stand, sammelten sich Schwärme silbriger Fische. Und die Wellen schwappten wie kleine, aufgeregte Welpen, die sich zu ihren Füßen auf den Rücken warfen und um ihre Aufmerksamkeit heischten. Sie bemerkte nichts davon. Sie war tieftraurig, das

konnte der Dunkle sogar auf die Entfernung spüren. Nun zog sie etwas aus einer Tasche. Es war wohl ein kleines Schriftstück, ein rechteckiges Papier. Das scharfe Ratschen, als sie es durchriss, klang zu ihm herüber. Eine Träne löste sich von ihrer Wange und fiel ins Wasser. Der Dunkle konnte fühlen, wie schwach sie war und wie verzagt. Ein teuflisches Lächeln breitete sich auf seinen Zügen aus. Das war seine Chance. Ein gemurmelter Befehl aus seinem Mund und seine Diener eilten herbei. Möwen nahmen Kurs auf den Kanal und kreisten über dem Hotel und er hörte auch die trippelnden Schritte seiner vierbeinigen Sklaven. Aus den Fenstern kamen sie, aus Höfen und Gärtchen. Sie glitten ins Wasser, die winzigen Schnauzen über der Oberfläche haltend, paddelten sie auf seine Gondel zu. Doch er hatte nur Augen für SIE.

»Komm näher!«, murmelte er. Als hätte sie seine Worte gehört, hob sie den Kopf. Sie gehorchte zögernd, widerwillig, als würde sie versuchen, aus einem Traum zu erwachen. Vorsichtig ging sie einen Schritt die Treppe hinunter, und dann noch einen.

Es waren nicht viele Venezianer unterwegs, und diejenigen, die sie auf den Straßen fragten, wussten nicht, wo die Familie Pezzi wohnte. Offenbar zog die Familie ziemlich oft um. Dafür begegneten Kristina und Jan auf dem Heimweg umso mehr japanischen und französischen Touristen. Wegen der Flut waren inzwischen überall in der Stadt Holzstege auf Metallbeinen aufgestellt worden, die bei Hochwasser als Wege dienten. Und plötzlich, von einer Sekunde auf die andere, donnerte es, und der Regen wurde stärker. Die Touristen flohen unter Regenschirme oder in die Souvenirgeschäfte. Jan und Kristina zogen sich die Kapuzen über den Kopf und begannen zu rennen. Wasser spritzte hoch auf, als sie um die Ecke zum Vordereingang des Hotels fegten – wo sie um ein Haar gegen Tante Sara geprallt wären. Sie stand vor der Hoteltreppe und schien mit den Gedanken weit fort zu sein. Regen rann ihr über das Gesicht und hatte ihr Haar völlig durchnässt.

»Hi, Sara«, rief Jan. Er rannte hinter ihr vorbei und verschwand im Hotel. Aber Kristina blieb stehen. Komischerweise hatte Sara nicht geantwortet. Und noch etwas war seltsam. Sie stand knietief im Wasser, obwohl sie keine Gummistiefel anhatte. Ihre Jeans und ihre Sneakers waren unter Wasser zu sehen. Mit der rechten Hand umklammerte sie ein paar Papierfetzen. Und das Wasser wirbelte und stieg unglaublich schnell immer höher, als wollte es Sara verschlingen.

»Tante Sara?«, fragte Kristina. »Alles in Ordnung?«

Aber Sara schien sie gar nicht zu hören. Stattdessen machte sie wie eine Schlafwandlerin einen zögernden Schritt nach vorne – dorthin, wo das tiefe Wasser des Kanals begann.

Wie aus dem Nichts waren zwei Kinder aufgetaucht. Ein Junge, der ins Haus rannte – und ein Mädchen, vielleicht elf Jahre alt. Sie war flink und nicht besonders groß, unscheinbar auf den ersten Blick, und doch erkannte der Dunkle in ihr die Gefahr. Sie hatte etwas Ernsthaftes in den Zügen und einen wachen Blick. Zu wach. Das waren dunkle Kristallaugen, die jedes Licht fingen und denen nichts entging. Jetzt hatte sie sein Opfer entdeckt und packte die junge Frau am Arm, riss sie zurück zur Treppe. Der Dunkle fletschte die Zähne. Sie machte alles zunichte!

»Vorsicht, du fällst in den Kanal!«, rief Kristina. »Warum stehst du hier draußen herum, Sara? Du wirst ganz nass.«

Sara zuckte wie ertappt zusammen. Sie runzelte die Stirn, als müsste sie sich mühsam daran erinnern, wo sie sich befand. »Oh, tatsächlich, es regnet ja«, murmelte sie verwundert. »Und das Wasser ist ganz plötzlich gestiegen. Habe ich gar nicht gemerkt, ich muss wohl in Gedanken versunken sein.« Sie wollte sich das nasse Haar aus der Stirn streichen. Dabei fielen ihr die Fetzen eines Fotos aus der Hand und trieben im Wasser, das ihr nun schon über die Knie reichte. Kristina rettete sich auf die nächste Stufe der Treppe und blickte von dort aus auf die Teile des Bildes: Sara in einem Schlauchboot bei einem Greenpeace-Einsatz, lachend und glücklich. Um ihre Schultern lag ein Arm. Der dazugehörige Mann trieb auf einem anderen Papierstück. Er war jung, mit hellem, im Wind wehendem Haar und strahlenden Augen, ein bisschen wie ein hübscher Pirat, auf jeden Fall ein Abenteurer.

Langsam dämmerte Kristina, warum Sara seit Tagen heimlich weinte.

»Ach ja, richtig«, sagte Sara traurig. »Jetzt fällt mir wieder ein, was ich hier eigentlich wollte: Erinnerungen versenken.«

»War … das dein Freund?«, fragte Kristina zaghaft.

»Mit der Betonung auf *war*«, erwiderte Sara bitter.

Kristina wandte den Blick ab und betrachtete, wie die Fotostücke nach unten sanken, undeutlicher wurden, als würden sie verblassen, und schließlich ganz im Grün verschwanden. »Mussten wir deshalb nach Venedig? Weil du so weit wie möglich von ihm wegwolltest?«

Sara wischte sich unwirsch die Tränen vom Gesicht, obwohl der Regen sie schon alle weggespült hatte. »Na ja, ich konnte euch ja schlecht in unsere Wohngemeinschaft nach Berlin mitnehmen. Da wohnt er jetzt nämlich mit seiner neuen Freundin. Habe ich erst vor drei Tagen erfahren, als ich von einem Einsatz zurückkam. Tolles Weihnachtsgeschenk, oder?«

Es war komisch, ihre Tante so hilflos und traurig zu erleben. Aber seltsamerweise war ihr Sara gerade durch ihren Kummer wieder fast so nah wie früher, als sie noch bei ihnen wohnte.

Fieberhaft überlegte Kristina, was sie Tröstliches antworten könnte. Schließlich beschloss sie, einfach das zu sagen, was ihr bei der Geschichte als Erstes in den Sinn gekommen war. »Wie heißt er?«

»Patrick«, murmelte Sara. »Patrick Brockstone. Er stammt aus England.«

»Weißt du, was ich glaube? Patrick Brockstone ist ein Arsch.«

Tante Sara schnappte erschrocken nach Luft und sah sie verdutzt an, doch dann brach sie plötzlich in Gelächter aus. »Lass das bloß nicht deinen Vater hören. Sonst behauptet er am Ende noch, ich hätte dir solche Ausdrücke beigebracht.«

Kristina grinste. Immerhin wirkte Sara nicht mehr ganz so niedergeschlagen. Sie schniefte und holte entschlossen Luft. Scheinbar fiel ihr erst jetzt auf, dass das Wasser ihr schon bis an die Oberschenkel reichte. Sie machte einen Satz zu Kristina auf die Treppenstufe.

»Oh Mann, schau dir das an! Was ist mit dem Wasser los? Eines Tages wird die ganze Stadt einfach versinken wie Atlantis.« Sie lächelte zaghaft. »Weißt du, was? Ab heute wird nicht mehr geheult. Versprochen. Wir machen uns eine schöne Zeit in Venedig. Und morgen … huch, was ist das denn?«

Sie packte Kristina bei der Hand und riss sie mit sich. Ehe Kristina wusste, was los war, standen sie schon oben auf der Treppe im Trockenen.

Etwas platschte in der Nähe. Eine spitze Schnauze hob sich aus dem Wasser. Gelbe Nagezähne waren zu sehen. Die Ratte schien Kristina boshaft anzugrinsen. »Igitt!«, schrie Kristina auf und hechtete auf die Hotelschwelle. Unten paddelten sicher ein Dutzend Ratten im Kanal herum. Schwarze, längliche Körper in den Fluten.

»Puh, die haben uns ja gerade noch gefehlt«, stöhnte Sara. »Na ja, so ist das in einer richtig alten Stadt. Manchmal flüchten sie vor der Flut aus irgendwelchen Kellern. Früher haben sie die Pest übertragen, wusstest du das?«

»So genau wollte ich es gar nicht wissen«, murmelte Kristina und schüttelte sich. Sara lachte.

»Wollt ihr da draußen Wurzeln schlagen?« Nonna hatte ein Fenster im ersten Stock geöffnet und streckte ihren Kopf heraus.

»Komm, nichts wie rein!« Sara stapfte ins Haus zurück, wobei Bäche von Wasser aus ihren Schuhen und Hosenbeinen strömten.

Das Mädchen hatte die junge Frau tatsächlich zum Lachen gebracht und damit seinen Bann gebrochen! Und jetzt verschwand SIE im Haus, taub für seinen Befehl und befreit von seinem Zauber, als hätte sie ihn achtlos wie einen Mantel abgestreift. Beinahe hätte er einen Wutschrei ausgestoßen, aber er beherrschte sich mühsam. Nur seine knochigen Finger schlossen sich so fest um den Riemen, dass das Holz knackte und beinahe barst.

Es war schwierig genug, an SIE heranzukommen. Immer noch war es ihm nicht gelungen, die Schwellen des Palazzo zu überschreiten. Die lilahaarige Alte, die jetzt misstrauisch aus dem Fenster lugte, hütete ihr Haus zu gut. Und jetzt kam ihm auch noch dieses Mädchen in die Quere. Es konnte ihm Schwierigkeiten machen und seine Pläne durchkreuzen, das ahnte er. Das Fenster schloss sich, aber das Mädchen verharrte auf der obersten Stufe und starrte mit ihren wachen Augen über das Wasser, als könnte es seine Anwesenheit spüren. Zeit, wieder unsichtbar zu werden. Der Dunkle öffnete seine linke Hand und wandte die Handfläche zum Himmel. Und der Nebel gehorchte ihm und erhob sich so schnell, als würde Rauch aufsteigen.

Kristina wollte ihrer Tante schon folgen, aber irgendetwas hielt sie ab. War es kälter geworden oder fröstelte sie so sehr, weil sie müde war? Misstrauisch sah sie sich um.

Die Dämmerung verwandelte die Häuser bereits in dunkle Scherenschnitte vor einem graublauen Wolkenhimmel. Der Kanal war im Abendlicht ein silbernes Band.

Ein Stück weiter rechts ragte die *Rialto*-Brücke auf. Jetzt, zur Weihnachtszeit, war sie mit blauen Lichterketten geschmückt. Ihr kalter Schein drang durch den Nebel und die Lampen der Restaurants an der Promenade mischten Rot dazu.

Trotzdem: Irgendetwas war anders als vorher.

Die Ratten waren verschwunden, aber über Kristina kreiste ein ganzer Schwarm Möwen. Sie waren kleiner als gewöhnliche Möwen und fast schwarz. Noch nie hatte sie solche Vögel gesehen. Ihre Schreie hallten schrill und bedrohlich zwischen den Palazzi.

Alle anderen Geräusche schienen mit einem Mal wie von Watte verschluckt zu sein. Vor ihr auf dem Kanal fuhr ein beleuchtetes Vaporetto vorbei – in Venedig waren diese großen flachen Boote die Wasserbusse. Und auf der anderen Kanalseite glaubte Kristina im Schatten eines kleinen Nebenkanals auch eine Gondel zu sehen. Eine hagere Gestalt in einem schwarzen Regencape stand reglos darauf.

Der Mantel hatte eine Kapuze, die das Gesicht verbarg. Der Mann schien sie über das Wasser hinweg zu mustern. Irgendetwas war an dieser Gondel nicht so, wie es sein sollte, aber Kristina hätte nicht erklären können, was genau es war. Doch bevor sie genauer hinschauen konnte, hatte der aufsteigende Nebel die Gestalt schon verschluckt.

Mit dem Riemen schlug er dreimal gegen den Rumpf der Gondel. Das Wasser wogte im Rhythmus der dumpfen Schläge, die Schwingung breitete sich aus – über Seitenkanäle in winzige schmale Gassen, zu Kirchen und auf Plätze. Tauben flatterten auf, wo sie die Erschütterung fühlten, Babys begannen, in ihren Wiegen zu weinen, die Paläste ächzten und seufzten wie Riesen, die schlecht träumten. Der Dunkle brauchte nicht lange zu warten. Bald schon hörte er das Geflüster, tappende Schritte, leise Stimmen. Runde Augen leuchteten ringsumher in der Dunkelheit auf, glommen ohne ein Zwinkern wie Irrlichter im Nebel.

»Geht«, stieß der Dunkle mit heiserem Flüstern hervor. »Stürmt das Haus, sucht um euer Leben! Und dann tötet die Hexe und bringt mir das Mädchen und diese Kinder.« Und zu sich selbst fügte er hinzu: »Drei Leben sind besser als eines.«

CAMPO SAN POLO

EIN DUMPFES KLOPFEN weckte Kristina. Sie fuhr aus einem tiefen Traum hoch, in dem glühende Augen sie angestarrt hatten. Ein Blick auf die Uhr zeigte ihr, dass es sieben Uhr morgens war, im Zimmer war es noch dunkel. Wer hämmerte so früh schon Nägel in die Wand?

Kristina schwang sich aus dem Bett. Kaum hatten ihre Füße den Boden berührt, zuckte sie wieder hoch. Sie hatte das Mehl vergessen!

Die feine weiße Schicht lag wie Puder auf dem Marmorfußboden des Dogenzimmers. Na ja, jetzt klebte ein Teil davon an ihren Fußsohlen. »Jan, bist du wach?« Doch ihr Bruder lag eingemummelt in dem Bett neben dem Fenster und rührte sich nicht. Sein Skateboard hielt er auch im Schlaf fest umarmt, und seine Zudecke beulte sich, weil er seine Schätze darunter in Sicherheit gebracht hatte. Jans giftgrüne Turnschuhe standen direkt vor dem Bett. Die Totenköpfe, die Jan mit Edding auf die Spitzen dieser »Piratenschuhe« gekritzelt hatte, schienen im Halbdunkel blöde zu grinsen. Kristina knipste das Nachttischlicht an. Keine Spuren im Mehl. Und auch die Köder, die Jan mitten auf dem Boden ausgelegt hatte – zwei weitere Fußballsticker, ein Gummiball und Kristinas Glitzerbleistift –, waren unberührt. Kristina stand auf und huschte hinaus. Vor dem Zimmer klopfte sie sich das Mehl von den Sohlen und lief hastig zur Treppe. Das Klopfen donnerte hier so laut, dass es fast in den Ohren wehtat. Und gleich darauf wusste sie, was hier vorging: Nonna stand auf einer Leiter und hämmerte gerade einen Nagel in eine Holzplatte an der Wand. Sie war so bei der Sache, dass sie Kristina im Schatten des Flurs gar nicht bemerkte. Nonna ließ den Hammer sinken und seufzte. Sie sah müde aus und ein bisschen grau im Gesicht.

»Das müsste genügen«, murmelte sie. Und noch leiser setzte sie hinzu: »Hoffentlich.« Besorgt betrachtete sie ihr Werk: Die Holzplatte verdeckte nun das kleine Fenster in Richtung Hof. Der Wandteppich darunter war abgehängt worden. Und jetzt war klar, dass Cesare den gestrigen Nachmittag nicht nur damit verbracht hatte, das Loch in der Mauer zu schließen: Mit dicken Dübeln hatte er drei breite Balken quer über die Tür mit der Nummer dreizehn befestigt und sie damit regelrecht verbarrikadiert.

Das Frühstück bestand schon wieder nur aus Kakao und einem trockenen Riesenkeks, den Sara *bussolai* nannte.

»Heute kauft ihr ein«, bestimmte Nonna. »In San Polo sind einige Geschäfte geöffnet. Ihr helft Sara beim Tütentragen, danach bleibt sie hier und ihr geht zu Cesare.«

»Du willst uns echt loshaben, was?«, stellte Jan missmutig fest.

»Ihr wolltet Ferien, jetzt habt ihr sie«, erwiderte Nonna knapp und stand auf. »Außerdem weiß ich jetzt, dass ihr mehr Schaden anrichtet als eine Horde wilder Affen, wenn man euch aus den Augen lässt. Deshalb bleibt ihr bei Cesare.«

Der Weg zum Markt führte über die *Rialto*-Brücke auf die andere Seite des Kanals. Das Hochwasser war verschwunden, eine kalte Wintersonne war herausgekommen und es fiel sogar ein wenig Schnee. Doch am Himmel standen wie festgefroren dunkle Wolkenfetzen. Jedes Geräusch schien einen Hall zu haben und jeder Möwenschrei ein Echo.

Jans Skateboard, mit dem er tapfer auf den ebeneren Wegstücken zu fahren versuchte, klang in der Stille so laut, als würde eine Flaschenlawine einen Bergabhang runterrollen.

Als der erste offene Laden in Sicht kam, ging Sara einfach weiter.

»He, sollen wir nicht einkaufen?«, fragte Kristina.

Ihre Tante zwinkerte ihr zu. »Später«, antwortete sie geheimnisvoll.

Zehn Minuten später waren sie am *Campo San Polo* angelangt, einem von roten und weißen Villen gesäumten Platz. Und Kristina traute ihren Augen kaum. Ganz von selbst schlich sich ein Lächeln auf ihr Gesicht und ihr wurde vor Freude ganz warm im Bauch. Zwischen einem riesigen, kahlen Baum und weißen Marktzelten glänzte in einer hölzernen Arena eine blanke Eisfläche.

»Wahnsinn, eine Schlittschuhbahn«, rief Jan.

»Ich habe doch gestern versprochen, dass wir uns ein paar schöne Tage machen«, sagte Sara verschmitzt. »Und das müssen wir Nonna ja nicht erzählen. Du fährst doch gerne Schlittschuh, oder?«

Das war nun wirklich eine überflüssige Frage.

Kristina kam es so vor, als sei es Jahre her, seit sie das letzte Mal eine Schlittschuhbahn betreten hatte. Ein bisschen war es wie Zuhausesein mit ihren Freundinnen. Jan hatte sich sofort mit ein paar Jungs zusammengetan und lieferte sich einen Wettlauf auf Hockeyschlittschuhen.

Kristina wirbelte in einer Drehung um die eigene Achse und genoss es, die Häuser ringsum tanzen zu sehen. Über ihr drehte sich der seltsame Himmel und die Möwen kreisten direkt über der Bahn. Kristina blinzelte. Sie fuhr an den hölzernen Zaun und legte den Kopf in den Nacken. Es waren dieselben seltsamen Möwen wie gestern Abend. Und obwohl es Unsinn war, kam es ihr so vor, als würden die Vögel sie aus der Luft lauernd beobachten. Gelächter und Kreischen übertönten die Musik aus den Lautsprechern. Eine Gruppe von Zuschauern feuerte Jans Mannschaft an. Kristina schaute sich um – und blieb mit dem Blick an etwas hängen, was ihr sehr bekannt vorkam. Giftgrüne Piratenschuhe. Sie waren ihrem Träger zu groß und die Schnürsenkel hatte er um die Knöchel geschlungen wie bei altertümlichen Sandalen. Kristina krampfte die Hände um die Holzbande und reckte den Hals. Das Kind verschwand gerade im Getümmel, aber sie konnte noch einen Blick auf seine Kleidung erhaschen: knielange Hosen und ein altertümliches Hemd. Das Kind vom Fenster! Es hatte Jans Schuhe an, die heute Morgen noch vor seinem Bett gestanden hatten. Das hieß, es musste gerade erst im Haus gewesen sein – und diesmal hatte es Jans Schuhe gestohlen.

So schnell war sie noch nie über eine Eisbahn zum Ausgang geflitzt. Sie zog in Blitzgeschwindigkeit die Schlittschuhe aus und holte ihre Gummistiefel. Auf einem Bein hüpfend, schlüpfte sie noch in den zweiten Stiefel und rannte los. Das Kind hatte den Platz überquert und schlängelte sich nun wie ein Wiesel zwischen den Passanten hindurch. »He! Stehen bleiben!«, rief sie.

Die Leute drehten sich zu ihr um, aber das Kind begann einfach zu rennen, ohne sich umzusehen. »Haltet ihn fest!«, rief Kristina. »Er hat Schuhe geklaut!«

Doch die Leute schauten sich nur ratlos um. Atemlos erreichte Kristina eine Seitenstraße – und sah gerade noch einen grünen Schuh um die Ecke verschwinden. Sie fegte hinterher und bog in eine menschenleere Gasse ein. Es wurde dunkel, als sie in einen tunnelartigen Durchgang zwischen zwei Häusern tauchte – einen *sotoportego*. Der Weg endete an tangbewachsenen Treppen, die in den Kanal führten. In letzter Sekunde bremste sie ab und blieb schwer atmend stehen. Enttäuscht drehte sie sich um. Der Dieb war ihr also wieder einmal entwischt.

Sie wollte schon auf die Straße zurücklaufen, als sie ein verräterisch feines Schleifen hörte. Wie schleichende Schuhsohlen auf einem Holzboden. Nur kam das Geräusch nicht von der Straße. Sondern von … oben?

Sie blickte hoch – und wäre vor Schreck fast rückwärts in den Kanal gestolpert. Über ihr hing das Kind an der Decke des Durchgangs und klammerte sich mit den Fingern in den Ritzen von Holz und Mauerwerk fest. Es war ein kleiner Junge, kaum älter als Pippa, aber er hing so verrenkt an der Wand, dass er eher wie ein kleines Tier wirkte oder ein zusammengekrümmter Kobold. Ein Turnschuh war ihm vom Fuß gerutscht und baumelte an den Schnürsenkeln vom rechten Knöchel. Der Junge stieß einen schrillen, warnenden Pfiff aus, der ihr durch und durch ging. Kristina bekam so weiche Knie, dass sie sich gegen die Wand lehnen musste. Jetzt erst wurde ihr bewusst, dass sie hier ganz allein war – mit einem unheimlichen Wesen, das die Wände hochklettern konnte wie eine Eidechse. Und das sie nun feindselig anfunkelte. Fassungslos starrte sie in das totenblasse Gesicht mit den brennenden schwarzen Augen. Sie waren größer als die eines normalen Kindes – oder vielleicht schien es nur so, weil das Gesicht so hohlwangig und schmal war.

Es kostete sie allen Mut, überhaupt ein Wort herauszubringen. »Was bist du? Ein … Geist?« Erst jetzt fiel ihr auf, dass sie deutsch gesprochen hatte. Aber als sie sah, wie dem Jungen der Mund aufklappte, ein schattiger Fleck in einer weißen Maske, blieb ihr jedes italienische Wort im Hals stecken.

Der Junge stieß einen leisen Schrei aus. Kristina rutschte vor Schreck an der Wand herunter, bis sie auf dem Boden kauerte, die Knie an den Körper gezogen.

Und jetzt – ließ der Junge einfach los und fiel. Kristina kauerte sich zusammen, barg den Kopf in den Armen. Sie hörte einen Aufprall – und spürte dann eine Nähe, die sie schaudern ließ. Und nun fiel ihr noch etwas Grässliches an dem Kind auf: Es atmete nicht.

Vorsichtig nahm sie einen Arm herunter und spähte in das Halbdunkel. Auf der Stelle wünschte sie sich, sie hätte es nicht getan. Der Junge kauerte direkt vor ihr und starrte sie an. Jetzt legte er mit einer ruckartigen Bewegung den Kopf schief. In seinen Augen glomm wieder das katzenhafte Schimmern auf und verwandelte sie in zwei golden leuchtende Scheiben.

»Calegheri?« sagte er leise. Seine Stimme klang bebend

und komischerweise schwang darin auch so etwas wie verzweifelte Hoffnung mit. »Gehörst du … zu uns?«

Kristina brauchte ein paar Sekunden, um zu begreifen, dass das Kind auf Deutsch geantwortet hatte! Es hatte eine seltsame, hallende Stimme, ein wenig wie ein Echo.

»Du … du verstehst mich?«, fragte sie.

Beim Klang ihrer Worte schienen seine Augen noch größer zu werden. Als er zögernd nickte, erlosch das Katzenleuchten, und sie blickte wieder in schwarze Kinderaugen.

Ganz plötzlich war es kalt geworden, Kristinas Atem verwehte in einer weißen Wolke, allerdings nur vor ihrem Gesicht. Der Junge atmete nämlich tatsächlich nicht. Und außerdem zwinkerte er kein einziges Mal. Sie sprach also doch mit einem Gespenst! Verrückter ging es nicht mehr. Jan würde durchdrehen.

Ein Teil von ihr wollte einfach aufspringen und schreiend davonlaufen, aber es gab noch einen anderen Teil. Und dieser wollte um jeden Preis wissen, was es mit dem Jungen auf sich hatte.

»Wie heißt du?«, flüsterte sie.

Der Junge duckte sich, als wäre er auf der Hut, aber er schwieg.

»Kristina«, fügte sie leise hinzu. »So heiße ich. Du … du warst heute in unserem Hotel.«

Als ihr klar wurde, was das bedeutete, machte sie sich plötzlich Sorgen um Nonna.

Der Junge schluckte und sah zum Wasser. Das Schneetreiben war stärker geworden und ein eisiger Wind fegte die Flocken in den Durchgang. Nebelschwaden krochen heran. Ein Platschen ertönte – so als würde eine Gondel herankommen, angetrieben von dem Riemen, der das Wasser verwirbelte. Und tatsächlich schälte sich die Spitze einer Gondel aus dem Nebel. Kristina erhaschte einen Blick auf den abgerundeten Metallbogen mit den sieben Zinken, der die Spitze jeder Gondel bildete. Im ersten Augenblick war sie erleichtert. Sie war nicht mehr allein mit dem Geisterjungen. Aber dann bemerkte sie, dass die Gondel hier sich deutlich von den Gefährten unterschied, die sie kannte: Normalerweise waren vorne an dem Metallbeschlag sechs eckige Zacken angebracht, die nach vorne wiesen, und einer, der nach hinten gerichtet war. Hier waren die Zinken eiserne Krokodilmäuler. Und die Gondel selbst …

Nebel wallte auf. Das Gefährt schaukelte langsam heran. Dann schabte Holz an den Treppenstufen entlang und die Gondel kam zum Halten. Jedes Härchen in Kristinas Nacken stellte sich auf, als wäre es elektrisch aufgeladen. »Komm her!«, flüsterte es im Nebel. Sie spürte einen Sog, der sie wie magisch zum Wasser ziehen wollte. Mit aller Kraft sprang sie auf. Es war so schwierig, als wäre sie in unsichtbare Fäden eingesponnen. Die ersten Schritte stolperte sie, kämpfte gegen einen Widerstand – wie in einem Traum, in dem sie weglaufen wollte und nicht von der Stelle kam. Aber dann wurde es leichter und sie lief los, jagte zurück in Richtung Eisbahn. Sie wusste nur eines mit absoluter Sicherheit: Die Gestalt, die im Nebel aufragte, war etwas Schreckliches, etwas Unaussprechliches. Und sie war hinter ihr her.

Ihr Herz raste, und ihre Beine kribbelten vor Angst, nicht schnell genug von der Stelle zu kommen. In der Ferne hörte sie ganz leise die Musik der Eislaufbahn. Und sie bildete sich sogar ein, Sara nach ihr rufen zu hören. Sie verdoppelte ihre Anstrengungen, fegte um die Ecke – und stellte voller Entsetzen fest, dass sie sich verlaufen hatte. Diese Gasse hier hatte sie noch nie gesehen. Links von ihr befand sich ein schmaler Kanal, vor ihr eine Brücke und rechts ein nebliger Hof zwischen hohen roten Häusern. Fensterscheiben fehlten. Das Gebäude war unbewohnt. Schritte kamen näher. Kristina fuhr keuchend herum und lief, so schnell und so leise sie konnte, weiter. Plötzlich regte sich kein Lufthauch mehr. Sie hörte keine Musik, keine Stimmen, alle Häuser schienen menschenleer, als wäre sie in einer Geisterstadt gelandet. Es war still wie in einer Gruft.

Und dann sah sie die anderen.

Es waren mindestens zehn Kinder. Zerlumpte, kleine Gestalten, Mädchen in zerrissenen Kleidern, Jungen, die sie anstarrten. Alle waren barfuß, aber sie schienen keine Kälte zu spüren. Hohlwangige Gesichter, umschattete, riesige Augen, die im nebligen Halbdunkel der Gassen glühten. Als nun ein Mädchen einen Pfiff ausstieß, begriff Kristina endgültig. Sie riefen die Gestalt aus der Gondel herbei. Tränen stiegen ihr in die Augen. »Verräter«, fauchte sie. Sie drehte sich um und rannte zurück, tauchte mitten in den Nebel. Sie hoffte, sie würde nicht in einem der kleinen Kanäle landen, und tastete sich an Hauswänden entlang bis zu einer Gasse. Dort wurde es lichter. Hinter sich hörte sie schon die tappenden, schnellen Schritte. Die Kinder waren ihr auf den Fersen! Sie begann zu rennen. Ihre Lunge stach, die kalte Luft brannte in ihrer Brust. Schon hörte sie vorne wieder Musik und jetzt auch ganz deutlich eine Durchsage durch den Lautsprecher: »Kristina Vianello, bitte melde dich an der Kasse, Kristina Vianello ...«

Sie suchten sie also bereits! Am Ende der Gasse spazierte ein älteres Paar vorbei. Noch nie war Kristina so unendlich erleichtert gewesen. Sie war in Sicherheit! »Hilfe!«, schrie sie. Aber die zwei blieben nicht stehen, gerade so, als hätten sie nichts gehört.

Im selben Augenblick sprang direkt vor ihr ein Kind auf den Weg. Es war der Dieb. Er trug nur noch einen von Jans Turnschuhen, den anderen hatte er wohl verloren. Kristina blieb nichts anderes übrig, als zu bremsen. »Lass mich bloß in Ruhe«, zischte sie dem Jungen zu. Sie wich ihm aus und stürmte an ihm vorbei. Das heißt, sie wollte es. Doch der Junge flitzte wie eine Spinne an der Wand hoch, stieß sich ab und schnellte ihr entgegen.

Dann schien alles in einem seltsamen Zeitraffer abzulaufen. Kristina merkte noch, wie sie durch den Aufprall das Gleichgewicht verlor und zur Seite geschleudert wurde, in Richtung einer Hauswand. Sie machte sich auf den schmerzhaften Aufprall gefasst, aber stattdessen fing das Mauerwerk vor ihr an zu flirren und sie – glitt einfach hindurch.

DER PALAST DES DOGEN

Verzweifelt versuchte Kristina, sich an irgendetwas zu klammern, aber es war, als würde sie durch einen wirbelnden Tunnel rutschen. Dann glitt sie erneut durch etwas hindurch und endlich bekamen ihre Hände etwas zu fassen. Sie klammerte sich mit aller Kraft daran fest. Es gab einen heftigen Ruck in ihren Schultern. Jemand schien sie nach unten zu ziehen, während sie sich wie eine Katze an eine Holzkante klammerte. Dann merkte sie, dass niemand zog – es war ihr eigenes Gewicht. Sie hing irgendwo! Keuchend riss sie die Augen auf und blickte auf … goldene Schnörkel? Tatsächlich, sie klammerte sich an einer Art geschnitzten, vergoldeten Welle fest. Gemalte Männergesichter aus einem weit zurückliegenden Jahrhundert schienen sie strafend zu mustern. Vorsichtig bewegte Kristina die Beine. Sofort begann ihr Körper zu schwingen wie ein Uhrpendel. Mit den Füßen stieß sie gegen etwas Hartes, eine Wand. Doch ihre Stiefelspitze rutschte ab und fand keinen Halt. Wo war sie nur? Gemurmel umwallte sie und das Klacken von Absätzen. Leute unterhielten sich und jedes Geräusch hatte einen Hall.

Sie warf einen Blick nach unten. Der Schwindel packte sie so jäh, dass sie nicht einmal schreien konnte.

Sie hing hoch oben über einem riesigen goldenen Saal, der sich tief wie eine Schlucht unter ihr erstreckte. Dort wanderten Touristen herum, klein wie Playmobil-Figuren. Kristina wimmerte auf und kniff die Augen zusammen.

»Hilfe!«, presste sie zwischen zusammengebissenen Zähnen hervor. Aber niemand hörte sie.

Ein Gummistiefel, der sich bei dem Sturz gelockert hatte, rutschte ihr nun endgültig vom Fuß und trudelte in den Abgrund. Lange, unendlich lange dauerte es – bis er mit einem Riesenschlag auf dem Boden aufkam. Dann verstummte das Gemurmel unten abrupt.

»Oh Gott, da oben!«, kreischte dann eine Frau. »Sie wird runterfallen!«

In Kristina krampfte sich alles zusammen, ihr Bauch war ein einziger glühender Knoten. Jetzt schrien und riefen unten alle durcheinander, auf Französisch, Japanisch und Englisch.

Der zweite Stiefel fiel ihr vom Fuß, wenigstens wurde sie dadurch etwas leichter. Schritte trampelten, es klickte überall, und obwohl sie die Augen fest zusammengekniffen hatte, konnte sie sich denken, dass Dutzende von Fotoapparaten auf sie gerichtet waren.

»Führt sofort die Leute raus!«, brüllte jemand. »Und sagt ihnen, sie sollen aufhören zu fotografieren!«

»Nicht loslassen, Kleine!«, rief ihr eine Frau zu. »Und bloß nicht nach unten schauen!«

Super Tipp. Kristina hätte um nichts in der Welt die Augen noch einmal aufgemacht. Inzwischen waren ihre Arme schon ganz taub und jeder Atemzug ein ängstliches Pfeifen. Sie versuchte sich krampfhaft vorzustellen, dass sie nur in der Turnhalle war, an einem Reck hing, kaum einen Meter über dem Boden.

Befehle wurden gerufen, wieder Getrampel, zufallende Türen. Es klapperte, dann war eine Männerstimme plötzlich ganz nah. »Ich bin gleich bei dir!«

Kurz darauf umfasste sie ein starker Arm. Im nächsten Moment klammerte sie sich an den Hals eines bärenhaften Mannes, der nach Wandfarbe und Flanell roch. Aber immer noch traute sie sich nicht, die Augen zu öffnen. Er trug sie nach unten, sie spürte seine tastenden, vorsichtigen Schritte und das sanfte Federn einer Leiter. Und dann einen harten Ruck. »Du kannst die Augen jetzt wieder aufmachen«, brummte der Mann. Kristina glitt aus seinem Griff und wurde zu Boden gesetzt.

Sie blinzelte und sah als Erstes ihre Socken und Hosenbeine. Um sie herum standen einige Leute. Der Mann, der sie heruntergeholt hatte, war wohl ein Bauarbeiter. Farbspritzer sprenkelten seine Latzhose. Die anderen waren feiner gekleidet und an ihren Pullis und Blusen prangten Mitarbeiterschildchen. *Palazzo Ducale*, stand darauf. Aber sie konnte doch unmöglich im Dogenpalast am Markusplatz gelandet sein? Eben war sie doch noch auf der anderen Seite des Kanals in *San Polo* gewesen, mindestens einen Kilometer entfernt.

»Wo bin ich hier?«, krächzte Kristina.

»Na, im Dogenpalast«, erwiderte die Frau prompt. »Im Saal des großen Rates.«

Vorsichtig spähte Kristina nach oben. Jetzt wurde ihr richtig schlecht. Sie begann, am ganzen Körper zu zittern und mit den Zähnen zu klappern. Der goldene Saal war sicher zehn Meter hoch. Dunkles Holz und gewaltige, düstere Riesengemälde mit Heiligen und Heerscharen bedeckten Wände und auch die Decke. Die Stelle, an der Kristina sich festgeklammert hatte, befand sich unterhalb einer langen Reihe mit Dogenbildern. Sie bildeten ein Band aus Gesichtern, das sich über die ganze Breite der Wände zog. Jeder Doge trug in der Hand ein flatterndes Banner, das beschrieben war. Nur an einer Stelle prangte anstelle eines Dogengesichts ein gemaltes schwarzes Tuch mit einer Inschrift.

»Wie bist du da nur hochgeklettert?«, wollte die Frau wissen.

»Keine Ahnung«, murmelte Kristina. »Ich ... äh ... erinnere mich an nichts.«

Ein dünner, großer Mann trat vor sie hin. Mit seiner runden, altmodischen Brille und seinem braunen, schlichten Jackett sah er aus wie ein Lehrer. Er wirkte als Einziger nicht nur besorgt, sondern auch verärgert. »Bist du verrückt, dich in solche Gefahr zu bringen? Du hattest Glück, dass im Erdgeschoss gerade renoviert wird und wir so schnell eine Leiter herschaffen konnten«, schimpfte er. »Ganz abgesehen davon, dass du mit deinen Gummistiefeln gegen ein kostbares Wandgemälde getreten hast.«

»Lass sie, Marco«, unterbrach die Frau ihn. »Du siehst doch, dass das arme Ding unter Schock steht.«

Kristina konnte sich kaum daran erinnern, wie sie aus dem Saal gekommen war. Irgendjemand hatte ihr eine Decke um die Schultern gelegt und sie hinausgeführt, ein Sanitäter war da gewesen, hatte ihren Puls gefühlt und ihr mit einer Taschenlampe in die Augen geleuchtet. Leute kamen und gingen und es wurde telefoniert.

Irgendwann fand sie sich in einem kleinen Café in einem Gewölberaum des Dogenpalastes wieder. Immer noch wirbelten ihre Gedanken durcheinander. Außerdem machte sie sich furchtbare Sorgen. Die nette Frau hatte versucht, Sara anzurufen, aber ihre Tante ging nicht dran. Hoffentlich war ihr und Jan nichts passiert! Ob die Gestalt von der Gondel auch sie verfolgen würde? Kristina sah sich um. Aber sie hatte gerade keine Chance, ungesehen aus dem Café abzuhauen. Und der Brillenmann ließ keinen Zweifel daran, dass er sie nicht fortlassen würde, bevor »nicht alles geklärt ist«. Was auch immer das hieß. Verzweifelt starrte sie zum Kanal, der direkt an einem Eingang des Cafés vorbeifloss. Aber sie konnte ja schlecht zum Hotel zurückschwimmen.

»Ciao!« Die Jungenstimme schreckte sie aus ihren Gedanken.

Vor ihr stand Luca Pezzi. Heute ohne seine Baseballkappe. Dafür hielt er eine Tasse mit dampfend heißem Kakao in den Händen.

»Ciao«, antwortete sie völlig verdutzt. »Was machst du denn hier?«

»Siehst du doch«, erwiderte er nicht besonders freundlich und stellte den Kakao vor ihr auf den Tisch. »Ich helfe in den Ferien im Museumscafé aus. Viel spannender ist die Frage: Was machst *du* hier?«

Kristina schluckte krampfhaft. Die abgerissenen, gespenstischen Kinder erschienen vor ihrem inneren Auge und sofort schlotterte sie wieder. Plötzlich war es nicht mehr wichtig, dass sie sich gestern mit Luca fast geprügelt hätte.

»Luca, kannst du mir einen Gefallen tun? Bitte ruf bei Nonna an!«, beschwor sie ihn. »Ich muss wissen, ob mit Sara und Jan alles in Ordnung ist.«

Luca runzelte verdutzt die Stirn. »Warum sollte es nicht so sein?«

»Weil ...« Beinahe hätte sie die ganze Geschichte erzählt, aber sie wusste, dass er sie dann für völlig verrückt halten würde. »Weil Sara nicht ans Handy geht«, schloss sie hastig.

»Na, eben hat sie noch mit dem Museumsdirektor gesprochen«, erklärte Luca. »Er hat in eurem Hotel angerufen und endlich jemanden erreicht. Sara ist schon unterwegs, um dich abzuholen.«

Kristina fiel ein Stein vom Herzen. Sara und Jan waren also gut heimgekommen und auch Nonna war nichts passiert.

»Kein Grund, sich zu freuen«, fügte Luca hinzu. »Du wirst ganz schön Ärger kriegen.«

Kristina hätte beinahe gelacht. Schlimmer konnte es wohl kaum noch kommen. In Lucas grünen Augen leuchtete jetzt echte Neugier auf.

»Stimmt es, dass du bis zur Decke geklettert bist?«

»Ich bin nicht hochgeklettert, ich wurde geschubst!« Es war ihr einfach so herausgerutscht. Und natürlich musterte Luca sie nun, als sei sie nicht ganz dicht.

»Okaaaay«, sagte er gedehnt. »Und ... äh ... wer hat dich geschubst?«

»Das würdest du mir sowieso nicht glauben.«

Luca zog einen Mundwinkel zu einem schiefen Grinsen hoch. »Och, gegen Pippas Geschichten kommt deine sicher nicht an, wetten?« Mit einem Mal wirkte er nicht mehr so unnahbar. Vielleicht konnte er ja doch ganz nett sein? »Ach ja, übrigens: Ich habe noch was für dich.« Er griff in seine Hosentasche, zog Jans Totenkopfanhänger hervor und legte ihn auf den Tisch. »Da, den wollte ich euch sowieso noch zurückgeben.«

Jetzt war Kristina trotz allem überrascht. »Wieso glaubst du uns auf einmal, dass der Totenkopf Jan gehört? Pippa hat doch erzählt, sie hätte den Anhänger geschenkt bekommen.«

Luca blies sich eine haselnussbraune Strähne aus der Stirn. »Na ja, sie hat mir danach gesagt, wer ihr den Anhänger angeblich geschenkt hat. Da war klar, dass es wieder mal nur eine ihrer Fantasiegeschichten war. Sie behauptet nämlich fest und steif, dass sie einen geheimen, unsichtbaren Freund hat. Unsichtbar ist er natürlich nur für die anderen. Aber ich glaube, sie bildet sich wirklich ein, ihn zu sehen.«

Kristina horchte auf. »Und dieser unsichtbare Freund hat ihr den Totenkopf gegeben?«

Luca zuckte mit den Schultern. »Sagt sie. Aber wahrscheinlich hat dein Bruder den Anhänger auf der Straße verloren und Pippa hat ihn eingesteckt. Sie findet oft irgendwo Sachen und nimmt sie mit. Außerdem verliert sie alles Mögliche. Manchmal kommt sie nur mit einem Schuh nach Hause, und wenn man sie ausschimpft, schiebt sie die Schuld immer auf ihren unsichtbaren Freund.«

Kristina konnte längst nicht mehr verbergen, wie aufgeregt sie war. Jetzt sorgte sie sich zwar nicht mehr um Sara und Jan, dafür aber um die kleine Hexe Pippa.

»Hat sie dir erzählt, wie dieser Freund aussieht, Luca?«

Lucas Augen wurden schmal. »Mach dich bloß nicht über sie lustig!«

»Das mache ich gar nicht! Aber du musst ihr sagen, dass sie sich von ihm fernhalten soll. Er ist gefährlich und...«, sie schluckte, »... er ist nicht allein.«

Luca starrte sie so misstrauisch an, als würde er immer noch überlegen, ob sie ihn veräppelte. Aber dann lachte er verwundert auf und schüttelte den Kopf. »Oh Mann. Ihr Vianellos seid ja wirklich total durchgeknallt.«

Kristina sprang und packte ihn an der Fleecejacke. »So? Dann frag Pippa doch mal, ob ihr Freund Deutsch spricht!«, fuhr sie Luca an. »Er ist ungefähr sechs oder sieben Jahre alt und trägt Kniehosen und ein altertümliches Hemd. Meistens ist er barfuß. Er hat schwarze, struppige Haare und genauso schwarze Augen, die nachts golden wie Katzenaugen leuchten. Er klettert wie ein Gecko jede Wand hoch. Und er hat auch irgendwas von... *Calegheri* gesagt.«

Lucas Augen waren vor Verblüffung groß geworden. Die ganze Arroganz fiel von ihm ab. Pippa *hatte* ihren Freund also ganz genau beschrieben!

»Bitte glaub mir einfach: Du musst die Kleine von diesen Kindern fernhalten«, beschwor Kristina ihn. »Ich bin dem Jungen begegnet. Er hat mich in San Polo in eine

Falle gelockt. Wegen ihm wäre ich vorhin fast abgestürzt. Und da war auch noch irgendein komischer Mann, ein Gondoliere oder so was, der mich verfolgt hat.«

»Ein ... *Gondoliere* war hinter dir her?«

Kristina nickte heftig. »Er fährt in einer ganz seltsamen Gondel herum, sie sieht fast aus wie ein Wrack, ganz zerfressen und mit Muscheln überwachsen, aber man sieht noch, dass sie früher bunt bemalt war, grün und rot und golden, und vorne sind Metallkrokodile statt Zinken angebracht ...«

Weiter kam sie nicht, einige Leute vom Museum traten ins Café, darunter der Mann mit der Brille. Luca machte sofort einen Schritt von Kristina weg, als sei er bei etwas Verbotenem ertappt worden. Im selben Moment hielt ein Motorboot direkt an der Cafétreppe.

»Luca, geh heim«, sagte der Lehrertyp. »Du hast für heute Feierabend. Sag Mama, bei mir wird es heute später.«

Luca zögerte zwar, aber dann gehorchte er. »Alles klar, Papà.«

Kristina hätte am liebsten aufgestöhnt. Na toll, das war also Signor Pezzi, Lucas Vater. Einen Souvenirverkäufer hatte sie sich allerdings anders vorgestellt. Aber es war klar, warum er so sauer auf sie war. Luca hatte ihm sicher von Pippa und dem Fischernetz erzählt. Jetzt sah sie auch die Ähnlichkeit zwischen Luca und seinem Vater: Beide waren hochgewachsen und schlaksig und hatten grüne Augen.

Luca trollte sich, aber an der Tür warf er noch einen nachdenklichen Blick zurück. »Man sieht sich«, sagte er zum Abschied.

»Grüß Pippa«, sagte Kristina leise, aber mit Nachdruck. Sie war erleichtert, als Luca verstand und zum Abschied knapp nickte.

Kristina atmete auf und setzte sich wieder hin. Gerade noch rechtzeitig, um zu sehen, wie ein junger Polizist aus dem Boot sprang, das vor dem Kanaleingang des Cafés hielt. Sie hatte gedacht, es könnte nicht schlimmer kommen, aber jetzt stellte sie fest, dass das nicht stimmte. Es war ein Polizeiboot! Der junge Polizist lief die Treppe hoch und betrat das Café, er zwinkerte Kristina zu und wandte sich an die Museumsleute. »*Buon giorno!* Im Museum hat jemand randaliert?«

Kristina war plötzlich wieder zum Heulen zumute. Und es war nur ein schwacher Trost, dass der Polizist eigentlich ziemlich nett wirkte. Er war sicher nicht älter als Sara, hatte freundliche Augen, einen leichten Bartschatten und welliges dunkles Haar.

»Wo ist denn nun der Bösewicht?«, wollte er nun wissen.

Ein großer Mann, der bestimmt der Museumsdirektor war, deutete auf Kristina.

Der Polizist zog verdutzt die Brauen hoch. »Das Mädchen? Nun, Verbrecher sehen ja normalerweise anders aus.«

»Das Mädchen ist im großen Ratssaal herumgeklettert und hat möglicherweise ein Gemälde beschädigt«, erklärte Signor Pezzi.

»Verstehe«, sagte der Polizist. Aber trotzdem war klar, dass er sich ein Lächeln verkneifen musste. Er zog einen Stift und einen Notizblock hervor und setzte sich zu Kristina an den Tisch. »Wie heißt du denn?«, fragte er freundlich.

»Kris…Kristina Vianello.«

Der Polizist riss überrascht die Augen auf. »Vianello?«, fragte er ungläubig. »Wie die Besitzerin vom Hotel Dandolo?«

»Allerdings!«, rief eine wohlbekannte Stimme.

Sara schob sich atemlos durch die Ansammlung von Leuten ins Café, gefolgt von einem totenblassen Jan.

»Kristina!«, schrie Jan und stürzte quer durch den Raum. Er war ganz außer sich. Nicht einmal sein Skateboard hatte er dabei. »Wo warst du denn nur?«, sprudelte er aufgeregt hervor. »Wir haben erst gedacht, du bist ins Hotel zurückgegangen, und sind dann gleich zu Nonna, aber da warst du auch nicht.«

Sara legte Kristina schützend die Hände auf die Schultern. »Was macht denn die Polizei hier? Die Kleine hat doch nichts verbrochen.«

Jetzt trat Signor Pezzi vor. »Das sehe ich anders. Gemälde sind kostbar, und wenn ein Restaurator den Schaden beheben muss, wird das teuer.«

Saras Griff verstärkte sich. »Du hast *was* getan? Ein Gemälde beschädigt? Und was hattest du überhaupt hier zu suchen?«

Kristina schluckte. Aber zum Glück stand der Polizist auf und ergriff das Wort.

»Tja, da sie eine Vianello ist, würde es mich eher wundern, wenn sie nichts angestellt hätte. Die Kleine ist also mit dir verwandt, Sara?«

»Erstens: Sie ist meine Nichte«, erwiderte Sara eisig. »Und zweitens wüsste ich nicht, dass wir uns duzen, *Signore!*« So kannte Kristina ihre Tante gar nicht. Sie war herrisch und kühl. Nur ihre Augen funkelten kampflustig. Zum ersten Mal konnte sich Kristina ganz gut vorstellen, wie Sara sich auf offenem Meer mit harpunenbewaffneten Walfängern anlegte.

»Wir duzen uns also nicht?«, fragte der Polizist ehrlich erstaunt. »Hm, bei unserer letzten Begegnung war das aber noch anders. Du hattest sogar einen Spitznamen extra für mich. Lass mich nachdenken, ach ja, richtig: Ich glaube, er lautete *buffone.*«

Jan bekam große Augen und auch Kristina zog unwillkürlich den Kopf ein. Sara nannte einen Polizisten tatsächlich *Blödmann*?

Sara kniff die Augen zusammen und sah sich den Mann zum ersten Mal genauer an. Und dann, mit einem Schlag, schien ihr ein Licht aufzugehen. Vor Verblüffung klappte ihr der Mund auf. »Du!«, rief sie fassungslos.

»Ich.« Der Polizist zog den linken Mundwinkel hoch und zuckte mit den Schultern, als würde er sich entschuldigen. Aber in seinen Augen blitzte ein Lächeln auf. Dann zückte er seinen Block. »Also, dann nehme ich jetzt deine Personalien auf, Kristina Vianello. Und anschließend wirst du mir auf dem Polizeirevier noch einmal ganz genau erklären, was passiert ist. Und deine Tante«, er grinste, »wird dich ja sicher begleiten.«

DER FLUCH DER TOTEN TAGE

JAN HATTE ES TOLL GEFUNDEN, mit dem Polizeiboot zu fahren und die *Questura* – das Polizeipräsidium, das natürlich auch in einem Palazzo untergebracht war – von innen zu sehen. Sara war einfach nur stinksauer und Kristina fühlte sich nach wie vor mulmig. Ihr schwirrte der Kopf von all den Fragen und noch mehr von ihren Ausreden. Sie hatte keine Ahnung, ob Fedele Lazzari – so hieß der Polizist – ihr auch nur ein Wort geglaubt hatte. Irgendwo in einem Winkel ihres Herzens hoffte sie selbst, alles sei doch nur ein böser Traum gewesen. Es war doch einfach unmöglich, dass man wie bei Raumschiff Enterprise von einem Ort zum anderen gebeamt wurde. Ganz abgesehen davon, dass es keine Gespenster geben durfte. Aber seit sie das Polizeirevier verlassen hatten, wurde sie das ungute Gefühl nicht los, von goldenen Katzenaugen beobachtet zu werden. Während sie den Markusplatz überquerten und den Weg zum Hotel einschlugen, hielt sie nervös Ausschau. Aber kein Geisterkind ließ sich blicken.

»Ich verstehe es immer noch nicht!«, platzte Sara ganz unvermittelt heraus. »Du bist also in San Polo hingefallen? Und dann erinnerst du dich plötzlich nur noch daran, im Ratssaal gelandet zu sein?«

Kristina war nicht gut im Lügen, aber sie hoffte, ein Nicken würde genügen.

Sara stöhnte auf. »Nonna wird uns umbringen, euer Vater wird mir die Schuld an der ganzen Sache geben. Wenn das Museum Anzeige erstattet, kriegst du Hausarrest, bis du achtzehn bist.« Sie schüttelte den Kopf. »Und von allen Polizisten in Venedig muss es dann auch noch ausgerechnet der Fiesling Fedele sein!«

»Fedele heißt ›der Treue‹«, meldete sich Jan zu Wort.

»Ach, was du nicht sagst«, antwortete Sara.

»Warum hast du ihn eigentlich mal *buffone* genannt?«

»Weil er einer *ist*«, erwiderte Sara ungeduldig.

»Woher kennst du ihn?«, bohrte Jan weiter. »Warum bist du so böse auf ihn?«

»Herrgott, Fedele und ich konnten uns noch nie leiden«, brauste Sara auf. »Sein Vater war früher Bürgermeister. Er selbst hat immer gedacht, er sei etwas Besseres. Typisch, dass er bei der Polizei gelandet ist. Da kann er kleinen Mädchen ungeschoren Angst einjagen.«

»Klein bin ich schon lange nicht mehr und ich hatte keine Angst«, sagte Kristina gekränkt. Jedenfalls nicht vor Fedele, fügte sie in Gedanken hinzu. Wenn sie ehrlich war, hatte sie ihn sogar sehr nett gefunden.

»Echt, der Sohn des Bürgermeisters?«, fragte Jan. »Dann war Fedele der Junge, den du als Kind in den Kanal gestoßen hast, weil er einen Stein nach einer Katze geworfen hat?«

»Und ich würde ihn mit Freude sofort wieder in die Lagune tunken«, murmelte Sara grimmig. Sie beschleunigte ihre Schritte und lief voraus. Jan nutzte den Augenblick sofort und drängte sich näher an Kristina heran. Zum ersten Mal konnten sie kurz miteinander sprechen, ohne dass sie belauscht wurden.

»Wir haben dich in San Polo gesucht und dann war da ein Schrei, aber du warst nirgendwo«, wisperte er ihr zu. »Nur mein Piratenschuh lag in einer Gasse. Der Dieb hat im Hotel die Schuhe geklaut und war dann an der Schlittschuhbahn, oder? Hast du ihn verfolgt?«

Eines musste man Jan lassen: Er war wirklich clever.

Kristina nickte. »Er muss gewartet haben, bis wir aus dem Haus waren. Hast du Spuren im Mehl gesehen?«

»Ich habe nicht geschaut«, erwiderte Jan kleinlaut. »Als wir beim Hotel ankamen, hat schon das Museum angerufen, und wir sind sofort wieder losgelaufen.«

»Dann müssen wir sofort nachsehen«, antwortete Kristina leise und schloss zu Sara auf.

Dass irgendetwas im Hotel nicht stimmte, merkten sie schon von Weitem. Im zweiten Stock stand ein Fenster offen. Der Vorhang hing nach draußen und wehte im Wind. Kristina klingelte Sturm, aber Nonna machte nicht auf.

»Komisch.« Sara kramte ihren Hausschlüssel hervor. »Vielleicht läuft ja der Staubsauger und sie hört deshalb das Klingeln nicht.«

Aber Kristina und Jan warfen sich einen wissenden, besorgten Blick zu. Und als wollte jemand ihre Ahnung bestätigen, drangen jetzt seltsame Geräusche durch die Tür. Ein Rauschen und seltsam krächzende Hexenschreie.

»Beeil dich, Sara, da drin ist jemand!«, rief Kristina. Sobald die Tür auf war, rannte sie als Erste hinein. Und konnte gerade noch hinter einem runden Tisch in Deckung gehen. Die Möwe, die im Sturzflug auf sie zugehalten hatte, drehte mit einem heiseren Kreischen ab. Ein ganzer Schwarm schwarzer Möwen flatterte im Hotelfoyer herum und balgte sich. Flaumfedern schwebten wie schwarze Schneeflocken auf Kristina herunter, der Glaslüster schwankte über ihr gefährlich hin und her. Die Möwen zerrten mit ihren Schnäbeln daran und pflückten die bunten Glasgehänge herunter.

Sara stürzte sofort zur Rezeption und holte sich einen der Regenschirme aus dem Schirmständer. Damit begann sie, die Möwen hinauszuscheuchen. Blitzschnell verschwanden die Vögel mit den Glasgehängen in den Schnäbeln durch die offene Tür in Richtung Canal Grande. Die Vianellos blieben mitten im größten Durcheinander zurück. Umgekippte Stühle lagen kreuz und quer im Hotelfoyer, Vasen waren zerbrochen, alle Schubladen waren aufgerissen. Papier lag verstreut auf dem Marmorboden, als hätte jemand etwas gesucht.

»Das können unmöglich nur die Möwen gewesen sein«, flüsterte Sara. »Es waren bestimmt Einbrecher.«

Aber Kristina wusste es besser. Und das Einzige, woran sie nun denken konnte, war Nonna. Hoffentlich war sie nicht in Gefahr!

Sie schnappte sich ebenfalls einen Regenschirm als Waffe und stürmte los. Kristina war schon fast bei der Treppe angekommen, als sie oben Türenklappen und Lärm hörte. Und dann ertönte ein Getrippel, als würden Tausende von Meerschweinchen im oberen Stock herumgaloppieren. Eine Tür schlug, dann erklangen von oben ein erschrockener Aufschrei und ein schreckliches Poltern. Eine Scheibe zerbrach klirrend.

»Nonna?« Kristina hetzte die Treppe hoch, zwei Stufen auf einmal nehmend.

Um ein Haar hätte das Skateboard sie erwischt. Es schanzte über die oberste Treppenstufe und flog ihr entgegen. Kristina duckte sich und sah dem herrenlosen Board hinterher. Es kam auf einer Treppenstufe auf und hüpfte sich überschlagend treppab. Kristina lief weiter und erreichte den ersten Stock. Auch hier herrschte

Chaos. Alle Türen zu den Hotelzimmern standen offen und auf den Fluren lag alles durcheinander: Bettwäsche, Klopapierrollen, die kleinen Hotelseifen und Handtücher. Ein feiner Nebel waberte im Flur. Als Kristina am Dogenzimmer vorbeihastete, wusste sie auch, woher er kam: Mehlstaub. Das Mehl, das ihr Bruder und sie im Zimmer verstreut hatten, war keine glatte Fläche mehr. Aber es waren keine Kinderfüße, die das weiße Pulver verwirbelt hatten. Die Spuren sahen eher aus wie die von Mäusen. Ziemlich großen Mäusen allerdings. Oder … Ratten? Mit einem Schaudern erinnerte sich Kristina an die Ratten, die gestern im Kanal herumgepaddelt waren. Jetzt bekam sie noch mehr Angst um ihre Urgroßmutter.

»Nonna!«, brüllte sie.

»Hier!«, kam endlich eine schwache, krächzende Antwort.

Nonna lag am Fuß der Treppe, die in den dritten Stock führte. Sie war gestürzt. Ihr Gesicht war blass und schmerzverzerrt, aber sogar jetzt schwenkte sie immer noch kampflustig einen Besen und versuchte damit, eine Möwe zu vertreiben. Immer wieder schoss der Vogel auf sie los und schnappte nach der lila Glasbrosche in Form einer Blume mit runden, silbergefassten Blütenblättern, die Nonnas Blusenkragen schmückte. »Verschwinde, du Mistvieh!«, keuchte die alte Dame.

Kristina packte den Regenschirm fester, sprang zwischen Nonna und die Möwe und trieb das Tier wie mit einem Degen von seinem Opfer weg. Die Möwe stieß ein empörtes Kreischen aus, doch dann stürzten auch schon Sara und Jan mit weiteren Regenschirmen herbei. Das Tier drehte ab und schoss durch ein zerbrochenes Fenster nach draußen, dann war der Spuk endlich vorbei. Kristina ließ sich neben ihre Urgroßmutter auf die Knie fallen. »Was ist nur passiert?«

Die alte Frau ächzte. »Das seht ihr doch. Hier war alles voller Ratten und Möwen«, brachte sie mühsam heraus. »Sie sind in das Hotel eingefallen wie die Heuschrecken. Ich habe versucht, sie die Treppen runterzutreiben, eine Vase habe ich nach einer Möwe geworfen, aber nur das Fenster getroffen. Und dann kamen noch viel mehr von ihnen, Hunderte! Ich wollte die Treppe runterlaufen und bin gestolpert. Mein Kopf! Mir ist ganz schwindelig. Und mein Bein ...«

Sie verzog den Mund und wurde noch etwas blasser. Als sie ihre Urgroßmutter so hilflos daliegen sah, hatte Kristina plötzlich einen dicken Kloß in der Kehle. Und eine Riesenwut auf die Geisterkinder. Aus irgendeinem Grund wusste sie ganz sicher, dass sie etwas damit zu tun hatten.

Sara beugte sich über die alte Frau.

»Das Bein ist vielleicht gebrochen. Und sicher hast du auch eine Gehirnerschütterung. Rühr dich nicht, Nonna! Ich rufe sofort den Notarzt. Kristina bleibt bei dir. Und Jan, du suchst ihr ein Kissen.«

Jan stürzte sofort los. Sara rannte nach unten zum Telefon.

Kristina fasste nach der Hand der alten Dame. Sie war wie trockenes, warmes Papier, zart und dünn. »Nonna«, flüsterte sie. »Sag mir die Wahrheit. Wer verfolgt uns – und warum?«

Die Tatsache, dass Nonna noch bleicher wurde, war eigentlich Antwort genug.

Aber die alte Dame riss sich sofort wieder zusammen und winkte mit schwacher Hand unwillig ab. »Rede keinen Unsinn!«, murmelte sie. »Es waren doch nur ein paar Tiere, die ins Haus gekommen sind …«

»Tiere durchsuchen aber kein Hotel und räumen keine Schubladen aus. Sie öffnen keine Türen und fahren auch nicht Skateboard. Ich glaube, es waren die Geisterkinder. Habe ich recht, Nonna?«

Die Alte starrte sie an. »Geisterkinder?«, hauchte sie.

Kristina nickte heftig. »Am Weihnachtsabend, das Kind am Fenster! Du hast gewusst, dass ich es wirklich gesehen habe. Aber es gibt mehrere von ihnen. Einige von ihnen waren heute in San Polo hinter mir her.«

Nonna schluckte und schüttelte verzweifelt den Kopf. »Oh Gott, ich wusste, das Unglück würde eines Tages wiederkommen«, wisperte sie. »Der Fluch der toten Tage ist also immer noch nicht vorbei.«

Kristina wusste nicht, was ihr mehr Angst machte: Nonnas Worte oder das Entsetzen, das darin mitschwang.

Sie erschrak, als die alte Frau sie blitzschnell am Unterarm packte. Nonna zog sie so nah zu sich heran, dass ihre Nasen sich fast berührten. Aus dem Augenwinkel bemerkte Kristina, dass Jan wieder aufgetaucht war. Er drückte ein Kissen an sich, als wollte er sich daran festhalten.

»Ihr müsst sofort weg von hier«, flüsterte Nonna. »Oh, ich hätte nie zulassen dürfen, dass ihr überhaupt herkommt, aber ich dachte, ich könnte das Hotel beschützen. Seit ich damals den Hof zugemauert habe, ist nichts mehr passiert. Ich dachte … ich … hätte sie für immer ausgesperrt.«

Von draußen ertönten die Sirene und das Motorgeräusch eines Ambulanzbootes und wurden immer lauter.

»Wen hast du ausgesperrt?«, beharrte Kristina.

»Die Pestkinder«, murmelte Nonna. »Die bösen Geister Venedigs, die schon so oft Opfer von der Stadt forderten. Eine alte Familienlegende sagt, dass es Violetta gewesen sei, die sie verfluchte und aus den Häusern verbannte. Dafür bezahlte sie selbst mit ihrem Leben. Und seitdem suchen sie unseren Palazzo heim. An den toten Tagen – der Zeit zwischen Weihnachten und dem neuen Jahr – kehren sie zurück und wollen sich auch an Violettas Nachfahren rächen.« Nonnas Stimme wurde schwächer und schwächer. »Ich habe es lange nicht geglaubt«, murmelte sie. »Aber vor zwölf Jahren sah ich, wozu sie fähig sind. Sie sind böse, Kristina. Böse! Lasst sie nie über die Schwelle.«

Kristinas Finger waren fast taub, so fest umklammerte Nonna inzwischen ihre Hand. Jan ließ sich neben Kristina auf die Knie sacken. »Was ist vor zwölf Jahren passiert?«, piepste er.

Nonna schüttelte erschöpft den Kopf. Mit zitternder Hand zog sie ein Silberkettchen unter ihrer lila Strickjacke hervor und drückte es Jan in die Hand. »Silber«, hauchte sie. »Sie fürchten es wie der Teufel das Weihwasser.«

Dann wurde sie ohnmächtig.

CALEGHERI

Auf dem Tisch lagen Stapel von wichtigen Geschäftspapieren, die Sara gestern im Empfangsraum des Hotels aufgesammelt hatte, während die Polizei das Haus auf Spuren von Einbrechern durchsuchte. Nonna war mit dem Ambulanzboot ins Krankenhaus gebracht worden. Seitdem war sie noch nicht aus ihrer Ohnmacht erwacht. Dementsprechend herrschte an diesem Morgen bei Cesare eine gedrückte Stimmung. Der alte Wirt hatte am vorigen Abend in seiner Wohnung sofort das Lager für die Familie Vianello aufgeschlagen. Kristina und Jan hatten sich das Sofa geteilt. Geschlafen hatten sie allerdings so gut wie gar nicht. Sobald Kristina die Augen schloss, hatte sie sofort wieder das schreckliche Gefühl, zehn Meter über dem Boden zu baumeln. Und sie wusste nicht mehr, wie oft sie ihrem Bruder die Kinder und die seltsame Gondel hatte beschreiben müssen. Sie hatte befürchtet, dass er nun mehr Angst denn je haben würde, aber komischerweise hatte ihr Bruder seitdem kein einziges Mal gesagt, dass er sofort wieder nach Hause fahren wolle.

Jetzt, beim Frühstück im Gastraum von Cesares *osteria,* grübelte er so finster vor sich hin, als würde er Rachepläne für Nonna schmieden.

»Das wird schon wieder«, sagte Cesare tröstend in das Schweigen. »Cecilia ist zäh, nächste Woche wird sie euch schon wieder am Telefon herumkommandieren, und ihr werdet euch wünschen, sie wäre noch außer Gefecht.«

Er schob Jan ein Glas mit Milch hin, aber Kristinas Bruder krümelte nur seinen Keks hinein. Hinter Jan hing ein Bild an der Wand, das Kristina bisher noch nicht aufgefallen war. Es zeigte einen viel jüngeren Cesare und seine Frau, die schon vor vielen Jahren gestorben war. Das Ehepaar stand im Gastraum, beide hatten weiße Schürzen an und sahen glücklich aus. Ihr Lachen wirkte in der bedrückten Stimmung hier seltsam fehl am Platz.

Sara kam ins Zimmer und legte das Handy auf den Tisch. »Heute Nachmittag kommt der Kammerjäger und schaut sich an, wie die Ratten ins Haus kommen konnten. Und den Glaser habe ich auch erreicht. Er holt nachher den Fensterrahmen ab und setzt eine neue Scheibe ein.« Sie schüttelte den Kopf. »Es ist wirklich wie verhext. Die Polizei hat keine Einbruchsspuren gefunden. Kein einziges aufgebrochenes Schloss, und das einzige Fenster, das beschädigt war, hat Nonna selbst kaputt gemacht. Es ist auch nichts Wertvolles gestohlen worden, nicht einmal das Geld aus der Hotelkasse. Nur die Glasdekoration von den Lüstern und eine Handvoll Glasschmuck sind verschwunden. Und trotzdem sieht es so aus, als hätte jemand das Hotel durchsucht.«

Cesare zuckte mit den Schultern. »Möwen stellen alles auf den Kopf, wenn sie Futter suchen. Vielleicht waren sie auch in Panik, weil sie ins Haus geraten sind und nicht mehr hinausgefunden haben.«

»Und wie, bitte schön, kommt Mehl in den ersten Stock? Wollten die Möwen einen Kuchen backen?«

Kristina biss sich auf die Unterlippe. So geladen wie Sara war, wäre es nach der Geschichte im Dogenpalast ein schlechter Zeitpunkt, auch noch zuzugeben, dass sie selbst das Mehl verstreut hatten.

»Na ja, wahrscheinlich haben die Ratten den Beutel aus der Küche zu einem Schlupfwinkel zerren wollen«, schlug Cesare vor. »Und dabei ist er aufgegangen.«

Sara seufzte, dann ließ sie sich auf einen Stuhl fallen und begann, die Papiere zu sortieren. Irgendwie war es komisch, dass Cesare sich überhaupt nicht wunderte und für alles eine Erklärung hatte. Kristina beobachtete den alten Wirt von der Seite, als er in seinem Kaffee rührte. Bildete sie es sich ein oder zitterte seine Hand dabei ein wenig?

»Cesare?«, fragte sie leise. »Glaubst du eigentlich an … an Gespenster?«

Der alte Mann zuckte leicht zusammen. »Natürlich

nicht«, erwiderte er dann mit einem betont amüsierten Lachen. »Obwohl ich natürlich, wie jeder Venezianer, jede Menge Schauergeschichten aus der Stadt kenne.«

»Echt? Was denn für welche?«, bohrte Jan sofort nach.

»Hm, lass mal überlegen: zum Beispiel die Geschichte über den Mörder Biasio, der heute noch in den Gassen herumspuken soll. Er wurde vor mehr als vierhundert Jahren hingerichtet. Er führte nämlich ein Wirtshaus, das für seine Fleischsoße berühmt war. Eines Tages fand ein Gast einen kleinen abgehackten Finger in seinem Essen. Und da war klar, was die geheime Zutat in seiner Soße war.«

»Iiieh!« Jan verzog das Gesicht und legte seinen Keks beiseite.

»Na lecker«, murmelte Sara.

Kristina dachte mit einem kalten Frösteln an die Gestalt, die ihr im Nebel gefolgt war. Aber ein Wirt war kein Gondoliere.

»Was bedeutet eigentlich *Calegheri*?«, fragte sie leise. »Sind das auch Gespenster?«

Sara rollte genervt mit den Augen. »Hört ihr jetzt endlich mal mit diesem Geisterfimmel auf?«

»Na, ihr stellt ja schwierige Fragen!«, rief Cesare. »Der Begriff kommt mir bekannt vor, aber ich schau zur Sicherheit mal nach.« Er stand auf und kam gleich darauf mit einem in Leder gebundenen Buch zurück. *Lexikon der Geschichte Venedigs* prangte auf dem Einband. Cesare blätterte zum Buchstaben C. »Hier ist es: *Calegheri*. Stimmt, jetzt fällt es mir auch wieder ein: Das hat mit Geistergeschichten überhaupt nichts zu tun. Die Calegheri waren die deutschen Schuhmacher, die früher hier in der Nähe am Campo Santo Stefano ihre Bruderschaft hatten.«

Kristina setzte sich unwillkürlich aufrechter hin. Langsam begann das Ganze tatsächlich ein wenig Sinn zu ergeben. Der kleine Dieb hatte deutsch gesprochen! Und vielleicht stahl er aus einem bestimmten Grund gerne Schuhe? Luca hatte ja auch erzählt, dass Pippa häufig ohne Schuhe heimkam.

»Wann … war denn ›früher‹?«, fragte sie vorsichtig weiter.

Cesare blätterte um und las nach. »Im vierzehnten Jahrhundert.«

Das erklärte die altertümliche Kleidung. Aber warum nannte Nonna diese Gespenster Pestkinder? Vielleicht waren es ja Schuhmacherkinder, die an der Pest gestorben waren.

Es war wirklich total verrückt! Wenn sie zu Hause erzählte, dass sie tote Menschen sah, konnte sie sich darauf gefasst machen, dass ihre Freundinnen sie als Freak bezeichnen würden. Und vor einer Woche hätte sie selbst jeden ausgelacht, der so etwas behauptete. Aber jetzt dachte sie nur besorgt an die arme Nonna und an Pippa. Diese Wesen hatten die Kleine sicher absichtlich in den verfallenen Brunnenhof gelockt, vielleicht hatte

Jans Feuerwerk Pippa sogar gerettet. Und beim Gedanken daran, dass Nonnas Sturz auch viel schlimmer hätte ausgehen können, spürte Kristina einen heißen, schmerzhaften Knoten im Bauch.

»Du bist ja ganz blass geworden. Ist dir schlecht?« Cesare klappte das Buch zu. Eine kleine Staubwolke puffte dabei in die Luft.

Kristina zwang sich zu einem Lächeln und schüttelte den Kopf. »Alles okay. Sag mal, weißt du zufällig, wo die Familie Pezzi wohnt? Du weißt schon, die Pezzis, die Nonna nicht leiden kann?«

Cesare lächelte wissend. »Das brauchst du mir nicht zu erklären. Sie wohnen derzeit nur ein paar Straßen weiter, irgendwo bei der *Calle del Pestrin*. Warum?«

»Nur so. Luca Pezzi war gestern im Museum, und ich … habe vergessen, ihm was zu sagen.«

»Warum kann Nonna die Pezzis nicht ausstehen?«, meldete sich Jan zu Wort.

Cesare winkte müde ab. »Ach, das ist irgendeine ganz alte Geschichte. So ist das hier manchmal mit den alteingesessenen Familien. Irgendwann gab es mal einen Streit, und seitdem sind sie verfeindet, obwohl keiner sich mehr erinnern kann, worum es damals überhaupt ging. Cecilia nennt die Pezzis Hungerleider und Diebe und sie halten sie für eine verrückte alte Hexe. Nicht die beste Voraussetzung für gute Beziehungen.«

»Sind die Pezzis denn so schlimm?«

Cesare winkte ab. »Es sind anständige Leute. Aber sie haben einfach kein Glück im Leben.«

»Warum vertragen sie sich dann nicht einfach alle?«, fragte Jan.

Cesare seufzte tief. »Ach, Kinder, das hier ist eben Venedig, gewöhnt euch daran. Es wird nicht umsonst die Stadt der Spiegelungen genannt. Die Abbilder früherer Leben finden sich überall. Seht euch um, dann werdet ihr es verstehen: Hier lebt man in und mit der Vergangenheit – egal wie lange etwas her ist, für einen richtigen Venezianer ist es immer noch Teil der Gegenwart.«

»Na so was«, murmelte Sara geistesabwesend und stand auf. Den Blick auf das Blatt in ihrer Hand gerichtet, ging sie hinaus in den Flur, wo weitere Kartons mit Nonnas Papieren standen. Es raschelte, als sie darin herumsuchte.

»Stimmt es, dass Violetta Aquana eine richtige Hexe war?«, platzte Jan heraus.

Cesare verschluckte sich fast am Kaffee. »Violetta? Eure Ahnin? Wer hat dir denn so etwas erzählt?«

Kristina trat ihren Bruder unter dem Tisch warnend gegen das Schienbein, aber es war zu spät. »Nonna! Sie sagt, Violetta hat Kinder verflucht und einen Zauberbann gesprochen, den Fluch der toten Tage.«

»Wirklich?« Der alte Wirt zog die buschigen Augenbrauen zusammen. »Die einzige Hexe, die ich kenne, ist die *Befana*, und die verflucht keine Kinder. Sie bringt ihnen im Januar Süßigkeiten oder, wenn sie nicht brav waren, Kohlestücke – so ähnlich wie bei euch der Nikolaus. Ach, in ein paar Tagen startet hier übrigens die *Befana-Regatta* auf dem Kanal.«

Cesare war wirklich gut darin, vom Thema abzulenken! Sara kam wieder ins Zimmer und lehnte sich an den Türrahmen. In den Händen hielt sie ein ziemlich zerfleddertes Bilanzbuch. »Kinder«, sagte sie mit einem ungewohnten Ernst in der Stimme. »Kommt ihr mit ins Hotel? Ich brauche eure Hilfe beim Aufräumen.«

Allein die Vorstellung, in die Nähe des Spukhauses zu gehen, jagte Kristina eine Gänsehaut über den Rücken. Aber noch schlimmer wäre es, ihre Tante allein dorthin zurückgehen zu lassen. Jan schien dasselbe durch den Kopf zu gehen, denn er nickte ernst und sagte: »Ich muss nur noch was holen.«

Der Wind pfiff durch die Gassen und peitschte das Wasser des Kanals zu dunklen Wogen und Strudeln auf, die aussahen, als hätte Saras düstere Stimmung Form angenommen. Sara wollte nicht damit herausrücken, was sie bedrückte, aber ihr besorgtes Gesicht verriet nichts Gutes. Jan hatte sein Skateboard bei Cesare gelassen, aber irgendetwas beulte sich unter seiner Jacke. Je näher sie dem Hotel kamen, desto mehr schien ihn der Mut zu verlassen. An der Tür blieb er stehen, bis Kristina ihn mit einem sachten Schubs über die Schwelle beförderte.

Beklemmende Stille empfing sie. Sogar Sara zögerte. Dann holte sie tief Luft und drehte sich zu Kristina und

Jan um. »Danke, dass ihr mir beim Aufräumen helft«, sagte sie aus vollem Herzen. »Am besten, ihr fangt damit an, mit dem Staubsauger das Mehl zu entfernen. Und erwartet von Nonna keinen Orden, aber sie wird euch trotzdem sehr, sehr dankbar für eure Hilfe sein. Ich werde im Erdgeschoss anfangen aufzuräumen. Es ist schön, dass wir zusammenhalten!« Ihr Lächeln war zwar immer noch schmal, aber in ihren Augen lag ein warmer Schimmer, der Kristina wohltat. Zum ersten Mal fühlte es sich tatsächlich ein bisschen so an, als wären sie alle hier wieder eine Familie. Und auch wenn es wehtat, weil sie sich so oft nach früher sehnte, erwiderte sie Saras Lächeln. Jan murmelte dagegen nur etwas Unverständliches und betrachtete seine Schuhspitzen.

SILBER UND GLAS

MAN SAH, DASS DIE POLIZEI im zweiten Stock herumgelaufen war. Abdrücke von großen Schuhen überdeckten die anderen Spuren. Die Möwen hatten das Mehl wie mit gefiederten Fächern verwirbelt. Im Dogenzimmer hing es überall – Vorhänge und Möbel waren damit gepudert. Der Schrank stand offen, alles, was Kristina sorgfältig eingeräumt hatte, lag ebenfalls, mit Mehl paniert, auf dem Boden. Es war unheimlich still und unsichtbare Augen schienen sie zu beobachten. Aber die Silberkordeln mit den Perlen hingen immer noch an ihrem Platz an den Fenstergriffen.

»Was haben sie nur gesucht?«, sagte Kristina mehr zu sich selbst.

Jan schluckte schwer. »Wir müssen auch oben in Nonnas Wohnung nachschauen«, sagte er zaghaft. Er war ganz fahl um die Nase; Kristina konnte sich denken, wie viel Angst er haben musste. Sie hätte nie zugegeben, dass sie sich selbst kaum traute, in die stillen Räume im dritten Stock zu gehen. Sie sah sich nach einer Waffe um, aber alles, was sie fand, war die Klobürste. »Ich muss irgendwo einen Stock finden«, erklärte sie, während sie sich zu ihrem Bruder umdrehte. Dann wurde ihr klar, dass es nicht nur die Angst war, die Jan so aufs Gemüt schlug. Ihr Bruder stand da und schluckte und blinzelte viel zu oft, als müsste er mühsam gegen Tränen ankämpfen. Kristina trat zu ihm und legte ihm die Hände auf die Schultern. »He, was ist los?«

»Wenn Nonna stirbt, bin ich schuld«, brachte er mit gepresster Stimme hervor. »Weil ich Weihnachten das Fenster aufgemacht habe und die Silberkordel weggenommen habe. So konnten sie ins Haus kommen.«

»He!«, sagte Kristina energisch. »Erstens: Nonna stirbt nicht, sie hat nur einen gebrochenen Knöchel und eine Gehirnerschütterung. Und zweitens: Du bist an überhaupt nichts schuld! Außerdem waren gestern und vorgestern alle Kordeln an ihrem Platz, die Geisterkinder müssen wohl einen anderen Weg gefunden haben, um reinzukommen.«

Jan schien nicht ganz überzeugt zu sein, aber er atmete tief durch und wurde ruhiger. Dann ratschte er mit Schwung den Reißverschluss seiner Jacke auf.

»Du brauchst keinen Stock, ich habe was viel Besseres.« Er deutete auf seinen Gürtel. Erst glaubte Kristina, eine komische Art von Patronengürtel zu sehen. Nur dass es keine aufgereihten Patronen waren, die im Gürtel steckten, sondern Gabeln und Messer, mindestens zwanzig Stück.

»Was soll das denn? Wir werden doch nicht von Schnitzeln bedroht.«

»Das ist Silberbesteck«, erklärte Jan leicht eingeschnappt. »Die Pestkinder haben Angst vor Silber. Zumindest Werwölfe kann man mit Silber töten. Und wenn die Kinder Katzenaugen haben, sind sie ja vielleicht Werkatzen.« Er pflückte eine Gabel mit langen Zinken aus seinem Gürtel und reichte sie Kristina. Bei der Vorstellung, wie sie sich mit einer Spaghettigabel fuchtelnd gegen finstere Mächte verteidigte, hätte Kristina trotz allem fast laut losgelacht. »Du bist echt ein Spinner.«

»Und du hast keine Ahnung!«

»Sei doch nicht gleich wieder beleidigt. Wo hast du das Besteck überhaupt her?«

»Aus Cesares Wohnzimmerschrank. Und die habe ich auch dabei.« Er holte die kleine Digitalkamera hervor, die Papa ihnen dagelassen hatte. »Auf Geisterfotos sieht man mehr als mit dem bloßen Auge«, fuhr Jan mit einem grimmigen Ernst fort. »Auch unsichtbare Geister sind auf Fotos zu sehen. Und der Blitz erschreckt und blendet sie. Wenn sie uns verfolgen, haben wir damit einen Vorsprung.«

»Du hast zu viele Filme über Geisterjäger gesehen. Aber die Idee ist nicht schlecht!«

Zum ersten Mal seit gestern Abend zuckten Jans

Mundwinkel ein bisschen nach oben und seine Miene hellte sich auf.

Auch Nonnas Wohnung war völlig auf den Kopf gestellt. Der Weihnachtsbaum aus Plastik lag in der Ecke. Ein Bücherschrank war ausgeräumt, die Schubladen der Kommode lagen herausgerissen auf dem Teppich wie gestrandete Boote. Jan machte auch in diesem Zimmer Fotos und blitzte auch in die leeren Schubladenfächer, während Kristina aufräumte.

»Dahinten ist was!«, rief er nach einer Weile. Das Besteck klapperte, als er sich auf den Bauch legte und in den Schrank hangelte. Ein leises Schleifen ertönte. »Da ist so etwas wie ein Geheimfach«, ächzte er. »Hinter der obersten Schublade ist eine Lücke. Und da steckt etwas drin.«

Kristina rannte zu ihm und ließ sich auf die Knie nieder. »Kommst du ran?«

Jan ächzte und ruckelte und zerrte schließlich eine Art Päckchen hervor. Als der Staub sich gelegt hatte, sah man, dass es ein Lederlappen war, umschnürt mit einem verblichenen lila Seidenband. Jan zog an der Schleife und klappte das Leder auf.

»Das sind ja Schriftstücke«, flüsterte Kristina. Es waren nur wenige dicke Bögen, vielleicht bestanden sie sogar aus Pergament, also dünner Schafshaut. Die Blätter waren völlig vergilbt und rochen nach dem Staub von Jahrhunderten. Einige davon waren beschädigt – die Schrift war verwaschen, die Ränder eingerissen. Trotzdem konnte man noch genug erkennen.

»Das hier ist irgendeine Liste«, stellte Kristina fest. Auf dem Bogen waren Namen verzeichnet, Zahlen standen daneben und Anmerkungen in einer fremden Sprache, vielleicht Lateinisch?

Auch das zweite Blatt enthielt eine Liste, doch die Buchstaben ergaben überhaupt keine Wörter und schienen sinnlos aneinandergereihte Zeichenfolgen zu sein. Das untere Stück des Dokuments fehlte, als hätte es jemand grob abgerissen. Von der Schlange, die sich als feine Zeichnung am Blattrand entlangschlängelte, fehlte somit der Kopf. Über der Auflistung stand ein kurzer Text in einer altertümlichen geschwungenen Schrift – diesmal in Italienisch. Kristina überflog hastig die Zeilen. Sie waren nicht weniger rätselhaft als die Geheimschrift:

Dreizehn Tränen, von Aquanen geweint
Dreizehn Tropfen, in Glas vereint
Dreizehn Stunden, die nicht versäumt

Der Rest war unleserlich, als wäre die Tinte vor sehr langer Zeit nass geworden.

»Klingt ja fast wie ein Zauberspruch«, murmelte Kristina.

Es sollte ein Witz sein, aber Jan nickte mit leuchtenden

Augen. »Das hat Violetta geschrieben!« Jan deutete auf ein kleines verschlungenes Zeichen am Ende des Textes, das noch leserlich war. Kristina hätte es glatt übersehen.

»Das sind ein V und ein A – Violetta Aquana. Sie hat unterschrieben.«

»Das kann Zufall sein. Es kann auch ein Vito Agnelli geschrieben haben.«

»Aber neben den Buchstaben steht doch 1355. Dieselbe Zahl wie auf Violettas Bild!«

Wenn seine Vermutung stimmte, war ihr Bruder ein deutlich besserer Detektiv als sie.

Jan nahm ihr das erste Blatt aus der Hand und studierte es mit zusammengekniffenen Augen. Er hob es hoch, um es gegen das Licht zu halten – und da fiel Kristinas Blick auf die Rückseite. »Hinten steht noch etwas!«

Auf den ersten Blick sah es aus wie die Zeichen, die Kristina während langweiliger Mathestunden geistesabwesend auf ihr Schulheft kritzelte. Hier waren Schrift und Zeichnungen kreuz und quer übereinandergemalt, und sie waren deutlicher als die verwischte Tinte auf der Vorderseite.

»Das wurde mit Bleistift oder Kohle gezeichnet. Soll das ein Vogel sein?«

Jan legte den Kopf schief. »Ja, eine abstürzende Krähe oder ein Rabe oder so was.«

Kristina drehte das Blatt hin und her, hielt es schräg –

und konnte endlich das Wort entziffern, das sich über die ausgebreiteten Flügel spannte:

Spinturnicium!

Es blitzte, als Jan das Blatt fotografierte. Kristina legte ihm die Hand auf den Arm. »Wir nehmen das Päckchen mit. Nonna wird es nicht merken, wir bringen es rechtzeitig zurück. Komm, wir suchen noch Violettas Bild!« Jan stopfte sich eilig das Päckchen mit den Papieren hinter seinen Silberbesteckgürtel und zog die Jacke darüber.

Die Gemälde, die sie neulich aus Nummer vierzehn hochgeschleppt hatten, waren in Nonnas Schlafzimmer an den Wänden aufgereiht. Eine stumme Versammlung, die sie durch Staubschleier ernst musterte. Neben dem Fenster leuchtete ihnen Violetta in ihrem Festkleid entgegen. Ihr Bild war als Einziges sorgfältig von Staub und Spinnweben befreit worden. Aber das war nicht das Seltsame daran. Jan packte Kristina am Ärmel. »War das Nonna?«, fragte er furchtsam.

»Das glaube ich nicht!«, erwiderte Kristina leise.

Der Dunkle tobte. Seine Diener hatten jämmerlich versagt! Das Mädchen mit den Kristallaugen war ihm in San Polo aus unerfindlichen Gründen in letzter Sekunde entwischt. Die Hexe lebte noch – und seine Diener hatten im Palazzo nichts Brauchbares gefunden. Die Ausbeute ihrer Suche türmte sich zu seinen Füßen in der Gondel. Glänzendes Glas, viele Scherben, denn für Möwen machte es keinen Unterschied, ob Schätze ganz oder entzweigebrochen waren. Sie hatten die Gegenstände einfach im Flug fallen gelassen, als würden sie Muscheln auf Felsen werfen, um die Schalen zu knacken. Es klirrte, als der Dunkle seine dürre Hand in den Glasberg senkte und noch einmal Stück für Stück prüfte. Jede Scherbe, jeden Lüsterschmuck hielt er sich vor die Augen und blickte hindurch. Die Häuser und die Rialto-Brücke in der Ferne färbten sich rot und türkis, bernsteingolden und grün, aber das, was er zu sehen hoffte, blieb verborgen. »Nutzloser Tand!«, knurrte er. Runde Augen beobachteten entsetzt, wie das letzte Glasstück in seinem Griff zu farbigem Pulver zerstob. »Ist das alles, ihr undankbares Pack? Wollt ihr mich betrügen?« Die größte der Gestalten, die hinter dem Glashaufen kauerte, zuckte zusammen. Es war ein dürres Mädchen, struppig und zäh. Wenn sie etwas sagte, schwiegen die anderen.

»No, il mio Maestro«, flüsterte sie in ängstlicher Ehrfurcht. Die anderen versuchten, sich kleiner zu machen, und senkten den Blick. »Und warum gehorcht ihr dann meinen Befehlen nicht?«, donnerte der Dunkle. »Habe ich euch nicht gerettet und vor dem Tod bewahrt? War ich nicht großherzig? Habe ich euch etwa nicht Augen zum Sehen in der Nacht gegeben, die Flinkheit von Mäusen, die Geschmeidigkeit der Aale? Und dann findet ihr nur DAS hier?« Er schüttelte den Kopf. »Jahrhunderte schenkte ich euch«, grollte er. »Und was gebt ihr mir zum Dank?«

Diesmal antwortete nicht einmal das dürre Mädchen. Seine Sklaven verharrten in Erwartung der Strafe. Wie ein Wurf Kätzchen sahen sie aus, eng aneinandergeschmiegt. Einer der Jungen war eben erst herbeigeschwommen und auf die Gondel geklettert, jetzt versuchte er, sich noch kleiner zu machen, als er ohnehin war. Der Dunkle lächelte grimmig. Dann griff er zu dem Riemen und schlug damit gegen den metallenen Bugkamm der Gondel.

Kristina trat näher an das Bild heran. Vor Violettas Gemälde war aller möglicher Kram säuberlich aufgereiht: glatte grüne Algen, die über Nacht schon ein wenig eingetrocknet waren, Stoffrosen, wie sie als Dekoration an manchen Gondeln befestigt waren. Ein pinkfarbenes Quietscheentchen lag neben einem Radiergummi. Und dazwischen Kronkorken, bunte Glasscherben und alte, verwitterte Münzen. Die Dinge wirkten fast wie Gaben vor einem Altar für die *Dogaressa.* Und auf Violettas rechter Wange prangten drei winzige Mehlflecken, als hätten zierliche Finger sie dort berührt.

»Das ist ja mein Radiergummi, den er mir geklaut hat«, rief Jan. Jetzt bestand kein Zweifel mehr, wer die Gegenstände hier abgelegt hatte.

»Mach ein Foto, Jan«, sagte Kristina leise.

Funken flirrten vor ihren Augen, nachdem der Blitz mehrmals das Zimmer erhellt hatte. Jan fotografierte weiter: das Zimmer, Nonnas Bett und die Perlenkordel am Fenster. Draußen wurde das Heulen des Windes lauter und vermischte sich mit einem schwingenden Ton – so als hätte draußen jemand mit einem Stock gegen ein Metallgeländer gehauen. Ein ziemlich großes Metallgeländer. »Hast du das auch gehört?«, fragte Kristina. Aber Jan war schon am Fenster und drückte sich die Nase platt. Kristina atmete tief durch und wagte sich ebenfalls heran. Die Hände fest um die Kante des Fensterbretts gekrampft, wagte sie einen Blick auf den Kanal.

Die Gondel begann, sich zu drehen, Strudel tanzten um sie herum, ein Sog, der jedes andere Schiff sofort auf den Grund des Kanals gezogen hätte. Unter dem Boot schabte etwas entlang. Wasser schäumte auf, ein Wirbel tat sich auf wie ein grüner Trichter.

»Seht und lernt«, sagte der Dunkle. Er hob die Hand und deutete auf das dürre Mädchen. Eine unsichtbare Kraft schleuderte sie von der Gondel, sie fiel ins Wasser, ohne einen Laut von sich zu geben. Das Letzte, was ihre Gefährten von ihr sahen, waren ihre weit aufgerissenen Augen und eine Hand, die verzweifelt nach dem aufgewühlten Grün schlug und auf etwas Schuppiges, Glitschiges traf. Eine Sekunde später hatte der Strudel sie verschlungen. Die Sklaven schrien entsetzt auf, jammerten und klagten, aber sie wagten es nicht, das Boot zu verlassen.

Natürlich war es draußen wieder neblig, aber an einer Stelle auf der gegenüberliegenden Seite des Kanals trieb an dem Seitenkanal besonders viel weißer Dunst. Fast wie eine weiße Wolke. Davor verwandelte sich das Wasser in einen kochenden Strudel.

»Was ist das denn?«, sagte Kristina mehr zu sich selbst.

»Vielleicht ein Mini-Tsunami«, vermutete Jan. Das war natürlich Unsinn. Das Wasser war nur vom starken Wind aufgewühlt – aber auf eine sehr seltsame Art. Grüne Wirbel verschwanden und tauchten etwas weiter entfernt wieder auf. An manchen Stellen bäumte sich eine einzelne Welle auf, schlängelte ein Stück weiter, nur um dann wieder abzutauchen. Viele solcher Wellen schwappten in großen Bögen von einer Uferseite zur anderen, fast so, als würde das Wasser sich in einer windenden Bewegung in Richtung Lagune davonwälzen.

Die Gondel hörte auf, sich zu drehen, der Wassersog löste sich auf, die Kraft, die unter der Wasseroberfläche wirkte, ließ nach und entfernte sich.

»Ihr habt Glück«, sagte der Dunkle. »Heute strafe ich nur einen von euch Verrätern. Den anderen gebe ich noch eine Chance, mir zu beweisen, dass ihr treue Diener seid. Aber ihr wisst nun, welches Schicksal euch ereilt, wenn ihr das nächste Mal versagt.«

Mit einem Wink scheuchte er die zweibeinigen Diener vom Boot. Sofort sprangen sie ins Wasser, tauchten flink zur anderen Seite des Kanals, als müssten sie immer noch fürchten, das Schicksal des dürren Mädchens zu teilen, kletterten an Land und flohen, so schnell sie konnten, in die Gassen Venedigs.

»Narren«, sagte der Dunkle verächtlich. »Als könntet ihr mir je entkommen.«

DAS AUGE DES MAKARO

Es würde Tage dauern, bis das Hotel wieder richtig bewohnbar wäre. Der Glaser hatte das Fenster samt Rahmen ausgebaut und zum Boot geschleppt. Jetzt war das Fensterloch mit Folie und Pappe abgedeckt. Jan hatte die Silberkordel mit Tesafilm daran befestigt.

Und der Kammerjäger hatte tatsächlich ein Loch im Gemäuer gefunden: Im Keller, der unter der Wasserlinie lag, fehlte ein Mauerstein. Der Raum war knietief überschwemmt. »Passiert leider häufig«, erklärte der Mann. »Wegen der Motorboote – sie verursachen zu starke Wellen, die spülen den Mörtel zwischen den Steinen weg, dann bröckelt irgendwann das Fundament und die Gebäude werden unterspült. Und dann können die Ratten umso leichter in das Gebäude kommen.«

Die Ratten oder die Geisterkinder?, dachte Kristina. Der Stein hatte sich nicht zufällig gelöst, kleine Kinderhände hatten den Zugang zum Kanal geschaffen, um die Ratten und Möwen einzulassen.

Eins war klar: Sie mussten heute noch zu Luca und Pippa, um zu erfahren, was die Kleine von den *Calegheri*-Kindern wusste.

»Wir müssen das Loch provisorisch verschließen, bis der Maurer kommt«, schloss der Kammerjäger. »Und ich lege Rattenköder aus für alle Fälle.«

Wenig später versperrte ein rostiges altes Lüftungsgitter den Zugang. Und wieder war es Jan, der in einem unbeobachteten Moment das Silber platzierte: ein Fischmesser, das er zwischen die Streben klemmte.

Inzwischen war das Haus voller Leute. Ein paar Nachbarn unterhielten sich aufgeregt mit Sara an der Rezeption über Nonna. Das Telefon klingelte ununterbrochen. Zwei Handwerker schleppten Pumpen für das Wasser in den Keller. Jetzt wo Sara nicht mehr allein im Haus war und das Loch im Keller mit Silber versiegelt war, schien keine Gefahr mehr zu bestehen, also verdrückten sich Kristina und Jan unter einem Vorwand und machten sich auf zur *Calle del Pestrin*, wo angeblich die Pezzis lebten.

»Lucas Vater schmeißt uns doch gleich wieder raus, wenn wir klingeln«, meinte Jan. Das stimmte wohl, aber Kristina hatte für Luca auch einen Zettel geschrieben, den sie in den Briefkasten werfen wollte.

Die Sträßchen hinter dem Hotel waren so gut wie leer. Nur ein verirrter Tourist zerrte seinen Trolley rumpelnd über das Pflaster, während der Wind versuchte, ihm einen zerfledderten Fahrplan aus der Hand zu reißen. Das

Trolleyrumpeln verstummte, als der Mann bei der Vaporetto-Station *Sant' Angelo* ankam. Kristina und Jan atmeten auf und liefen weiter. Aber mit einem Mal stutzten sie beide und blieben stehen. Hinter dem Hotel, dort wo sich die Mauer zum Innenhof erhob, hörte man ganz deutlich ein leises, wimmerndes Weinen. *Pippa?*, formte Jan mit den Lippen. Kristina nickte und legte den Zeigefinger über den Mund zum Zeichen, dass sie sich leise heranpirschen sollten. Auf Zehenspitzen schlich sie an der Mauer entlang und spähte um die Ecke.

Es war nicht Pippa, die an die Wand gekauert dasaß. Sondern der Dieb! Patschnass, die Knie bis zum Kinn hochgezogen und die Arme um die Beine geschlungen. Ein kleines Häuflein Elend, das einem fast leidtun konnte, aber nur fast, wenn man an die arme Nonna dachte. Kristina kniff die Lippen zusammen und tastete nach ihrer Silbergabel, als es plötzlich neben ihr aufblitzte. Als Jan die Kamera zückte, hatten sich ein paar Silbermesser aus seinem Gürtel gelöst und fielen klimpernd zu Boden. Der Dieb sprang auf und starrte sie erschrocken an. Kristina stellte sich geistesgegenwärtig vor ihren Bruder und hob die Silbergabel. Aber der Dieb griff sie nicht an, er federte von der Wand ab wie ein Parcours-Sportler und schnellte davon. Kristina klaubte blitzschnell Jans Messer vom Boden und zog ihn am Arm mit sich. »Hinterher!«, stieß sie hervor. Aber Jan umklammerte immer noch starr vor Schreck die Kamera.

Jetzt erst fiel Kristina ein, dass er das Geisterkind ja noch nie gesehen hatte.

»Aber der ... das da ... das ist ja wirklich ...«, stammelte er.

Hastig legte sie ihm den Arm um die Schulter. »Ist schon gut, Jan, warte im Hotel auf mich!«

»He!« Der empörte Ruf hielt sie zurück. Jans Gesichtsfarbe hatte von Kalkweiß zu Wutrot gewechselt. »Warte gefälligst!« Er stopfte die Kamera in die Jacke, zerrte zwei Gabeln hervor und rannte los.

Kristina wurde von einem warmen Gefühl des Stolzes auf ihren mutigen kleinen Bruder überschwemmt. Und wenn sie ehrlich war, fiel ihr ein Stein vom Herzen, den Geisterjungen nicht allein verfolgen zu müssen.

Sie fanden ihn tatsächlich wieder, er fegte an einem schmalen Kanal entlang und huschte in eine Gasse. Jan stieß einen Kampfschrei aus und nahm die Verfolgung auf. Der Dieb hetzte weiter, über einen Innenhof in eine ziemlich schäbige, ärmliche Gasse.

»He, was ist denn mit euch los?«, rief ihnen eine alte Frau mit einer Fellmütze aus einem Fenster zu. Wie neulich die Leute in San Polo schien auch sie den Dieb nicht zu sehen. Aber der Anblick von zwei Kindern, die mit Messern und Gabeln in den Händen brüllend unter ihrem Fenster vorbeirannten, war vermutlich auch so gespenstisch genug.

»Da vorne ... kann ... er nur ... nach links«, japste

Kristina im Laufen. »Du rennst weiter, ich schneide ihm den Weg ab.«

Sie warf sich herum und bog ab. Ihre Sohlen schlugen hart auf das Pflaster, ihre Lungen stachen schon vom Laufen. Sie sauste weiter – und stellte fest, dass sie sich verschätzt hatte. Eine Sackgasse! Irgendwo hinter den Häusern hörte sie Jans Laufschritte, also orientierte sie sich an dem Geräusch und suchte nach der Querstraße, durch die das Kind auf sie zurennen würde. Nur um zu merken, dass sie sich verlaufen hatte. Wieder eine Sackgasse! In ihrer Ratlosigkeit spurtete sie denselben Weg zurück – zumindest glaubte sie, dass es derselbe Weg war, aber plötzlich landete sie an einer kleinen Brücke. Beim Versuch abzubremsen rutschte sie zu allem Überfluss auf einem glatten Pflasterstein aus. Ihre Jeans riss beim Sturz am Knie, dann schrappten ihre Handflächen schmerzhaft über den Boden. Die Messer tanzten klimpernd in Richtung Kanal davon wie zappelnde Fische, die ins Wasser zurückwollten. Kristina rappelte sich auf und hechtete hinter dem kostbaren Besteck her. Drei Messer blieben zum Glück von selbst liegen, das vierte und fünfte aber schlitterten weg, rutschten über die Treppe, die ins Wasser führte – und versanken im Kanal. Cesares wertvolles Besteck! Und den Dieb hatte sie auch aus den Augen verloren. Kristina hockte sich auf die Treppe, starrte keuchend in das Wasser und rieb sich das schmerzende Knie.

Irgendwo links neben ihr schniefte es leise. Sie fuhr herum – und wäre um ein Haar selbst ins Wasser gefallen.

Der Dieb hockte unter der Brücke. Er schien auf dem Wasser zu schweben, aber dann entdeckte Kristina den dicken schwarzen Kabelschlauch, der aus der Wand hinunter ins Wasser ragte. Der Junge kauerte darauf, ohne das Gleichgewicht zu verlieren, und starrte sie nun ebenso entsetzt an wie sie ihn. Sein Gesicht war tränennass, und sie sah, dass er nun tief Luft holte. Er atmet doch sonst nicht?, dachte sie noch – als er im selben Augenblick zwei Finger in den Mund steckte. Er wollte nach den anderen pfeifen! Oder schlimmer noch – nach dem Mann, der Kristina in San Polo verfolgt hatte.

Sie zerrte ihre Silbergabel aus dem Ärmel und riss sie hoch. »Ein Mucks, und ich werfe!« Sie hoffte, dass sie drohend genug klang. »Und ich ziele gut!«

Was gelogen war, aber der Junge erstarrte in der Bewegung. Er hatte wirklich Angst vor Silber, er schien beim Anblick dieser Waffe sogar noch eine Spur blasser geworden zu sein, wenn das überhaupt möglich war.

»Gut so. Und jetzt Hände hoch! Na los!« Du liebe Güte, jetzt redete sie schon wie ein Cop aus einem Actionfilm!

Immerhin nahm der Junge die Finger aus dem Mund. Aber nicht, weil er ihr gehorchte. »Tu das Silber weg!«, fauchte er. »Wirf es ins Wasser!«

Kristina schnaubte verächtlich. »Ja klar, dann kannst du in aller Ruhe deine Freunde rufen!«

Irgendwo in der Ferne brüllte Jan ihren Namen.

Der Junge duckte sich angespannt wie ein Tier, das überlegt, ob es angreifen oder flüchten soll. Eigentlich hatte Kristina erwartet, gleich einen schrillen Pfiff zu hören. Sie machte sich bereit, um die Gabel, falls nötig, mit aller Kraft nach dem Dieb zu werfen, aber er bewegte wieder nur die Lippen.

»Kristina«, wiederholte er flüsternd Jans Ruf. Er legte den Kopf schief, als würde er dem Klang nachlauschen. Dann senkte er ganz langsam die Hand, aber nur ein Stück. Kristina verstand. Er wartete darauf, dass auch sie im Gegenzug nachgab. Es kostete sie unendlich viel Überwindung, ihre Silberwaffe ebenfalls ein bisschen sinken zu lassen. Ihr Puls klopfte in ihrer Hand, so fest hatte sie die Finger um den Gabelgriff geschlossen. Der Junge atmete langsam aus. Er wirkte ungeheuer erleichtert, als die Gabel nicht mehr auf ihn gerichtet war. Der Atem verwehte als weiße Fahne vor seinem Gesicht.

»Okay«, flüsterte Kristina. Der Junge runzelte verwirrt die Stirn, und sie beeilte sich zu übersetzen: »Ich meine: in Ordnung. Waffenstillstand.«

Seine knochigen Schultern entspannten sich, die Hand sank ganz herab, gleichzeitig mit der Gabel, die Kristina neben ihren Fuß auf die Treppe legte.

Sie hoffte, der Dieb würde nicht bemerken, wie sie dabei verstohlen zu den Messern schielte. Es sah aus, als würden sie eine silberne Absperrung zur Straße bilden. Falls es gefährlich wurde, musste sie nur darüberspringen und der Dieb würde ihr nicht folgen können. Das gab ihr sofort mehr Sicherheit.

Wieder rief Jan nach ihr, er klang besorgt, aber Kristina wagte nicht, ihm zu antworten. Zum ersten Mal wurde ihr bewusst, dass sie ihren Bruder in Gefahr gebracht hatte, weil sie ihn zu dieser Verfolgungsjagd mitgenommen hatte.

»Machen wir es kurz«, wandte sie sich an den Dieb. »Richte deinen Freunden aus, sie sollen von unserem Palazzo wegbleiben. Wenn wir euch noch einmal dort erwischen, dann ...«

»Ihr habt uns ausgesperrt!«, schleuderte der Junge ihr entgegen. Seine Augen schienen vor Zorn aufzuglühen. »Mit *Silber!* Silber tut schrecklich weh!«

Furcht hin oder her, langsam wurde Kristina sauer.

»Und du hättest mich gestern fast umgebracht! Ich wäre im Palazzo Ducale um ein Haar abgestürzt. Und Nonna habt ihr sogar die Treppe runtergeschubst!«

Der Dieb schüttelte empört den Kopf. »Wir haben nur was gesucht!«

»Eingebrochen seid ihr und habt das halbe Hotel auseinandergenommen«, empörte sich Kristina. »Dabei habt ihr dort nichts verloren. Violetta hat euch doch aus dem Palazzo verbannt.«

Eben hatte der Junge immerhin noch ein wenig ängstlich gewirkt, aber jetzt klappte ihm die Kinnlade nach unten. Seine Augen wurden kugelrund. Das Erstaunen darin war echt und auch ein Funke Ärger irrlichterte darin. »Die *Dogaressa*? Nie hätte sie uns verbannt. Niemals! Du bist eine Lügnerin!«

Er spuckte in den Kanal und murmelte irgendetwas, was ganz sicher eine Beleidigung war. Normalerweise war es Jan, der wie ein Jähzornsfeuerwerk explodieren konnte, aber jetzt schoss auch Kristina die Wut wie eine heiße Welle durch die Adern.

»Du diebische kleine Kröte!«, rief sie. »*Ihr* seid die Lügner. Und Einbrecher und Randalierer und …« Sie holte Luft, um ihm alles an den Kopf zu werfen und zu drohen, ihm ein Kilo Silberlöffel in den Schlund zu stopfen, sollte er sich noch einmal ihrer Familie und dem Palazzo nähern. Aber dann blieb ihr jedes weitere Wort im Hals stecken.

So schnell, dass sie der Bewegung kaum folgen konnte, stieß er sich von dem Kabel ab und landete mit einem geschmeidigen Satz auf der Treppe. Kristina warf sich reflexartig nach hinten. Das Nächste, was sie spürte, war die Wand des Hauses an ihrem Rücken. Ein platschendes Geräusch ertönte. Sie musste nicht hinschauen, um zu wissen, was passiert war. Am liebsten hätte sie sich geohrfeigt: Beim Sprung nach hinten hatte sie die Gabel mit dem Fuß in den Kanal befördert. An die Messer kam sie jetzt auch nicht mehr heran, denn der Junge hockte auf der Treppenstufe über ihr, den Zeigefinger an die Lippen gelegt. »Scht!«

Er lauschte ängstlich. Aber irgendwo in der Nähe gurrten nur ein paar Tauben und in der Ferne tutete ein Boot.

»Was ist los?« Kristina kam es so vor, als hätte jemand anders die Frage gestellt, jemand, der beschämend piepsig und eingeschüchtert klang.

Der Dieb schluckte. *»Er…«*, stammelte der Junge mit dieser seltsam körperlosen Echostimme. Dann verstummte er so schlagartig, als hätte er sich an diesem einen Wort verbrannt.

Kristinas Mund war vor Aufregung so trocken, dass sie sich über die Lippen lecken musste, um weitersprechen zu können. »Er?«, flüsterte sie. »Du meinst den Gondoliere?«

»Il Doge nero«, hauchte der Kleine kaum hörbar.

»Der schwarze Doge? Wer ist das? Was will er von uns?«

»Ich darf nichts sagen. Sonst…«

Er sank in sich zusammen und brach zu ihrer Bestürzung in Tränen aus. Es war gruselig, jemandem beim Weinen zuzusehen, der nicht schnaufte und Luft holte. Die Tränen rannen wie ruhige Ströme aus den Augen, die nicht zwinkerten. Und dennoch konnte sie den ungeheuren Kummer spüren wie einen dunklen Schleier, der sich auch auf sie senkte.

»Du hast große Angst vor ihm.«

Heftig nickte er. »Er tötet uns, wenn wir nicht gehorchen.«

»Du bist doch schon tot – seit Hunderten von Jahren.«

Der Junge stutzte. Er war so überrascht, dass er sogar vergaß zu weinen. »So ein Unsinn!«, sagte er gekränkt. »Ich bin doch hier! Ich rede mit dir!«

Das war nun wirklich eine Überraschung. Der Kleine wusste also gar nicht, dass er eine Art Geist war?

»Was … habt ihr im Hotel gesucht?«, lenkte Kristina vorsichtig vom Thema ab.

Der Dieb kroch blitzschnell auf sie zu. Einen Wimpernschlag später saß er vor ihr auf ihrer Treppenstufe, und sie wagte nicht, sich zu rühren.

»Das Auge des Makaro. Weißt du, wo es ist?«

Kristina schüttelte langsam den Kopf. »Ich weiß nicht mal, was dieses Auge sein soll.«

»Glas«, hauchte der Dieb. »Buntes Glas!« Seine Augen glichen großen dunklen Scheiben, in denen sich das Wasser spiegelte. Ein kalter Hauch umhüllte ihn und schien auf sie überzuspringen. Sie klapperte schon mit den Zähnen. »Bitte!«, flehte er mit erstickter Stimme. »Gib es uns. Damit wir nicht sterben müssen. Er will es haben. Sonst …«

Die bedeutungsvolle Stille sagte alles.

Eine Sekunde lang war sie versucht, ihm zu glauben und Mitleid mit ihm zu haben. In der nächsten Sekunde begriff sie, dass es ein schrecklicher Fehler gewesen war, ihm überhaupt zuzuhören.

Kleine Hände schossen vipernschnell vor und packten sie am Kragen. Das Kind warf sich zur Seite, riss sie mit einem mörderischen Ruck aus dem Gleichgewicht. Sie wollte schreien, aber eine eisige Hand presste sich auf ihren Mund. Im Fallen erhaschte sie einen Blick auf das Ende des schmalen Kanals. Der Bug einer Gondel schob sich hinter dem Eckhaus hervor. Unter Tausenden hätte sie die Metallkrokodile wiedererkannt.

Irgendwo in einem Winkel ihres Bewusstseins spürte sie noch, wie sie über die letzte Treppenstufe rutschte. Dann setzte ihr Herz für mehrere Schläge aus. Sie tauchte ins Wasser, ein Schock von Dunkelheit und Kälte. Das Nass kroch unter den Mantel, in den Kragen, die Schuhe. Und der kleine Teufel drückte ihr mit seiner Eishand immer noch Mund und Nase zu.

Verräter!, echote eine verzweifelte Stimme in ihrem Kopf. Er hat mich die ganze Zeit abgelenkt und liefert mich nun dem schwarzen Dogen aus!

Sie strampelte verzweifelt, doch das Kind hielt sie mit unmenschlicher Kraft fest. Sie riss die Augen auf und blickte in milchiges helles Grün. Wasser wogte über ihrem Kopf, verwirbelte ihr Haar. Eiszapfenspitzen schienen ihre Kopfhaut zu streifen. Dann traf ein hölzernes Ruder ihren Oberarm, und es wurde dunkel, als die Gondel über ihnen hinwegglitt. Und gleich darauf wieder heller. Ehe sie wusste, wie ihr geschah, wurde sie nach oben gezogen. Die Umklammerung des Jungen löste sich. Ihr Kopf durchstieß die Wasseroberfläche. Keuchend holte sie Luft – und spürte glitschige, mit Algen bewachsene Treppenstufen unter ihren Händen. Obwohl ihr das Wasser in die Augen rann, erkannte sie wie durch einen Schleier, dass die verwitterte Gondel hinter der nächsten Ecke verschwand. Der Doge war weitergefahren, ohne sie zu entdecken. Und auch der Junge war fort.

PEZZIS PALAZZO

»Habt ihr in eurem Angeberpalast kein Badezimmer?« Eine Hand streckte sich ihr entgegen, und als sie aufblickte, sah sie direkt in Lucas grinsendes Gesicht. »Wir Venezianer baden nämlich nicht in unseren Kanälen, falls du da was falsch verstanden haben solltest.«

»Das ist überhaupt nicht lustig!«

»Ich finde schon. Los, nimm meine Hand! Oder willst du im Wasser übernachten?«

Kristina überwand ihren Stolz und ließ sich aufs Trockene ziehen. Ihre Kleider waren so vollgesogen, dass es schwerfiel, auf die Treppen zu klettern. Noch war der Schreck so groß, dass sie nicht einmal fror.

»Mach dir nichts draus«, sagte Luca gönnerhaft. »Jeder von uns ist schon mal reingefallen. Das ist die Taufe der richtigen Venezianer.«

»Ich bin nicht gefallen«, sagte sie leise. »Pippas kleiner unsichtbarer Freund hat mich reingezogen!«

Endlich verging Luca das Grinsen.

»Glaubst du mir jetzt, dass er gefährlich ist?«, setzte Kristina hinzu. »Und der Kerl, der mich gestern verfolgt hat, ist eben hier vorbeigefahren. In seiner Krokodilgondel.« Unwillkürlich sprach sie noch leiser, als könnte sie den Mann sonst zurückrufen. Plötzlich hatte sie es eilig, vom Wasser wegzukommen. Aber in ihren Stiefeln schwappte es und ihre Knie zitterten immer noch von dem Schrecken. Zwei Schritte taumelte sie auf die *Calle del Pestrin,* dann knickten ihre Beine weg wie Gummistelzen. Luca fing sie auf, bevor sie ein zweites Mal an diesem Tag auf dem Boden landete. Der Reißverschluss seiner Fleecejacke kratzte über ihre Stirn, doch dann taumelte Luca selbst. »He, spinnst du?«, schimpfte er.

»Lass meine Schwester los!«, rief Jan, der Luca von hinten angesprungen hatte und nun wie ein Affe auf seinem Rücken hing.

Er hat mir nichts getan, Jan – wollte Kristina gerade sagen, als Luca sie losließ und etwas an ihrer Schläfe riss und sie erneut gegen Luca stolperte. »Aua! Mein Haar hängt in deinem Reißverschluss!«, konnte sie gerade noch rufen, bevor sie alle drei in einem Gewirr aus Beinen und Armen zu Boden gingen. »Jan, lass ihn los, er hat mich doch nur aus dem Wasser gezogen.«

Trippelnde Schritte erklangen, dann gab es noch einmal einen fiesen Ruck, als Pippa, die Luca scheinbar immer im Schlepptau hatte, Jan in die Rippen boxte. *»Buffone«,* schimpfte sie. Luca packte Jans Handgelenk und warf seiner Cousine einen strengen Blick zu. »Schluss jetzt«, befahl er. »Kannst du aufstehen?«, wandte er sich dann an Kristina.

Nicken ging leider nicht, die Haarsträhne hatte sich hoffnungslos im Reißverschluss verhakt.

»Halt deine Haare fest«, sagte Luca. Dann zog er sich behutsam die rote Fleecejacke über den Kopf und legte sie Kristina so um die Schultern, dass die Haarsträhne nicht ziepte. Untendrunter hatte er nur ein T-Shirt an, das an den Nähten schon ziemlich verschlissen aussah. »Und jetzt noch mal zum Mitschreiben: Pippas unsichtbarer Freund hat dich in den Kanal gestoßen?«

Jan riss die Augen auf. »Echt, du hast ihn eingeholt?«

»Hast du ihn geärgert oder warum hat er dich gestoßen?«, fragte Pippa. Kristina wollte etwas sagen, aber jetzt begann sie schlagartig so sehr zu frieren, dass ihre Zähne klapperten und sie kein Wort mehr herausbrachte.

»Komm, ich bringe euch erst einmal zum Hotel zurück«, sagte Luca.

Bis dahin würden sie beide wandelnde Eiszapfen sein, aber es würde Kristina wohl nichts anderes übrig bleiben, als völlig durchnässt durch die Kälte zurückzulaufen.

»Wieso?«, fragte Pippa. »Wir wohnen doch gleich um die Ecke.«

Zu Kristinas Verwunderung wurde Luca rot und runzelte die Stirn, als hätte ihn Pippas Bemerkung verärgert. Er kaute auf seiner Unterlippe herum, aber nach einem

Blick auf Kristina, die inzwischen regelrecht schlotterte, gab er sich einen Ruck. »Na schön. Meine Eltern sind ohnehin bei der Arbeit. Kommt mit.«

Kristina sah sich um. »Aber ich muss das Besteck mitnehmen«, krächzte sie. »Wo ist es? Eben lag es doch noch auf der Straße.«

»Pippa!«, schimpfte Luca und streckte seiner Cousine die Hand entgegen. »Los, gib sie her.«

Die kleine Elster schob trotzig die Unterlippe vor, aber schließlich rückte sie Cesares silberne Fischmesser wieder raus.

Etwas befangen liefen sie dann alle vier nebeneinanderher, betrachteten sich verstohlen von der Seite, als würden sie immer noch versuchen, einander abzuschätzen. Der Weg führte in die Gasse, in der die Frau mit der Pelzmütze immer noch aus dem Fenster schaute. »Ach, schau an. Luca und die kleine Filipa mit den beiden Störenfrieden von eben.«

»Das sind doch die Vianello-Kinder, die Filipa neulich verprügelt haben«, mischte sich eine andere Nachbarin ein.

»Wir haben Pippa überhaupt nicht verprügelt«, widersprach Jan.

»Habt ihr wohl«, mischte sich Pippa mit einem unverschämt breiten Grinsen ein. Doch bevor die beiden sich wieder in die Haare geraten konnten, hatte Luca Jan die Hand auf die Schulter gelegt und sagte streng zu Pippa:

»Noch ein Wort, und ich mache dir einen Knoten in die Zunge, *piccola scimmia!*«

Ein »kleiner Affe« war sie wirklich, jetzt kicherte sie zwar, hielt aber brav die Klappe. Kristina war maßlos überrascht, dass sogar Jan auf den Älteren hörte.

»Sie sollte ins Krankenhaus und sich untersuchen lassen, Luca!«, rief Pelzmütze ihnen hinterher. »Vielleicht hat sie Wasser geschluckt. Wer weiß, was alles im Kanal rumschwimmt, in letzter Zeit wimmelt es hier vor Ratten. Wenn sie sich nicht schon längst eine Lungenentzündung geholt hat.«

Na toll, das war ja beruhigend.

»Ihnen auch einen schönen Tag, Signora«, erwiderte Luca nur freundlich.

Er ließ die Hand auf Jans Schulter, während sie in einen Hinterhof einbogen. Ein kahler, struppiger Granatapfelbaum streckte seine Äste zu dem kleinen Stück Himmel zwischen den Dächern. Die Früchte waren nicht geerntet worden und hingen immer noch wie vertrocknete Weihnachtsdekoration am Baum. Und auch sonst wirkte das Wohnhaus verlassen. In den unteren und oberen Stockwerken gähnten leere dunkle Fenster, nur im zweiten Stock hingen Vorhänge hinter den Scheiben und bunte Windrädchen steckten in Blumenkästen auf dem Fensterbrett.

Die kleine Wohnung war eng und dunkel. Nach den Tagen im prächtigen Palazzohotel kam es Kristina so vor, als müsste sie sich in eine Schuhschachtel zwängen. Luca ging rasch voraus in eine Küche, in der die Wäsche an Leinen, die kreuz und quer gespannt waren, mitten im Raum schwebte. Auf dem Tisch lagen ein Stapel Rechnungen und ein Haushaltsbuch, das er hastig wegräumte. Kristina erspähte nur noch ziemlich viele mit rotem Filzstift eingetragene Zahlen, vor denen ein dickes Minus stand. Jetzt dämmerte ihr, warum Luca gezögert hatte, sie mit zu sich nach Hause zu nehmen. Seine Familie war wirklich arm. Und er jobbte in den Ferien bestimmt nicht für ein Fahrrad oder für eine Spielkonsole wie andere Kinder, sondern weil seine Familie das Geld offenbar dringend brauchte.

»Ist was?«, fragte Luca unwillig, während er ein fadenscheiniges Handtuch von der Wäscheleine nahm. Kristina merkte, dass sie wohl überrascht und ein wenig betreten dreingeblickt hatte.

»Nö«, erwiderte sie. Aber sie sah sich verstohlen noch einmal genauer um.

Denn so klein und ärmlich die Wohnung auch war, es war trotzdem heimelig und auf eine Weise warm, die in Kristina eine leise Sehnsucht weckte. Hier war eine richtige Familie zu Hause: Fotos waren an den Kühlschrank gepinnt, kleine Andenken standen überall, ein zerfleddertes Heft mit Kochrezepten lag auf dem Kühlschank, und da war auch eine Kindertasse, auf der »Pippa« stand. Es gab Kristina einen Stich, wenn sie an ihr eigenes derzeitiges Zuhause dachte, so stumm und staubig wie ein altes Fotoalbum, in dem nur die Erinnerungen lebten.

»Tja dann, willkommen in Pezzis Palazzo«, sagte Luca ironisch und hielt ihr das Handtuch hin. »Dahinten ist das Badezimmer, der Föhn ist im Schrank. Ich suche dir ein paar trockene Sachen zusammen.«

Wenig später kam Kristina in die Küche zurück, um eine abgeschnittene Haarsträhne ärmer, aber warm verpackt in eine viel zu weite Jeans von Lucas Mutter und einen Pullover, der ihr fast bis zu den Knien reichte. Luca hatte Jan und Pippa ins Wohnzimmer geschickt und kochte Tee. Kristina staunte, wie selbstverständlich er in der Küche hantierte. Fast wie ein Erwachsener.

»Lebt deine Cousine bei euch?«, wollte sie wissen.

»Nein, sie ist nur jetzt während der Ferien hier. Meine Tante kann sich gerade nicht um sie kümmern. Aber meine Mutter hat viel auf dem Fischmarkt zu tun und arbeitet nachmittags noch in einem Laden. Ist manchmal schwierig, weil ich auch jobbe und nicht immer auf Pippa aufpassen kann. Aber eine Familie muss zusammenhalten, nicht wahr?«

»Klar«, murmelte Kristina.

»Tut mir leid, was mit eurer Nonna passiert ist«, sagte Luca, als hätte er ihre Gedanken erraten. Und obwohl sie immer noch nicht recht wusste, was sie von Luca halten sollte, taten seine Worte ihr gut.

Das Wohnzimmer war eine heimelige Höhle voller Bücher. Aus fast jedem davon ragten Lesezeichen aus Papierfetzchen hervor. Ein verschlissenes braunes Sofa und zwei Sessel, die aussahen wie vom Sperrmüll zusammengesucht, quetschten sich zwischen Bücherregalen wie Besucher, die sich nicht trauten, viel Platz in Anspruch zu nehmen.

»Mein Vater wollte früher mal Archäologe werden«, erklärte Luca und ließ sich zwischen Jan und Pippa aufs Sofa fallen. »Leider konnte er nicht zu Ende studieren, der kleine Fischladen meines Opas ging pleite, und mein Vater musste arbeiten gehen, um die Schulden zu bezahlen. Aber er kann nie genug Bücher um sich haben.« Er stellte die Teetasse vor Kristina hin, ein bisschen Tee schwappte auf den Tisch. »Und jetzt erzähl noch mal genau, was passiert ist.«

Pippa starrte sie erwartungsvoll an. Fehlte nur noch das Popcorn zu diesem Gruselfilm. Kristina holte tief Luft und begann ganz von vorne – am Weihnachtsabend, als das Kind am Fenster vorbeigeklettert war. Nachdem sie geendet hatte, herrschte erst einmal Schweigen.

»Das mit dem bunten Glasdings hat er mir gar nicht gesagt«, sagte Pippa ein wenig eifersüchtig. »Er kann kaum Italienisch und darf, glaube ich, nicht viel erzählen, deshalb spielen wir meist einfach und tauschen Sachen. Er taucht alte Schlüssel und andere Sachen für mich aus dem Kanal. Und manchmal spielen wir Verstecken.«

»Wo?«

Die Kleine zuckte mit den Schultern. »Überall. Einmal hat er mir in der Kirche beim Krankenhaus die Augen zugehalten, und als ich sie aufmachte, war ich plötzlich woanders, in einem ganz alten Gefängnis mit dicken Gittern. Das war gruselig.« Aber dabei leuchteten ihre Augen auf.

»Etwa so bin ich auch im Dogenpalast gelandet.«

Luca war blass geworden. Vermutlich stellte er sich vor, wie seine kleine Cousine im zehn Meter hohen Ratssaal dicht unter der Decke baumelte.

»Er ist aber wirklich nicht gefährlich«, platzte Pippa heraus. »Er ist mein Freund und immer nett zu mir! Er wollte dir bestimmt nichts tun.«

Nein, er hätte mich vorhin nur fast ertränkt, dachte Kristina.

»Im Innenhof hinter dem Hotel – da hast du nicht zufällig einen Garten gesehen?«, fragte Jan.

Pippa schüttelte den Kopf.

»Hast du noch andere … Freunde?«, wollte Kristina wissen.

»Nein. Es gibt zwar noch andere Donnole. Aber die kommen nie zu mir.«

»*Donnole* – Wiesel?«

»Ja, so nenne ich sie, weil sie so schnell laufen und klettern können. Und mein Freund heißt deshalb für mich Donno.«

»Toll, und warum seht ihr diese Wesen und ich nicht?« Luca zweifelte immer noch.

Jan sprang auf und holte die Kamera aus der Tasche hervor. »Ich habe ihn fotografiert.«

Luca hob ungläubig die Brauen, aber er holte sofort ein altes Laptop, das an einer Stelle mit Paketband geklebt war. Kurze Zeit später konnten sie sich Jans Fotos auf dem Bildschirm ansehen. Doch das erste Foto, das erschien, traf Kristina wie ein völlig unerwarteter Schlag in die Magengrube. Ihre Eltern schauten sie an – Papa lachte auf dem Bild und Mama hatte den Kopf schräg gelegt und schaute mit verträumtem Blick und sanftem Lächeln in die Kamera. Ihr langes blondes Haar floss in Wellen über ihre Schultern. Es war das alte Hochzeitsfoto, das zu Hause in Deutschland im Wohnzimmer hing.

»Ist das deine Mama?«, fragte Pippa andächtig. »Die ist ja schön!«

»Warum hast du das Bild abfotografiert?«, fragte Kristina.

Jan war knallrot geworden. »Nur so«, murmelte er.

»Sind eure Eltern auch hier?«, bohrte Pippa weiter. »Oder kommen sie euch abholen?«

Kristina seufzte insgeheim. Aber es half ja nichts, und woher sollte Pippa auch wissen, dass sie den wunden Punkt getroffen hatte?

»Nein. Papa arbeitet eine Weile im Ausland – und unsere Mutter ist vor neun Jahren gestorben.«

»Woran?«

»Pippa, sei nicht unhöflich.« Luca klickte das Foto weg. Offenbar war ihm nicht entgangen, dass Jan plötzlich sehr unglücklich wirkte. Jan war neun Jahre alt und Luca hatte die richtigen Schlüsse daraus gezogen. Und ganz selbstverständlich hatte er Jan vor weiteren Fragen in Schutz genommen. Es war dieser Moment, in dem Kristina ganz sicher wusste, dass Luca und sie Freunde werden konnten.

»Also«, fuhr Luca fort. »Schauen wir uns deinen unsichtbaren Freund mal an, Pippa.«

Nur leider war der unsichtbare Freund wirklich unsichtbar.

»Er saß vorhin aber an der Mauer!«, sagte Jan. »Genau hier!«

Luca schwieg und klickte die anderen Fotos ebenfalls rasch durch.

»Ui«, hauchte Pippa fasziniert, als sie die Verwüstung im Hotel betrachtete.

Luca pfiff nur leise durch die Zähne. Nonnas Wohnzimmer mit dem Weihnachtsbaum erschien und dann Violettas Gemälde mit den Geschenken.

»Das ist die *Dogaressa,* von der ich erzählt habe«, erklärte Kristina. »Unsere Urahnin.«

»Eure Tante sieht ihr ein bisschen ähnlich.«

Sara? Das war Kristina noch nie aufgefallen, aber es stimmte schon. Zumindest die Locken waren ähnlich und der entschlossene, kämpferische Blick.

Pippa deutete auf die pinkfarbene Quietscheente. »Die habe ich Donno geschenkt.«

Luca beugte sich vor und zoomte das Foto mit ein paar Tastenklicks näher heran. »Was ist das denn?«

Kristina spähte über seine Schulter.

»Der Dieb war im Zimmer!«, hauchte Jan. »Mit uns zusammen.«

Kein Zweifel: Im Spalt zwischen den Gardinen leuchteten zwei glühende Augenpunkte. Das Kind hatte hinter dem Vorhang gestanden und sie beobachtet. Es musste dann unbemerkt an ihnen vorbei zu dem Loch im Keller gehuscht sein. »Cool, ein richtiges Geisterfoto.« Jan strahlte. »Und ich habe es gemacht!«

»Könnte aber auch eine Katze sein, die hinter dem Vorhang hockt«, gab Luca zu bedenken.

»Nein!«, riefen Pippa, Jan und Kristina wie aus einem Mund.

»Und warum ist auf dem Foto an der Mauer nichts zu sehen?«

»Auf den Fotos sieht man seine Augen wohl nur, wenn sie reflektieren. Aber an der Mauer hat er nicht in die Kamera geschaut. Er hat geweint.«

Jetzt blickte Pippa so besorgt und bestürzt drein, dass Kristina der Satz sofort leidtat. »Donno soll nicht weinen«, sagte die Kleine. »Und der Doge darf ihm nichts tun. Wir müssen das Makaroni-Auge finden, damit er Donno in Ruhe lässt.«

Jetzt musste Jan trotz allem kichern und auch Kristina konnte nicht anders als grinsen. »Makaro«, berichtigte sie. »Das Auge des Makaro. Was auch immer ein Makaro sein soll.«

»Jedenfalls müssen wir ihm helfen«, ereiferte sich Pippa. »Er ist mein Freund – und er hat dich vor dem bösen Dogen gerettet!«

Kristina wollte schon widersprechen, aber sie musste zugeben, dass tatsächlich etwas dran war. Vielleicht hatte er sie wirklich nur in Sicherheit bringen wollen und sich dabei einfach ungeschickt angestellt. Und wenn es so war, dann hatte er vermutlich auch in San Polo versucht zu helfen, als er sie in die Wand schubste, die wohl so etwas wie ein geheimes Portal gewesen war.

Vielleicht habe ich ja auch einen unsichtbaren Freund, dachte sie.

Luca betrachtete immer noch mit gerunzelter Stirn Violettas Porträt mit dem Altar davor. »Ich glaube nicht, dass die Kinder eure Ahnin hassen, wie eure Nonna sagt. Für mich sieht es eher so aus, als würden sie Violetta verehren.«

»Sie hassen keinen«, beharrte Pippa stur. »Habt ihr nicht zugehört? *Il Doge nero* ist der Böse. Die *Donnole* müssen ihm gehorchen, weil er ihnen sonst etwas antut. Und der Doge will das Makaroni-Auge und den Vianellos was Schlimmes antun.«

Kristina und Jan zuckten zusammen. Etwas zu vermuten, war eine Sache, es so deutlich zu hören, eine ganz andere. Kristina schluckte schwer. »Na toll«, murmelte sie. »Die Toten und die Bösen sind hinter uns her. Die besten Weihnachtsferien aller Zeiten.«

»Wenn das stimmt«, sagte Luca nachdenklich, »würde ich mich davor hüten, ihnen dieses Auge zu geben, falls ihr es findet. Wer weiß, was der Doge damit vorhat.«

»Aber dann müssen die Donnole sterben!« Pippas Gesicht nahm langsam die Farbe ihrer Haare an. Um ihren unsichtbaren Freund machte sie sich wohl viel mehr Sorgen als um Kristina und Jan.

»Also glaubst du uns endlich?«, fragte Jan Luca.

Luca drehte seine Teetasse in den Händen. »Na ja, komisch ist es schon, dass Pippa und ihr dasselbe gesehen habt. Außerdem habe ich meinem Vater die Gondel beschrieben, von der Kristina mir erzählt hat. Er sagt, niemand kann heutzutage eine bunt bemalte Gondel gesehen haben. Solche gibt es nämlich schon seit Ewigkeiten nicht mehr.«

»Komisch, vor einer Viertelstunde ist so eine direkt über mich drübergefahren«, sagte Kristina spitz.

»Warum gibt's die nicht mehr?«, wollte Jan wissen.

»Na ja, die Adelsfamilien versuchten sich früher gegenseitig mit der prächtigsten und buntesten Gondel auszustechen. Das gab so viel Streit, dass es schließlich verboten wurde, sie zu bemalen. Seit vielen Hundert Jahren müssen alle Gondeln deshalb schwarz sein.«

Viele Hundert Jahre. Kristina rieb sich unbehaglich über die Oberarme. »Meinst du, wir kriegen raus, wer der Doge war?«

»Mein Vater hat einen Ausweis fürs Stadtarchiv«, antwortete Luca, während er die Fotos auf dem Bildschirm weiter durchklickte. »Ich werde ihm nur nicht auf die Nase binden, dass ausgerechnet eine von den verrückten Vianellos es wissen will. Oh, was ist das denn?«

Auf dem Bildschirm erschien das Schriftstück, das Jan abfotografiert hatte.

»Das haben wir in einem Schrank von Nonna gefunden.« Bevor Kristina etwas sagen konnte, hatte Jan schon das lederne Päckchen unter seinem Pulli hervorgezogen. Kristina wusste nicht, ob es richtig war, Nonnas heimliche Schätze hier einfach auszubreiten – ausgerechnet bei den Erzfeinden Pezzi. Aber Jan hatte das Leder schon aufgeklappt. Pippa bekam sofort wieder gierige Elsteraugen.

Luca pfiff durch die Zähne. »Mein Vater würde durchdrehen, die sind ja uralt!«

»1355«, sagte Jan stolz. »Von Violetta persönlich unterschrieben. Das ist eine Geheimschrift oder ein Code. Wir müssen ihn noch entziffern.«

Luca sprang auf und war mit einem Satz bei einem Regal. Aus einer Kiste holte er eine Lupe und Pinzette hervor, deren Spitzen gepolstert waren. »Damit fasst man alte Dokumente an, nie mit den Fingern.« Behutsam hob er ein Papier nach dem anderen hoch und breitete die Dokumente nebeneinander auf dem Leder aus.

Eine kaum postkartengroße, handgezeichnete Karte von Venedig war auch dabei, mit hauchdünnen sepiafarbenen Linien waren nur die größten Straßen aufgemalt. Die Zeichnung war so fein, dass sie wie das Muster auf einem Geldschein wirkte. Luca zückte die Lupe. Jan und Pippa klappte der Mund auf. Es war wie Zauberei: In der Vergrößerung verwandelten die zarten Flächen sich in schraffierte Linien, die mit bloßem Auge kaum zu erkennen waren, in winzigste Zeichnungen von Kanälen – und dünne lange Schlangen. Manche davon spannten sich wie lebendige Brücken über den Canal Grande. Und jetzt, als Luca mit der Lupe dem Canal Grande folgte, erkannte man auch, dass das Wasser gar kein Wellenmuster hatte, sondern ein Schuppenmuster – so als würde der ganze Kanal eine Schlange oder einen Drachen darstellen.

»Die Zeichnung ist bestimmt kostbar«, sagte Luca ehrfürchtig. »Eure Nonna könnte viel Geld dafür bekommen. Aber keine Familie, die was auf sich hält, würde ihre Schätze verkaufen.«

»Was bedeuten die Schlangen?«, fragte Jan.

»Keine Ahnung. Aber seht ihr das Zeichen da unten?«

Die Lupe erweckte ein Tier zum Leben. Es war so fein gezeichnet, als hätte der Künstler einen Pinsel mit nur einem einzigen Haar verwendet, aber man erkannte jede Einzelheit: ein geflügeltes Tier. Der hintere Teil seines Körpers gehörte einem Pferd, der vordere Teil dagegen war der eines Adlers.

»Das ist ein Hippogreif«, rief Jan. »Kenn ich aus Harry Potter!«

Luca nickte. »Das Fabeltier ist aber viel älter als Harry Potter und man nannte ihn früher *Hipogryph*. Sein Vater ist ein Greif – halb Löwe, halb Adler. Wenn ein Greif sich mit einem Pferd paart, entsteht dieses magische Tier hier. Ein Wesen, das es nicht geben darf – so wie die Donnole.«

Vielleicht sind es doch Werkatzen, dachte Kristina. Halb Menschen, halb Katzen? Aber warum konnten sie dann so gut tauchen?

»Vielleicht hat Violetta die Kinder verhext?«, schlug Jan vor.

Luca zog die linke Augenbraue hoch, was ihm einen listigen, verschmitzten Ausdruck verlieh. »Wenn ich an eure Nonna denke, kann ich mir gut vorstellen, dass es Hexen gibt. Und eines weiß hier in Venedig jedes Kind: Früher war der Hipogryph das Symbol des Unmöglichen, der Zauberei – und das Erkennungszeichen der Zauberer und Alchimisten.«

Jan deutete eifrig auf das halb abgerissene Blatt mit der Geheimschrift. »Dann sind das bestimmt Zaubersprüche. Und auf der Rückseite ist auch ein Tier, es sieht aus wie ein Rabe, aber vielleicht ist es auch ein Hipogryph?«

Luca hob das Blatt hoch, drehte es um und studierte die hastig hingekritzelte Zeichnung. »Nein, das ist ein Rabe. Und auf seinen Flügeln steht *Spinturnicium.* Klingt wie Latein. Da drüben im Regal steht ein Wörterbuch.«

Kristina und Jan sprangen gleichzeitig auf, aber Kristina war schneller und zerrte den dicken Band aus dem Regal. Er roch nach Staub und ein bisschen nach lange verflogenem Pfeifenrauch, und als Kristina das Buch aufklappte, fielen ein paar gepresste Blumen heraus. Jan und Pippa sammelten sie eifrig auf, während Kristina blätterte. Endlich fand sie die Stelle. »Unglücksvogel«, las sie die Übersetzung laut vor. »Ob das so was wie ein Fluch sein soll?« Luca saß nur da, hielt das Blatt im Gegenlicht des Fensters auf Augenhöhe und schwieg, als hätte ihm etwas die Sprache verschlagen. Bildete Kristina es sich ein oder war er etwa blass geworden? »Was ist?«

Luca schien aus tiefsten Gedanken zu erwachen. »Was? Oh, gar nichts«, erwiderte er betont gleichgültig, aber er legte das Blatt so rasch hin, als wollte er den Unglücksraben schnell wieder vergessen.

AQUANENGESANG

KRISTINA HATTE EINE ZIEMLICH GUTE AUSREDE, um zu erklären, warum sie in fremden Klamotten zurückkam, aber die Mühe hätte sie sich sparen können. Sara wäre es nicht mal aufgefallen, wenn sie in ein Fischernetz gewickelt und mit einem Oktopus als Perücke ins Hotel stolziert wäre.

Mit dem Telefon am Ohr winkte sie Kristina und Jan nur abwesend zu und verschwand im kleinen Zimmer hinter der Rezeption.

Das schlimmste Chaos war beseitigt, Cesare fegte gerade den Marmorboden.

»Eurer Nonna geht es so weit gut«, begrüßte er sie. »Allerdings ist sie immer noch nicht aufgewacht. Die Ärzte sagen, das kommt nach einem solchen Sturz schon mal vor, wir sollen Geduld haben.«

Kristina und Jan atmeten erleichtert auf.

»Das war die gute Nachricht«, setzte Cesare mit Grabesstimme hinzu. »Aber es gibt leider auch eine schlechte.«

»Ich weiß nicht, wie lange sie uns noch verschwiegen hätte, dass das Hotel vor dem Aus steht«, hörten sie Sara im Nebenzimmer ins Telefon sagen. »Sie wird noch Wochen brauchen, bis sie wieder ganz auf den Beinen ist. Bis dahin ist das Hotel endgültig pleite. Doch … ich habe die Bücher genau überprüft.«

»Tja, so sieht es aus«, sagte Cesare und fegte betrübt weiter.

Sara kam ins Foyer zurück und knallte das Telefon auf die Theke. Ihr Haar war so verstrubbelt, als hätte sie es sich heute schon mehrmals gerauft.

»Stimmt das? Nonna ist pleite?«, rief Jan.

Sara nickte. »Es ist mir ein Rätsel, dass sie überhaupt noch ihre Rechnungen bezahlen konnte. Aber es ist ja auch kein Wunder, dass kaum Geld hereinkommt. Wer schließt sein Hotel schon über die Weihnachtsferien?«

»Und was machen wir jetzt?«, fragte Kristina.

»Den Gästen, die im Januar gebucht haben, absagen«, erwiderte Sara trocken. »Retten, was zu retten ist. Euer Vater meint, dass es besser wäre, das Hotel so bald wie möglich zu verkaufen, statt noch mehr Schulden aufzuhäufen. Aber das muss Nonna entscheiden.« Sie seufzte. »Nun, es wird ihr allerdings nicht viel anderes übrig bleiben. Typisch stolze Vianello – zu fein, sich rechtzeitig Hilfe zu suchen.«

Kristina wurde siedend heiß. »Unseren Palazzo verkaufen?«

Sie stutzte selbst, noch während sie den Satz aussprach. Hatte sie wirklich, ohne zu überlegen, *unseren* gesagt?

Cesare und Sara sahen sie verwundert an, aber Jan stellte sich neben sie und stemmte kampflustig die Fäuste in die Hüften. »Eine Familie, die etwas auf sich hält, verkauft ihre Schätze nicht«, verkündete er. Luca musste ihn wirklich beeindruckt haben.

»Bin ich bei der versteckten Kamera?«, fragte Sara. »Vor drei Tagen habt ihr noch gemault, dass es hier blöd ist und dass ihr nach Hause wollt. Und der Palazzo war euch völlig schnuppe!«

»Das war früher«, erwiderte Jan äußerst cool.

»Warum kümmerst du dich nicht um die Gäste?«, schlug Kristina vor. »Dann würde Nonna wieder Geld verdienen und vielleicht könnte sie ihre Rechnungen dann nach einer Weile bezahlen. Wir helfen dir. Und Cesare bestimmt auch.«

Sara stieß ein fassungsloses, schnaubendes Lachen aus. »Ihr stellt euch das ja einfach vor. Ich habe noch nie ein Hotel geführt. Und in ein paar Tagen müssen wir nach Deutschland zurück, dann fängt nämlich eure Schule wieder an. Falls ihr euch erinnert: Euer Vater verlässt sich darauf, dass ich mich die nächsten Wochen um euch kümmere.«

Die Vorstellung, Nonna hier schutzlos und allein zurückzulassen – bei dem Dogen – machte Kristina ganz hibbelig.

»Dann gehen wir eben eine Weile hier zur Schule«, platzte sie heraus. »Wir … wir können doch genug Italienisch.«

Jan schluckte, aber er nickte sehr tapfer. »Genau! Nur bis Papa wieder aus Afrika zurück ist.«

Sara sah sie an, als wären ihnen plötzlich Clownsnasen gewachsen.

Aber dann räusperte sich Cesare.

»Es könnte doch funktionieren«, sagte er vorsichtig. »Zumindest für ein paar Wochen könnte man es versuchen. Ich habe lange Jahre hier im Hotel als Koch gearbeitet, ich kenne den Betrieb – und kenne die Leute in Venedig. Du könntest um Aufschub für die Zahlungen bitten.«

Sara war so verdattert, dass sie eine ganze Weile kein Wort herausbrachte.

»Du hast selber gesagt, dass wir zusammenhalten müssen«, erinnerte Jan sie.

»Und wenn es um die Rettung der Wale ginge, würdest du keine Sekunde zögern«, setzte Kristina hinzu. »Jetzt geht es um die Rettung des Palazzo. Und außerdem: Hier gibt es wenigstens keine blöden blonden Engländer, die dich nerven.« Sie dachte schon, sie wäre damit zu weit gegangen. Sara bekam rote Flecken auf den Wangen, aber nach den ersten Schrecksekunden lachte sie plötzlich los und der Bann war gebrochen. Ihre Augen blitzten kampflustig auf.

»Na ja, ich schätze, allein das ist den Versuch wert. Also gut, Kinder. Wir holen noch ein paar Helfer und möbeln das Hotel ein bisschen auf, vielleicht weht ein wenig frischer Wind ja sogar mehr Gäste herein. Aber beschwert euch dann bloß nicht darüber, dass ihr mithelfen müsst!«

Sie zogen noch am selben Abend wieder ins Hotel. Und obwohl Kristina und Jan wussten, dass irgendwo da draußen der Doge mit der Gondel seine Kreise um das Hotel zog, fühlte es sich ein bisschen so an wie Heimkommen. Auf der Bettdecke lag nun Cesares Lexikon der Stadtgeschichte Venedigs, aber viel Brauchbares hatten sie noch nicht gefunden. Immerhin standen ein paar Worte über Violetta darin. »Sie war mit dem Dogen Andrea Dandolo verheiratet«, las Kristina ihrem Bruder vor. Sie tippte mit dem Zeigefinger auf das Bild. Der Doge war ziemlich alt, ein hagerer Mann mit einem schmalen Pferdegesicht und langer Nase.

»Glaubst du, das ist er?«, fragte Jan zaghaft.

»Das werden wir mit Luca zusammen rausfinden.«

»Luca ist cool, oder?«

»Hm, ja, er ist schon ganz in Ordnung«, antwortete Kristina ausweichend. Rasch las sie weiter. »Hier steht, Violetta wurde 1331 geboren und starb 1355. Also ist das Bild in dem Jahr gemalt worden, in dem sie die Treppe runtergefallen ist.« Sie war also ziemlich jung gestorben.

Es klopfte an der Tür und eine erschöpfte Sara trat ein. »Euer Vater will euch Gute Nacht sagen«, sagte sie und hielt Jan das Handy hin.

Jan schnappte sich das Telefon und rannte ins Badezimmer, um allein mit ihm zu telefonieren.

»Es war ein harter Kampf, aber Flavio ist damit einverstanden, dass ihr eine Zeit lang in die italienische Schule geht«, sagte Sara und zog die Tür hinter sich zu.

Jan telefonierte eine ganze Weile, aber endlich kam er strahlend aus dem Bad und gab Kristina das Telefon. Sie zog sich die Decke über den Kopf, um der Stimme aus Afrika zu lauschen. »Hallo, Papa?«, sagte sie leise in den Hörer.

»Meine Große! Ich vermisse dich so sehr!«

Wie immer klang seine Stimme ein wenig müde und sorgenvoll, und Kristina stiegen sofort die Tränen in die Augen, so sehr fehlte er ihr.

»Wie geht es dir?«, wollte er wissen.

Wo anfangen bei einem Telefonat, in dem der Zähler bis nach Afrika tickerte?

»Gut«, antwortete sie deshalb nur. »Wir möbeln das Hotel auf.«

»Ja, ich habe schon gehört, Sara hat große Pläne, um den Palazzo zu retten. Ehrlich gesagt dachte ich, Sara würde so rasch wie möglich wieder das Weite suchen. Sie hat Nonna nie so recht verziehen, dass sie sie nach dem Tod unserer Eltern aus Venedig weg- und zu mir nach Deutschland geschickt hat. Jedenfalls: Die arme Nonna kann stolz auf euch sein. Aber ich kann es gar nicht fassen, dass es euch so gut in Venedig gefällt, dass ihr dort bleiben wollt, bis ich zurück bin.«

Tja, was sollte sie darauf antworten? Dass sie gar keine andere Wahl hatten, weil sie Nonna und die Donnole unmöglich mit dem Dogen allein lassen konnten?

»Ach, es ist eigentlich ganz okay hier«, murmelte sie. »Und Nonna ist gar nicht so schlimm, wenn man sie besser kennt. Und sie … glaubt an Geister.«

»Ja, abergläubisch war sie schon immer. Ich habe mir als Kind einmal den Spaß gemacht, sie, als Gespenst verkleidet, zu erschrecken.«

Kristina musste lächeln. Es war schwierig, sich ihren Vater als übermütiges Kind vorzustellen.

»Nonna hat gesagt, vor zwölf Jahren ist im Hotel etwas Schreckliches passiert.«

»Wirklich? Hm, lass mich nachdenken. Ich glaube, damals wurde im Hotel irgendwas umgebaut, aber an etwas Schreckliches kann ich mich nicht erinnern.«

Das klang aufrichtig, und Kristina wusste, dass ihr Vater sie niemals anschwindeln würde.

»Wie ist es in Afrika?«, fragte sie leise.

»Golden«, erwiderte Papa mit einem Seufzen. »Solche Sonnenuntergänge habe ich noch nie gesehen. Und es ist so einsam ohne euch. Aber meine Arbeit läuft gut und bald bin ich wieder daheim.«

Kristina biss sich auf die Unterlippe. Es war so viel passiert, dass sie das Gefühl hatte, zwischen ihnen läge nicht nur ein Meer, sondern ein ganzes Universum. Mit einem Mal fürchtete sie sich davor, nicht mehr zurückzufinden in das vertraute alte Leben.

»Erzähl mir eine Geschichte«, bat sie. »Wie früher.«

»Na schön, was willst du denn hören?«

»Erzähl mir was über Violetta.«

»Unsere legendäre Aquana?«

»Ja. Warum nannte man sie eigentlich so?«

Papa lachte und für einen Moment waren sie einander wieder ganz nah. »Ach, das war nur ein Spitzname. Sie besaß eine Werft und kannte sich mit Schiffen und Gezeiten besser aus als mancher Seemann. Da sagten die Leute, sie ist bestimmt die Tochter einer Aquana, und mit der Zeit wurde aus dem Spitznamen ein Ehrenname.«

»Und was ist eine Aquana?«

»Habe ich dir das Märchen noch nie erzählt?«

Kristina schüttelte den Kopf, bis ihr einfiel, dass er das in Afrika nicht sehen konnte. »Nein, hast du nicht.«

»Dann hör zu«, sagte Papa mit einem leisen Lachen. »Man sagt, früher, als die Stadt noch nicht stand, gab es nur ein paar kleine Inseln in der Lagune. Zauberwesen lebten dort, schöne Frauen mit Haar aus Meerschaum und Augen so klar wie das Wasser. Eine davon verliebte sich in einen jungen Fischer. Sie sorgte dafür, dass er stets volle Netze hatte, denn alle Aquanen befehlen dem Wasser und den Lebewesen darin. Auch der Fischer verliebte sich in sie und lauschte ihrem Gesang. Er wurde reich durch die Aquana, weil seine Netze immer voll waren, und in allen Muscheln, die er herausfischte, waren kostbare Perlen. Eine Weile waren die Liebenden glücklich, aber eines Tages betrog der Fischer die Wasserfrau und sie verließ ihn. Die Aquana weinte lange, sie weinte so viel, dass die Inseln überschwemmt wurden. Und noch heute, so sagt man, weint sie von Zeit zu Zeit über ihre verlorene Liebe. An diesen Tagen überschwemmt das *acqua alta* – das Hochwasser – die Straßen und Plätze Venedigs.«

Kristina hatte die Augen geschlossen und lauschte der Melodie seiner sanften Stimme. Hinter ihren geschlossenen Lidern begannen bereits die ersten Traumbilder zu tanzen. Violetta wirbelte in ihrem lila Festkleid vorbei, Sara ritt auf einem Hipogryphen durch die Lüfte, und die Fetzen eines zerrissenen Fotos, auf dem ein blonder junger Mann in die Kamera lachte, versanken im grünen Wasser.

VIOLETTAS SPUREN

Es hatte sich innerhalb von Stunden herumgesprochen, dass die junge Sara Vianello das Hotel weiterführen würde. Sogar im Krankenhaus wusste man schon Bescheid, als sie am nächsten Morgen Nonna besuchten, die mittlerweile wieder zu Bewusstsein gekommen war. Natürlich war in Venedig das Krankenhaus ein prächtiges, jahrhundertealtes Gebäude, das von sechs Bögen gekrönt wurde. Mehrere Steinlöwen bewachten die Fassade. »Die Signora wird bestimmt stolz auf ihre Familie sein«, sagte die Krankenschwester mit einem Lächeln und winkte die Besucher zu einem Zimmer.

Kristina gab es einen Stich, ihre Urgroßmutter in dem zu großen Krankenhausbett zu sehen. Zierlich und zerrupft wie ein kleiner Vogel, der in einen Sturm geraten war, lag Nonna halb versunken im Kissenberg, den rechten Fuß in einem Gipsverband. Nur ihr fliederfarbenes Haar brachte ein bisschen Farbe in das viele Weiß. Jan hatte den Packen mit den alten Papieren mitgebracht, aber es war klar, dass Nonna heute keine Fragen beantworten würde. Die alte Frau blinzelte nur kurz, als Sara sie ansprach, dann murmelte sie etwas und schlief wieder ein.

»Morgen ist sie sicher ansprechbar«, sagte die Krankenschwester tröstend.

Während die anderen schon hinausgingen, beugte Kristina sich noch einmal über Nonna und streichelte ihr sacht über die runzligen Hände. »Mach dir keine Sorgen«, flüsterte sie der alten Frau ins Ohr. »Es wird alles gut. Aber sobald du richtig wach bist, musst du mir alles sagen, was du über Violetta weißt.«

Draußen beschien eine eisige Wintersonne die kleine Piazza vor dem Hospital. Ein Ambulanzboot tuckerte auf dem kleinen Kanal vorbei, Kinder spielten Fußball vor einer Kirche aus rotbraunem Stein. Kristina hielt sofort wieder Ausschau nach den Donnole, aber sie entdeckte nur einen zerzausten rotbraunen Haarschopf mit verrutschten rosa Glitzerspängchen. Pippa lieferte sich mit einem kleinen Jungen einen harten Kampf um den Fußball. Und im Hintergrund, an einer der weißen Säulen des Kirchenportals, lehnte eine schlaksige Gestalt, die Baseballmütze auf dem Haar, die Arme lässig verschränkt, und wartete offenbar auf die Vianellos.

»Luca!« Jan rannte los. Luca stieß sich ab und kam mit langen Schritten auf ihn zu. Sara beobachtete erstaunt, wie er Jan zur Begrüßung das Haar verstrubbelte und die beiden zusammen lachten.

»Luca *Pezzi*?«, fragte Sara. »Habe ich was verpasst? Vor ein paar Tagen habt ihr euch auf der Straße angegiftet und jetzt seid ihr Freunde?«

Kristina merkte, dass sich bei dem Wort »Freunde« ein breites Lächeln auf ihr Gesicht schlich.

»Nur weil Nonna und Lucas Eltern sich nicht leiden können, muss das bei uns doch nicht genauso sein.«

Sara lachte kopfschüttelnd. »Kaum lässt man euch aus den Augen, stellt ihr schon alte Traditionen auf den Kopf. Kein Wunder, dass Venedig untergeht!«

»Ciao!« Pippa stand atemlos und mit glühenden Wangen neben ihnen. »Bist du die Walfisch-Sara?«

»Das bin ich.« Sara ging in die Hocke und reichte der Kleinen die Hand. »Und du bist Pippa, die berühmte Fußballspielerin?«

Pippa begann auf der Stelle zu strahlen wie eine Sankt-Martin-Laterne.

»*Buon giorno,* Signorina Vianello.« Luca war hinzugetreten. »Ich hoffe sehr, Ihrer Großmutter geht es besser?«

Sara nickte überrascht. »Danke der höflichen Nachfrage.«

»Kommt ihr mit?«, fragte Pippa. »Ich zeige Luca, wo

ich mit Donno immer in der Kirche da Verstecken spiele. Und danach gehen wir in die Bubilothek.«

»Eine *Bubilothek* sollte man auf keinen Fall verpassen«, sagte Sara mit einem Lächeln. »Geht ruhig, Kinder, ich und Cesare haben ohnehin genug zu besprechen. Und wenn ihr Hunger habt, kommt doch später alle ins Hotel. Cesare macht heute Spaghetti.«

Sie zauste Pippa zum Abschied liebevoll durchs Haar und ging davon. Kristina wurde es warm ums Herz. Tante Sara hatte tatsächlich die Pezzis eingeladen!

»Sie ist nett.« Luca grinste feixend. »Gar nicht typisch Vianello, was?«

»Und du kannst ja sogar höflich sein«, konterte Kristina. »Gar nicht typisch Pezzi.«

Luca lachte und deutete mit dem Daumen über die Schulter. »Das ist San Zanipolo, die Grabkirche der Dogen, einer von Donnos und Pippas Spielplätzen. Angeblich ist sie von dort direkt ins alte Museumsgefängnis gebeamt worden. Also los!«

Alles in Kristina wollte den anderen folgen, aber dann sah sie sich nach Sara um. Ihre Tante hatte die Piazza überquert. Die Fußballkinder waren weitergezogen, nun lag eine seltsam dichte Stille über dem Platz. Unwillkürlich tastete Kristina nach dem Silbermesser unter ihrer Jacke. So allein sah Sara plötzlich sehr schutzlos aus. Sie hatte keine Ahnung, wer hinter den Vianellos her war.

»Kommst du?«, rief Jan.

Kristina schüttelte den Kopf. »Ich passe lieber auf, dass im Hotel alles gut verschlossen ist«, antwortete sie und lief eiligen Schrittes ihrer Tante nach.

Sie hatte sich umsonst Sorgen gemacht. Das Hotel war gut geschützt. Jedes Stück Silber war noch an seinem Platz und das Loch im Keller war inzwischen zugemauert worden. Trotzdem hob sie das Fischmesser, das die Handwerker beiseitegelegt hatten, auf und lehnte es zur Sicherheit an die Wand. Cesare war zum Glück zu beschäftigt, als dass ihm der Verlust seines Silberbestecks auffallen würde, und Kristina hoffte mit schlechtem Gewissen, das würde noch eine Weile so bleiben. Dann machte sie sich auf die Suche nach einem bunten Glasstück, das vielleicht wie ein Auge geformt war. Und vielleicht auch nicht.

Nach dem Mittag glich das Hotelfoyer einem Taubenschlag. Nonnas Gläubiger breiteten Listen der Forderungen auf den Tischen im Frühstücksraum aus. Nachbarinnen halfen beim Putzen, Stühle wurden gerückt, und nach und nach füllten sich die geliehenen Vasen mit frischen Blumen.

»Kristina?«, rief Sara. »Telefon! Dein neuer Freund.«

Kristina, die gerade eine Schublade durchsuchte, ließ alles stehen und liegen.

»He!«, sagte Luca statt einer Begrüßung. »Im Palazzo alles klar?« Kristina konnte seine Stimme kaum verstehen, Möwengekreische erfüllte die Luft und die Rufe der Gondolieri hallten im Hintergrund.

»Ja. Wo seid ihr?«

»Beim Dogenpalast am Markusplatz. Kommst du her?«

»Habt ihr Donno gefunden?«

»Nein, aber wir wissen jetzt spannende Dinge über Violetta.«

Kristina biss sich auf die Unterlippe. Sara hier allein lassen? Aber sie war nicht allein – sie würde sicher noch Stunden mit den Gläubigern über den Papieren brüten und das Silber würde sie beschützen.

»Okay. Bis gleich.«

»Gut, wir warten bei der astronomischen Uhr.«

Fünf Minuten später stürmte sie nach draußen und die Treppe hinunter – und wäre mit dem Gesicht fast mitten in einen Lilienstrauß gestolpert.

»Hoppla, die sind nicht zum Essen da«, sagte eine wohlbekannte Stimme.

Vor ihr stand Fedele Lazzari, der junge Polizist. Kristina war sofort unbehaglich zumute. Die Anzeige! Das hatte noch gefehlt. Allerdings trug Signor Lazzari heute keine Uniform, sondern Jeans und eine leuchtend blaue Jacke mit dem Emblem eines Ruderklubs. In aller Ruhe drückte er auf die Klingel. »So schnell sieht man sich wieder«, sagte er zu Kristina. »Schau nicht so besorgt, ich habe gute Nachrichten für euch.«

Ein paar Sekunden später riss Tante Sara atemlos die Tür auf. Und natürlich verfinsterte sich ihre Miene auf der Stelle. »Oh, du schon wieder. Und? Heute bereits ein paar Kinder verhaftet?«

Fedele Lazzari verzog den Mund zu einem schiefen Lächeln. »Vielleicht morgen wieder. Heute habe ich nämlich Urlaub. Aber trotzdem wollte ich euch gleich mitteilen, dass die Museumsleitung die Anzeige gegen Kristina zurückgezogen hat. Die Sache ist damit erledigt.«

Sara ließ sich nichts anmerken, aber Kristina wusste, dass ihrer Tante ein ebenso großer Stein vom Herzen fiel wie ihr. Und irgendwie hatte sie das Gefühl, diese glückliche Wendung sei Fedele Lazzari zu verdanken. Ihre Tante war da wohl anderer Meinung.

»Da hast du ja Glück gehabt, Kristina. Danke für die Nachricht, Fedele. Und einen schönen Tag.«

Mit diesen Worten wollte Sara tatsächlich die Tür einfach schließen.

»Moment!« Fedele räusperte sich verlegen, bevor er weitersprach. »Ich habe schon gehört, dass du das Hotel für eine Weile übernimmst. Und, na ja, da dachte ich … also jedenfalls … willkommen zurück in der Stadt.« Vielleicht bildete es sich Kristina nur ein, aber der Polizist wurde ein wenig rot, als er Sara den Lilienstrauß reichte.

Nur dachte Sara nicht daran, die Blumen anzunehmen. Stattdessen öffnete sie die Tür und deutete auf die Hotelrezeption, in der ein viel größerer Strauß stand.

»Wirklich nett, Fedele, aber wir haben leider keine einzige Vase mehr übrig.«

Und damit standen Fedele und Kristina vor verschlossener Tür.

»Deiner Tante eine Freude zu machen, ist ja ungefähr so einfach, wie dir ein paar Antworten darüber zu entlocken, was im Dogenpalast wirklich passiert ist. Hat sie etwas gegen mich?«

»Hm, das ist wohl eine alte Geschichte«, druckste Kristina herum.

Signor Lazzari runzelte die Stirn. »Alte Geschichten? Dann müsste ich aber auch nachtragend sein. Sie hat mich einmal sogar in den Kanal gestoßen.«

»Ja, weil Sie einen Stein nach einer Katze geworfen haben.«

»Die Katze war ja auch gerade dabei, ein Nest mit kleinen Finken auszuräumen. Ich habe sie damals gerade noch vertrieben.« Er betrachtete die Lilien. »Tja, dann sind die hier wohl für dich.«

Kristina war viel zu verdattert, um den Strauß nicht anzunehmen. »Äh ... danke.«

»Kannst du deiner Tante Sara einen schönen Gruß ausrichten und ihr das hier geben? Offenbar habe ich bei ihr ja noch einiges gutzumachen.« Er kramte einen Zettel aus seiner Jackentasche und drückte ihn Kristina in die Hand. Eine Telefonnummer stand darauf und darunter einfach nur »Fedele«.

»Klar, mach ich«, sagte Kristina.

»Danke.« Der Polizist strahlte sie an. Eigentlich schade, dass Sara ihn nicht leiden konnte. »Wenn ihr mal Hilfe braucht, ruft mich an, ja? Jederzeit!«

Er sprang zwei Treppen auf einmal hinunter und ging pfeifend mit federnden, entschlossenen Schritten davon. Kristina blieb verdutzt zurück, mit dem Blumenstrauß, einer Telefonnummer und dem sicheren Gefühl, dass Fedele sicher nicht das letzte Mal an Saras Tür geklingelt hatte.

Möwen kreisten über der Piazza und schrien mit den Souvenirverkäufern, die ihre Waren anpriesen, um die Wette. Der von steinernen Arkaden gesäumte Markusplatz war voller Touristen. Lange Besucherschlangen standen vor der Kirche San Marco an. Links von der Kirche entdeckte Kristina das Gebäude mit der astronomischen Uhr. Sie hatte ein blitzblaues, mit goldenen Sternen übersätes Zifferblatt, das von Sternzeichen gesäumt war. Kristina fiel auf, dass sie nicht nur zwölf Stunden zeigte wie eine gewöhnliche Uhr – sondern jede einzelne Stunde des Tages und der Nacht, also insgesamt vierundzwanzig.

Luca kam ihr schon entgegen. »Was willst du denn mit diesem Gestrüpp?«

»Habe ich geschenkt bekommen«, murmelte Kristina.

»Von einem Verehrer?«, zog Luca sie natürlich sofort auf.

»Luca hat die alte Karte kopiert und vergrößert ausgedruckt«, platzte Jan heraus. »Und jeder von uns bekommt eine.«

Luca nickte. »Kommt, wir setzen uns auf eine Bank am Palazzo.«

Die Spätnachmittagssonne tauchte den Campanile-Turm, der wie ein erhobener Zeigefinger mitten auf dem Platz aufragte, in grelles Goldlicht. Auch der Dogenpalast leuchtete orangefarben. Das filigrane Bauwerk mit seinen hohen Säulen, Arkaden und dem feinen, durchbrochenen Steinschmuck wirkte wie aus feinster Spitze gemacht. Und draußen in der Lagune glitten die Gondeln im Gegenlicht der untergehenden Sonne wie Scherenschnittfiguren aus einem Schattentheater über türkisfarbenes Wasser. Die Gondolieri erinnerten Kristina an Ritter, die ihre schlanken schwarzen Pferde mit edel gebeugten Hälsen über das Wasser lenkten.

Luca hatte kein Auge für diese Schönheit, er breitete schon die Ausdrucke auf der Steinbank unter den Arkaden des Palastes aus. Die Schlangenkarte von Venedig hatte er vergrößert. Jetzt sah man sogar die Einzelheiten, jede Schuppe, jede Schlange. Sogar Nonnas Palazzo war abgebildet. Dreizehn Schlangen bildeten dort eine Art Kranz, die Schwanzspitzen wiesen alle dorthin, wo sich heute die Treppe in der Hotelrezeption befand.

Luca warf einen Seitenblick auf Pippa, aber die war völlig versunken darin, mit einem Buntstift einen dieser kopierten Stadtpläne auszumalen. Er beugte sich vor und sagte so leise, dass seine Cousine es nicht hören konnte: »Auf der zweiten Liste sind die Namen von Kindern vermerkt. Die Zahlen daneben sind Geldbeträge. Violetta hat nämlich ein Waisenhaus gegründet – später wurde es dann ein Hospital für Kinder, die bei der Pestepidemie krank geworden waren.«

»Dann stimmt das also wirklich mit den Pestkindern?«

Luca nickte. »1355 war das Unglücksjahr der Stadt. Es gab politische Unruhen, einen Aufstand und Verrat im Dogenpalast. Die Verräter wurden gefasst.« Er deutete nach oben. »Genau über uns, auf dem großen Balkon des Dogenpalastes, sind übrigens die einzigen zwei roten Säulen des Palastes. Zwischen ihnen wurden die Todesurteile verkündet, die dann auf dem Markusplatz vollstreckt wurden. Gleich da drüben!«

Jan begann, unbehaglich auf der Steinbank hin und her zu rutschen und sich nervös umzuschauen. »Aber kaum waren die Schuldigen hingerichtet worden, brach innerhalb einer Nacht die Pest aus und wütete in der Stadt«, schloss Luca. »Und dann kam auch noch eine Riesenflut. Echtes Unglücksjahr, was?«

»Du meinst, die Donnole könnten die Kinder aus Violettas Waisenhaus gewesen sein? Das würde erklären, warum sie Violetta bis heute verehren. Weil sie versucht hat, sie zu retten.«

»Hat nur nichts genützt«, wandte Luca ein. »Gestorben sind sie ja trotzdem.«

»Donno glaubt, er sei noch am Leben.«

»Das ist bei vielen Geistern so«, erklärte Jan. »Die wissen gar nicht, dass sie gestorben sind, bleiben hier und gehen nicht in den Himmel.«

Ein seltsamer, eifriger Ernst lag in seinen Worten, so als hätte er sie sich schon oft vorgesagt. Manchmal war es schon ein bisschen beunruhigend, wie sehr sich Jan in seiner Geisterwissenschaft verlieren konnte.

»Wie habt ihr das alles so schnell rausgekriegt?«, fragte Kristina.

»Ich kenne die Bibliothekarin. Ab und zu arbeite ich dort bei Veranstaltungen. Ich habe ihr gesagt, ich brauche die Sachen für ein Referat über das Jahr 1355. Aber das eigentlich Tolle, was wir gefunden haben, ist das hier!« Er zog einen Ausdruck hervor. »Die Lieferliste eines Apothekers, der seinen Laden in der *Calle del Spezier* auf dem Campo Santo Stefano hatte. Er hat ein paar Dinge an Violetta geliefert. Und weißt du, was eure Dogaressa bei ihm bestellt hat? Vipernfleisch und ein Stück magisches Horn vom Einhorn. Interessant, was es damals in den Apotheken zu kaufen gab, oder? Vipernfleisch galt damals als Zaubermittel gegen Krankheiten aller Art. Steht jedenfalls im Lexikon.«

Kristina war beeindruckt. Luca legte sich ja wirklich ins Zeug, und alles wegen Pippa?

»Wahnsinn! Sie hat also tatsächlich Zaubertränke gemischt?«

Luca schob ihr die Mappe mit den Kopien zu. »Sieht ganz so aus.« Er sprang auf und rieb sich fröstelnd die Arme. »So, jetzt muss ich Pippa nach Hause zu meiner Mutter bringen und dann zur Arbeit. Mit den Spaghetti wird es heute leider nichts. Brauchst du die Blumen eigentlich?«

»Nein, warum?«

»Grazie!« Luca schnappte sich den Strauß. »Kleine Geschenke erhalten die Freundschaft. Bestimmt können wir die Hilfe der Bibliothekarin noch einmal brauchen.« Er griff in seine Jackentasche und zog ein völlig zerkratztes Handy hervor. »Hier, für euch. Aus dem Fundbüro des Museums geliehen. Der Tourist, dem es mal gehört hat, holt es sicher nicht mehr ab. Auf der Karte sind noch zwei Euro und meine Handynummer habe ich eingespeichert.«

DIE DREIZEHNTE STUNDE

Kristina erwachte so schnell, als wären Schlafen und Wachen zwei Zimmer mit einer Verbindungstür, deren Schwelle sie mit einem Satz übersprungen hatte. Sie wusste nicht, was sie geweckt hatte. Sie bildete sich ein, gerade noch Rascheln von schwerem Stoff gehört zu haben und irgendein Lied. Aber es war so totenstill, als hätte sie Watte in den Ohren. Nur in ihren Gedanken klangen zwei Worte aus einem wirren Traum nach. *Nummer dreizehn.* Sie setzte sich ruckartig im Bett auf. Der Vollmond warf einen schmalen Streifen Licht durch den Vorhangspalt und ließ die Gegenstände aus Glas schimmern, die Kristina auf dem Tuch ausgebreitet hatte. Jan und sie hatten gestern Abend noch zwei Stockwerke durchsucht, aber nur noch ein paar Scherben aus billigem bunten Pressglas gefunden. Die Ratten und die Möwen hatten ganze Arbeit geleistet. Aber wenn Kristinas Eingebung richtig war, hatten sie nicht bekommen, was sie eigentlich suchten.

»Jan!«, flüsterte sie. Noch im Halbschlaf schoss er förmlich hoch – und stand im nächsten Moment mit gezückten Silbergabeln neben dem Bett wie ein Cowboy. Und er war vollständig angezogen. »Wo?«, stieß er hervor.

»Meine Güte, was ist denn mit dir los? Ich wollte dich nur wecken.«

Der Umriss ihres Bruders sackte ein wenig in sich zusammen. »Ach so«, murmelte er und gähnte. »Warum?«

»Ich glaube, ich weiß jetzt, wo das Glas sein könnte, das der Doge haben will – komm mit!«

Die Vorhänge waren zugezogen, aber Kristina hatte eine kleine Taschenlampe dabei. Vor der verbarrikadierten Tür zum Hinterhof blieb sie stehen und ließ den Lichtkegel über die Tür zur Holzplatte hochwandern, die das kleine runde Fenster verbarg.

»Donno sagte, das Auge des Makaro ist buntes Glas«, sagte sie leise. »Die Scheibe da oben war doch lila, oder?«

Jan stöhnte auf und schlug sich mit der Hand gegen die Stirn. »Na klar! Komm, wir nehmen die Platte ab.«

»Jetzt?«

»Cesare hat heute Glühbirnen ausgewechselt. Die Leiter steht im Frühstücksraum.«

Es war eine ziemlich große Stehleiter, aber gemeinsam gelang es ihnen, sie an der Wand aufzustellen. In Cesares Werkzeugkasten hatten sie auch eine Zange gefunden. Jan kletterte flink hinauf und machte sich an den Nägeln zu schaffen.

»Geht zu schwer«, ächzte er. »Du musst es machen.«

Kristina bekam auf der Stelle Herzrasen. »Ich kann da nicht hoch.«

»Dann rufen wir Luca an. Er kommt bestimmt.«

Die Vorstellung, sich dafür auslachen zu lassen, Angst vor drei Metern Höhe zu haben, behagte Kristina gar nicht. Blinzelnd sah sie nach oben. Schließlich hatte sie im Palazzo direkt unter der Decke gehangen und am Grund eines Kanals im Wasser um ihr Leben gestrampelt. Was konnte also noch Schlimmeres passieren?

»Okay, ich versuche es«, flüsterte sie.

Nach jeder Sprosse musste sie ein paar Mal durchatmen, aber wie durch ein Wunder schaffte sie es bis zu der Platte, obwohl ihr Herz hämmerte und ihre Knie sich zittrig anfühlten. Aber sie musste wissen, was es mit dem Fenster auf sich hatte! Die Nägel saßen sehr fest, ihre Hand tat schon weh, als sie endlich den ersten Nagel gelockert hatte, aber danach ging es einfacher. Mit einem »Pling« fiel der vorletzte Nagel zu Boden und Kristina konnte das Holzstück einfach an der Wand von der Scheibe wegschieben. Das Guckloch, das Jan vor ein paar Tagen in der Staubschicht der Scheibe freigeputzt hatte, leuchtete ihr tatsächlich wie ein Auge aus der Dunkelheit entgegen. Sie wischte mit ihrem Ärmel die ganze Scheibe blank und ließ den Strahl der Taschenlampe über die Einfassung wandern.

»Die Donnole hätten sich das Glas gar nicht holen

können. Es ist mit einem Silberrand eingefasst. Und auch in der Scheibe sind ganz kleine silbrige Splitter.«

»Aber die Möwen hätten es mitnehmen können. Warum haben sie es nicht von außen rausgebrochen?«

»Vielleicht weil der Doge sie *ins* Haus geschickt hat. Sie sind vermutlich nicht besonders clever und tun nur genau das, was man ihnen aufgetragen hat. Und das Glas war von innen hinter Holz verborgen, also haben sie es schlichtweg nicht gefunden.«

Diese Erklärung leuchtete Jan ein, er nickte. »Siehst du da draußen einen Garten?«, flüsterte er hoffnungsvoll.

Kristina spähte nach draußen. Von hier oben wirkte der Hinterhof wie ein Schachbrett mit einigen großen Rissen. In der Mitte thronte der kleine Steinbrunnen. »Kein Garten.«

Von hier oben konnte sie auch ein Stückchen Straße hinter der Mauer erkennen. Etwas bewegte sich dort wie ein Schleier, der vom Wind getrieben wurde. Kristina kniff die Augen zusammen – und traute ihren Augen kaum. Es war eine Gestalt in einem langen Kleid oder Umhang. Eine Frau, die sich drehte wie in einem Tanz, fröhlich weiterlief und aus ihrem Blickfeld verschwand. Vielleicht eine Touristin, die jetzt schon ein Karnevalskostüm trug? Aber was hatte eine verkleidete Touristin mitten in der Nacht im Dezember auf der Straße verloren? Kristina hob die Taschenlampe und fing mit dem

Lichtkegel zwei glühende Augen ein, die von der Straße aus zu ihr hochstarrten. Die Lampe rutschte ihr aus den Händen, als sie sich an der Leiter festklammerte.

»He!«, erboste sich Jan, als die Lampe dicht an ihm vorbeisauste und mit einem lauten Scheppern auf den Boden knallte. Batterien rollten über den Boden. »Willst du Sara aufwecken?«, motzte Jan.

»Die Donnole sind da draußen!« Kristina fiel mehr, als dass sie herunterkletterte. Dann verharrten sie und Jan und lauschten in die Dunkelheit.

»Nummer vierzehn?«, schlug Jan mit zittriger Stimme vor. »Da haben wir die beste Aussicht.«

So schnell sie konnten, suchten sie die Batterien zusammen und betraten auf Zehenspitzen das Zimmer. Es war schon ziemlich leer geräumt, nur ein paar alte Truhen und Schränke drängten sich noch neben dem Fenster. Es roch wie in einem alten Keller, modrig und muffig. Und ein bisschen nach Möbelpolitur.

Vor dem Fenster nahm Kristina ihren ganzen Mut zusammen, öffnete den Vorhang – und hätte um ein Haar aufgeschrien.

Donno hing am Fenster. Kopfüber wie eine Fledermaus.

Kristina machte einen Satz nach hinten und landete genau auf Jans Fuß. »Aua!« Es gab ein Rumpeln, als Jan rückwärts gegen eine Schranktür stolperte. Das grässliche Kreischen und Wimmern, mit dem die Schranktür aufschwang, schickte eine eisige Welle über Kristinas Rücken. Wie eine Tür in Frankensteins Schloss.

Donno klopfte an die Scheibe und fuchtelte mit beiden Händen herum.

»Er kann doch nicht rein?«, piepste Jan.

»Nein«, beruhigte Kristina ihren Bruder. »Außerdem will er nicht rein, wir sollen rauskommen.«

Immer noch raste ihr Herz vor Schreck und sie hätte am liebsten den Vorhang wieder zugezogen.

Donno ließ sich fallen und landete auf dem Fensterbrett. Er griff unter seine Weste und zog etwas Nasses, Grünes darunter hervor. Jans fehlender Piratenschuh. Schüchtern lächelte der Geisterjunge und legte sein Diebesgut auf das Fensterbrett. Eindeutig ein Friedensangebot. Dann sprang er auf die Mauer, balancierte geschickt bis zum Ende und setzte sich im Schneidersitz an die Ecke. Plötzlich wirkte er fast wie ein ganz normales Kind, das sich für Halloween verkleidet und blass gepudert hatte. Wieder winkte er ihnen eifrig zu, nach draußen zu kommen.

»Was machen wir jetzt?«

»Lass mich nachdenken, Jan!«, fuhr Kristina ihn an. Hinter ihr piepste etwas. »Was machst du?«

»Hallo, Luca?«, sagte Jan im selben Augenblick. »Donno ist hier.« Luca musste mit dem Handy unter dem Kopfkissen geschlafen haben, er war sofort dran. »Ja«, sagte Jan. »Ich gebe sie dir.«

Kristina schnappte Jan das Handy weg.

»Bleibt, wo ihr seid, ich bin unterwegs«, hörte sie Luca noch sagen, dann hatte er schon aufgelegt, bevor sie auch nur einen Mucks sagen konnte.

Ganz toll, jetzt musste sie sich auch noch um Luca Sorgen machen.

»Er darf auf keinen Fall herkommen«, murmelte Kristina. »Wenn der Doge auch draußen ist …«

Sie wollte seine Nummer wählen, aber die Displaybeleuchtung funktionierte nicht. Mit zitternden Händen fingerte sie die Batterien wieder in die Taschenlampe, knipste sie an – und wäre zum dritten Mal in dieser Nacht fast umgefallen.

»Violetta!«, stieß sie entsetzt hervor. Die Gestalt ragte drohend vor ihr auf wie Frankensteins Braut – leicht vornübergekippt mit hängenden Armen. Ihr Gesicht war streng und verzerrte sich im schwankenden Licht zu einer Totenkopffratze.

»Das ist doch nur ein Kleid, du Dummi«, flüsterte Jan.

Kristina schnappte immer noch erschrocken nach Luft. Aber Frankensteins Braut war tatsächlich nur ein weiteres Familienerbstück, das in dem offenen Schrank hing: ein verblichenes Festkleid, früher lila, heute fast ein helles Rosa, nur die Stickereien waren dunkel geblieben. Verstaubte Perlen säumten den Ausschnitt. Einige fehlten allerdings. Oben auf dem Bügel klemmte eine mit Federn geschmückte weiße Karnevalsmaske, die Kristina als Fratze wahrgenommen hatte.

Jetzt kam sie sich so albern vor, dass ihr ganz heiß wurde. »Schlauberger, das habe ich auch gerade gemerkt«, murmelte sie mit hochrotem Kopf.

»Klar«, feixte Jan.

Kristina leuchtete auf das Handy, wählte noch einmal Lucas Nummer, aber niemand ging ran. Jan kroch zum Fenster und spähte vorsichtig nach draußen.

»Donno ist weg!« Es schien zu stimmen. Aus welchem Fenster sie in den nächsten Minuten auch Ausschau hielten, der Junge war nirgendwo mehr zu sehen.

Aber plötzlich klopfte es. Erst leise, dann nachdrücklich und immer lauter. Im Geiste sah Kristina den Dogen an der Tür stehen und drohend mit dem Riemen gegen die Tür schlagen – so wie in Gruselfilmen immer der Tod mit der Sense an die Tür klopfte. Hastig zerrte Kristina eine kleine silberne Kuchengabel aus dem Bund ihrer Pyjamahose. Besser als nichts. So verharrten sie, ängstlich erstarrt wie Mäuse, die hofften, dass die Katze sich wieder zurückziehen würde. Dann surrte das Handy los.

»Wie lange soll ich hier noch klopfen?«, fragte Luca atemlos. »Wir stehen vor eurer Hintertür.«

»Wir?«

Ein genervtes Seufzen. »Pippa ist aufgewacht, als ich am Sofa vorbeigeschlichen bin. Wenn ich sie nicht mitgenommen hätte, hätte sie meine Eltern aus dem Bett geheult.«

Luca und die Kleine mussten den ganzen Weg gerannt sein. Pippa steckte in einer rosa Daunenjacke und erinnerte an eine kleine keuchende Raupe. Luca war auch außer Atem und völlig verstrubbelt. Seine Pyjamahose hatte er nur hastig in seine Gummistiefel gestopft und eine zu große Jacke übergeworfen.

»Schnell rein!«, flüsterte Kristina.

Aber wie immer hatten sie die Rechnung ohne Pippa gemacht.

»Dahinten ist Donno!«, rief sie erfreut, und schon flitzte sie davon.

Luca spurtete sofort hinterher, Kristina und Jan packten ihre Waffen fester und folgten ihm. Aber die rosa Raupe war blitzschnell. Erst an der Ecke erwischte Luca sie. Kristina und Jan blieben stehen. Und blickten in ein Augenpaar, das im Schein der Taschenlampe reflektierte.

»Da seid ihr endlich«, sagte Donno in seinem altertümlichen Deutsch.

Im selben Augenblick hatte er Luca entdeckt. Kristina konnte gar nicht so schnell schauen, wie das Kind an der Wand hochsprang und auf einen Balkon im ersten Stock kletterte. Dort hockte es auf dem Geländer wie ein Rabe – ängstlich und auf der Hut.

»Das ist doch nur mein Cousin Luca«, erklärte Pippa. »Er tut dir nichts. Er will dir nur helfen.«

Jetzt konnte auch Kristina endlich ein Wort herausbringen.

»Hallo«, sagte sie auf Deutsch. »Es stimmt. Luca gehört zu uns.«

Donno legte misstrauisch den Kopf schief, aber er widersprach nicht.

»Pippa nennt dich Donno«, fuhr Kristina zaghaft fort. »Aber wie heißt du wirklich?«

»Wir haben keine Namen mehr. Sklaven brauchen keine«, erwiderte der Kleine bitter.

»Hat *Er* das zu euch gesagt?«

Obwohl Donno ängstlich und traurig nickte, erschien der Anflug eines erstaunten Lächelns auf seinem Gesicht. »Es ist wunderlich, mit dir in meiner Sprache reden zu können«, raunte er mit seiner seltsamen Echostimme. »Die anderen verstehen sie nicht.«

»Du warst ... bist ein deutsches Schuhmacherkind?«

»Früher, ja.« Er lächelte breit. »Ihr habt sehr schöne Schuhe. Seltsam, aber schön.«

»Aber du verstehst auch Italienisch.«

Wieder ein Nicken. Immer noch kein Zwinkern, kein Atemzug.

»Habt ihr das Auge gefunden?«, fragte er hoffnungsvoll.

Kristina biss sich auf die Unterlippe. Sollte sie ihm alles verraten?

Jan stieß sie warnend an und sie verstand den Wink.

»Wir … suchen noch«, erwiderte sie ausweichend. »Was will der Doge eigentlich mit dem Auge?«

Donno zuckte verzweifelt mit den Schultern. Er sah so mutlos aus, dass es Kristina einen Stich gab.

»Ich sehe niemanden«, sagte Luca. Es klang ziemlich enttäuscht.

»Wir mögen es nicht, wenn Erwachsene uns sehen oder hören«, erklärte Donno. »Wir machen uns unsichtbar. Bei Kindern geht das nicht immer. Manche haben den klaren Blick und erkennen uns immer.«

Kristina hätte beinahe gelacht. »Luca ist doch nicht erwachsen, er ist zwölf! Er ist unser Freund.«

Donno warf ihr nur einen unergründlichen Blick zu und zuckte mit den Schultern. »Na gut.« Im nächsten Moment schnappte Luca nach Luft.

»Wahnsinn«, flüsterte er. »Es gibt ihn wirklich.«

»Wir wollen dir helfen«, sagte Kristina vorsichtig. »Aber wir müssen mehr erfahren.«

»Ich hab dir doch schon alles gesagt, was ich sagen darf und was ich weiß.«

»Nein, hast du nicht. Wie funktionieren die geheimen Portale und warum hast du mich im Dogenpalast in Gefahr gebracht?«

»Ich kann nichts dafür. Im Dogenpalast weiß man nie, wo man genau landet.«

»Und warum hast du mich gestern fast ertränkt?«

Donno sah sich furchtsam um und sagte leiser: »Er

war schon zu nah, er hätte dich sonst entdeckt. Ihr müsst euch vom Wasser fernhalten! Er kann nicht an Land gehen und muss auf der Gondel bleiben, aber er ist schnell wie ein Krokodil und wird euch mit seinem Zauber zu sich ziehen, sobald ihr ihm nahe genug seid.«

Pippa zupfte ungeduldig an ihrem Ärmel. »Was erzählt er?«

»Etwas über die Geheimwege, die sie benutzen«, übersetzte Jan. »Und dass der Doge das Wasser nicht verlassen kann.«

»Frag ihn nach der Pest«, raunte Luca ihr zu.

Kristina versuchte, es vorsichtig anzustellen. »Warst du krank? Ich meine ... früher mal?«

Donno nickte. »Meine Eltern sind an der Pest gestorben«, sagte er tief betrübt. »Danach hat die Dogaressa mich in ihr Waisenhaus geholt. Aber dort wurden auch ein paar Kinder krank. Niemand wollte sich um uns kümmern, sogar die Nonnen sind geflohen. In der ganzen Stadt herrschte das Unglück. Überall waren Ratten und jeden Tag wurden mehr Leute krank. Die Adeligen verließen die Stadt und flohen aufs Land. Aber Violetta blieb hier. Sie kam zu uns und nahm uns in ihrer Gondel mit in den Palazzo. Sie kochte, pflegte uns, sang und gab uns Medizin. Sie sagte, wir würden bald wieder gesund sein, und sie würde uns fortbringen, weil eine große Flut drohte. Ich trank die Medizin und bin eingeschlafen – und als ich aufwachte, war ich tatsächlich gesund, aber es war alles … anders.« Das Strahlen auf seinem Gesicht verlosch. »Violetta war fort und alles um mich herum war verschwommen. Über mir war ein Gewitterhimmel und ich trieb im Wasser zusammen mit anderen Kindern. Ich bekam Angst und begann zu schreien, ich konnte doch gar nicht schwimmen! Aber *Er* war da. Er nahm meine Hand und zog mich und die anderen auf sein Boot. Er sprach … einen Zauber und plötzlich sah ich auch im Dunkeln und fürchtete mich nicht mehr vor Wasser. Seitdem sind wir seine Sklaven.« Er schluckte schwer und senkte den Kopf. »Er ist nicht immer da, er schläft am Grund der Lagune und wartet, aber wir müssen ihm gehorchen. Unsere Leben gehören ihm.«

Jetzt konnte sich Kristina zusammenreimen, warum die Kinder immer wieder versuchten, im Hotel aufzutauchen. Sie suchten Violetta, wollten sie um Hilfe bitten.

»Violetta hat sich um Waisenkinder gekümmert«, übersetzte Jan flüsternd. »Der Palazzo war während der Pest eine Weile ein Krankenlager …«

»Das solltet ihr euren Touristen lieber nicht verraten«, meinte Luca trocken.

Aber Kristina bekam unwillkürlich großen Respekt vor ihrer Urahnin. Violetta musste Sara tatsächlich ein bisschen ähnlich gewesen sein. Auch ihre Tante hätte die armen Kinder niemals ihrem Schicksal überlassen. Nur leider war Violetta schon lange tot. Und es war ihr nicht gelungen, die Kinder zu retten.

Aber wir sind da, dachte Kristina.

»Wir lassen nicht zu, dass der Doge euch etwas antut«, sagte sie mit fester Stimme.

Jan warf Kristina einen unsicheren Blick zu und übersetzte. Pippa stieß einen Jubelschrei aus, der sicher die Nachbarn aus ihren Betten werfen würde. Kristina schielte unwillkürlich zum dritten Stock, in dem Sara nun schlief, aber alles blieb dunkel. Luca runzelte besorgt die Stirn. »Wie willst du das anstellen?«, raunte er ihr zu.

»Weiß ich auch noch nicht genau«, flüsterte Kristina zurück.

Donno begann zu strahlen und sprang vom Balkon. »Das müssen die anderen erfahren.«

Jetzt rutschte Kristina doch ein bisschen das Herz in die Hose. Sie sollten sich vom Hotel entfernen? »Er will, dass wir mitkommen.«

Pippa wollte natürlich sofort losrennen, aber Jan packte sie an der Jacke und hielt sie zurück. Luca kaute auf seiner Unterlippe herum, aber nach und nach breitete sich ein abenteuerlustiges Lächeln über sein Gesicht. »Warum nicht? Wir sind zu viert und zwei von uns sind bis an die Zähne mit Silber bewaffnet. Aber wir halten uns vom Wasser fern!«

Sie mussten sich ganz schön anstrengen, Donno nicht aus den Augen zu verlieren. Pippa begann nach einer Zeit zu quengeln und zu jammern, bis Luca sie schließlich huckepack nahm. Ein später Spaziergänger führte jetzt nach Mitternacht noch seinen Hund aus. Verwundert blieb er stehen und blickte den Kindern hinterher, die in Pyjamahosen und dicken Jacken an ihm vorbeigaloppierten, als wäre eine Horde Orks hinter ihnen her. Donno blieb für den Mann unsichtbar. Nur der Hund bellte in seine Richtung und zerrte an der Leine.

Der Weg führte zum Campo Santo Stefano, vorbei an Cesares Restaurant zu einer schmalen Seitengasse, die in Richtung Markusplatz führte.

Donno schlüpfte in die Gasse und blieb vor einer Wand neben einem Schaufenster stehen. Still und gespenstisch stand er nur da und wartete, bis sie endlich zu ihm aufgeholt hatten.

Luca ließ Pippa runter und sah sich um. *»Calle del Spezier«*, las er auf dem Straßenschild. »Das ist die alte Apothekerstraße.«

»Früher war das ja auch eine Apotheke«, raunte Donno ihm zu. »Hier wurde Himmelsarznei hergestellt. Ich habe immer zugeschaut. Es war ein richtiges Schauspiel. Drei Tage wurden die Zutaten auf dem Campo ausgestellt, riesige Gefäße mit Gewürzen! Und überall standen Käfige mit lebenden Schlangen herum.«

Kristina blickte mit Unbehagen zum leeren Platz.

Irgendwo schlug eine Kirchenglocke. Ein Uhr morgens.

»Dreizehnte Stunde«, sagte Donno geheimnisvoll. »Kommt mir einfach nach.«

Er nahm Anlauf, rannte auf die Wand zu – stieß sich mit aller Kraft ab und verschwand, als hätte ihn ein Zauberer weggeschnippt.

»Wir sollen durch die Wand gehen?«, rief Jan entsetzt aus. »Was, wenn es bei uns gar nicht funktioniert?«

Und was, wenn er doch lügt und uns dahinter ein Abgrund erwartet?, schoss es Kristina durch den Kopf.

Pippa machte sich weniger Gedanken. Sie hielt sich die Hände vor die Augen und rannte mit gesenktem Kopf los wie ein kleiner rosa Stier auf ein steinernes Tuch. »Halt!«, rief Luca. Kristina kniff unwillkürlich die Augen zusammen in Erwartung eines Schmerzensschreies, aber als sie sie wieder öffnete, war die Kleine fort.

»Wir dürfen sie nicht allein lassen!« Luca schnappte sich Kristinas und Jans Hände. »Alle zusammen. Eins, zwei, drei, los!«

HAUS AUS GOLD

Es war viel einfacher, wenn man sich an zwei Händen festhalten konnte. Luca und Jan zogen sie einfach mit. Wieder glitt sie durch eine Wand, aber diesmal landete Kristina sanft, in einem Echo von Schritten, in kühler Luft und blieb stehen. Wasser plätscherte in der Nähe. Lagunenwellen schwappten verschlafen gegen Stein.

»Wow«, sagte Luca neben ihr atemlos. »Ich hätte schwören können, wir stürzen in irgendeinen Keller.«

Na wunderbar, das sagte er jetzt?

Luca ließ ihre Hand los und knipste die Taschenlampe an. Kristina staunte nicht schlecht. Sie standen auf einem kostbaren Mosaik, das im Mondlicht schimmerte. Kreise, Rauten und verschlungene Bögen erstreckten sich bis zu einer Wand, die ebenfalls mit Mosaiksteinen bedeckt war – aus polierten Steinen gesetzte geometrische Muster. Golden, zartbraun, blau und rosa. Der Kegel der Taschenlampe wanderte weiter und erhellte Säulen und einen prächtigen länglichen Raum, der sich bis zu vergitterten Giebelfenstern erstreckte. Dahinter waren Bogengänge zu sehen und eine Anlegestelle für Boote: Ein Rechteck aus Treppen umfasste Wasser. Und draußen floss der Canal Grande vorbei.

»Wir sind in der *Ca' d'Oro* gelandet«, sagte Luca ehrfurchtsvoll. »Das goldene Haus, der schönste Palast in ganz Venedig. Er ist heute ein Museum und …«

Er verstummte, als etwas an ihnen vorbeiwirbelte. Wie eine Wolke bauschte sich ein Kleid, ein unhörbares Lachen hallte nur in ihren Köpfen wider. Kristina blinzelte und glaubte, Gestalten zu sehen, eine Festgesellschaft, die tanzte. Masken. Fetzen von ferner Musik schienen von den Wänden widerzuhallen.

»Seht ihr das auch?«, flüsterte Jan fasziniert.

Seine Stimme vertrieb den Spuk. Kristina sah ihren Bruder von der Seite an. Im Mondlicht starrte er sehnsüchtig auf die Stelle, an der die Tanzenden eben noch gewesen waren.

»Die toten Tage sind die magische Zeit der Spiegelbilder«, raunte Donno hinter ihnen. »Sie sind die Abbilder von Menschen aus der Vergangenheit, die sich in den Kanälen gespiegelt haben und seitdem auf alle Zeit in Venedig gegenwärtig sind. Fast jeder kann sie in den Nächten wahrnehmen, wenn er daran glaubt und aufmerksam ist. Sie sind immer in Venedig unterwegs, so wie die Spiegelungen des Wassers überall sind. Ihr müsst keine Angst vor ihnen haben. Nehmt euch nur vor den Schlickleuten in Acht.«

»Sind sie hier?« Pippa bekam es jetzt doch mit der Angst zu tun. Sie umklammerte Kristinas Bein und Kristina legte ihr beruhigend die Hand auf den zerzausten Haarschopf. Donno warf einen prüfenden Blick zu den Fenstern und schüttelte den Kopf. »Nein. Aber die anderen sind jetzt da. Direkt hinter euch. Ihr müsst sie überzeugen, dass ihr uns helfen wollt!«

Es war nicht gerade beruhigend, dass Donno bei diesen Worten selbst plötzlich sehr eingeschüchtert und ängstlich klang. Voller Unbehagen dämmerte Kristina, dass Donno vielleicht das einzige der Geisterkinder war, dem sie vertrauen konnte. Nur zu gut erinnerte sie sich an die blassen, feindseligen Gesichter der anderen. Aber sie entdeckte kein Kind weit und breit. Dort wo Donno hindeutete, befand sich nur ein leerer, von anmutigen Steinbögen begrenzter Innenhof. In seiner Mitte stand ein Brunnen und dahinter führte an einer Hofwand entlang eine Steintreppe nach oben. In dem Rechteck des Himmels hing der Mond. Es sah so aus, als würde die Treppe direkt auf den Mond führen. Aber keine Donnole weit und breit.

»Vielleicht wollen sie nicht sichtbar sein«, vermutete Jan.

Luca trat vor und räusperte sich. »Donno hat uns hierhergebracht. Ich bin Luca, das sind Pippa, Kristina und Jan. Wir … sind auf eurer Seite.«

Es blieb unheimlich still in den Schatten. Nur die Luft

schien plötzlich elektrisch aufgeladen zu sein. Kristinas Haar stand zu Berge und knisterte unter ihren Fingern, als sie es sich aus der Stirn strich. Sie konnte fast spüren, wie die Situation zu kippen begann. Unwillkürlich begann sie zurückzuweichen, aber wo war der Ausgang?

Donno stieß einen kleinen, verzweifelten Laut aus. »Bitte«, flehte er Kristina auf Deutsch an. »Du musst sie überzeugen! Sonst rufen sie den Dogen und liefern euch aus.«

Kristina wurde kalt. Das war ein Satz, den sie garantiert nicht übersetzen würde. Aber Luca und Pippa schienen auch so zu spüren, worum es ging. Unwillkürlich rückten sie alle vier näher zusammen. Kristina legte schützend die Arme um das kleine Mädchen.

»Sprecht mit uns!«, bat sie in die Stille.

»Maria Fontano«, sagte Luca plötzlich. »Andrea Calvi, Lano Piero, Franco ...«

Etwas Seltsames geschah. Zischendes Flüstern wallte auf. »Johannes Schuster ...« Bei diesem Namen zuckte Donno zusammen und bekam große Augen. Luca sprach ruhig weiter, zählte Namen um Namen auf, und Kristina begriff, dass es Violettas Liste mit den Namen der Waisenkinder war. Luca war schlau. Er erinnerte sie daran, wer sie vor ihrer Zeit als Sklaven des Dogen gewesen waren! Und offenbar erkannten sie ihre Namen wieder.

Gestalten erhoben sich in den Schatten, kletterten von den Wänden. Und als der letzte Name verklungen war, stand eine Gruppe von einem Dutzend Donnole vor ihnen. Die Stille war erdrückend. Viel zu nah rückten die Kinder heran, kreisten sie ein, eine stumme, drohende Versammlung. Das Glitzern von Wasser spiegelte sich in den dunklen und zu großen Augen. Pippa war die Einzige, der das Herz nicht in die Hose rutschte.

»Und ich bin Pippa Pezzi«, sagte sie zu einem hageren Mädchen und grinste. »Redet ihr jetzt endlich mit uns?«

Man konnte spüren, wie der Bann brach. Das Mädchen lachte als Erstes verwundert auf, dann rauschten plötzlich ein Dutzend Echostimmen durch den Raum. Die Kinder rückten noch näher, und Kristina und die anderen wichen erneut zurück. Kalter Wind verwehte ihr Haar von hinten, als sie sich dem Fenster näherten.

»Vorsicht!«, rief Donno. »Nicht weiter!«

Kristina fuhr herum – und konnte gerade noch verhindern, dass eine Hand aus Tang und Algen sie an der Jacke packte. Schwarze Arme streckten sich wie schlammige Tintenfischtentakel durch die Gitter des Fensters. Die Wesen mussten direkt aus dem Kanal auf die Anlegestelle gekrochen sein. Stumm standen sie nun hinter den Fenstergittern – Kolosse aus dunklem Schlamm, Tang wuchs wie Haar auf ihren Köpfen und Schultern. Das war selbst für Pippa zu viel. »Iiieh!«, schrie sie auf und vergrub das Gesicht an Kristinas Brust.

Sofort brachten sie alle einen größeren Abstand zwischen sich und die Schlammwesen. Auch wenn sie dabei mitten zwischen die Donnole gehen mussten, was nicht weniger unheimlich war.

»Sind die immer im Kanal?«, fragte Jan entsetzt.

»Immer da«, raunte das Mädchen, das auf den Namen Maria gehört hatte. »Und doch nicht da. Sie kommen nur zu den geheimen Orten. Aber lasst euch dort nie von ihnen berühren.«

Kristina wurde allein bei diesem Gedanken fast schlecht.

Wieder war die Gruppe still geworden und musterte die Eindringlinge erwartungsvoll. Sie waren wie Statuen, was natürlich am fehlenden Zwinkern und Atmen lag. Ob sie auch nicht wissen, dass sie längst gestorben sind?, dachte Kristina. »Ich bin Kristina Vianello«, sagte sie in die Gruppe. »Das ist mein Bruder Jan. Und wir sind die Ururur… äh… also wir sind mit Violetta Aquana verwandt.«

Luca hatte recht gehabt. Die Donnole hatten Violetta geliebt und verehrt. Kristina konnte die vielen Stimmen kaum noch auseinanderhalten, die sich zu einem endlosen Echo verbanden. »Sie hat uns Medizin gegeben« – »Sie hat getanzt und gesungen und manchmal trug sie die Kleidung einer Bürgerin« – »Oft hat sie uns im Waisenhaus besucht und uns getröstet«.

Aber von den Dokumenten wussten sie nichts und nur wenig mehr über die magischen Wege. »Es gibt drei davon«, erklärte Donno nur. »Wir haben sie zufällig entdeckt. Man kann sie nur manchmal benutzen. *Er* kennt sie nicht – wir verstecken uns hier. Aber wenn er ruft, müssen wir rauskommen.«

»Er will euch töten«, raunte ein Mädchen ihnen zu. »Der *Canalezzo* wartet schon darauf, euch zu verschlingen.«

»Der Kanal wartet auf uns?« Alle Donnole nickten so ernst wie zum Tode Verurteilte.

»Er bekommt Zähne«, flüsterte ein Junge. »Er ist böse. Meistens ist er ruhig, und wir können darin schwimmen, aber wenn ER das Böse anlockt, indem er gegen das Eisen am Gondelbug schlägt, dann kommt es, dann wachsen dem Wasser Zähne, und es verschlingt uns.«

Die Angst der Donnole war nun fast mit Händen zu greifen. Und Kristina musste mit Unbehagen daran denken, dass der Canal Grande auf der Karte als Schlange abgebildet war – und an die schlängelnde Wasserbewegung, die sie neulich beobachtet hatte.

»Eine von uns wurde dem Bösen zum Fraß vorgeworfen«, wisperte ein Mädchen. Die Donnole wichen zurück in die Schatten und wurden unsichtbar. »Geht niemals zu nah ans Wasser, bleibt im Palazzo«, raunte es.

Draußen begann eine Kirchturmuhr zu schlagen. Donno sprang erschrocken auf.

»Die Stunde geht zu Ende. Ihr müsst gehen, schnell, bevor sich das Tor schließt!«

Diesmal zögerten sie keine Sekunde, sondern sprangen auf die Stelle im Wandmosaik zu, auf die Donno deutete. Wenige Sekunden später stolperten sie auf die Apothekerstraße.

Ein angetrunkener Mann torkelte direkt in ihre Richtung. Einen bangen Moment befürchtete Kristina, selbst zu einem Geist geworden zu sein, denn er blickte stier durch sie hindurch und hätte sie im nächsten Moment über den Haufen gerannt. Aber dann verklang der letzte Glockenschlag der vollen Stunde, und der Mann prallte erschrocken zurück, als wären die Kinder aus dem Nichts vor ihm aufgetaucht. Was ja auch der Fall war. »Teufel, könnt ihr nicht woanders rumspuken«, nuschelte er und stolperte murrend im Bogen um sie herum.

Im Mondlicht erinnerte Venedig an eine verwunschene Dornröschenstadt aus lange vergangener Zeit. Eng aneinandergedrängt wanderten sie zurück auf den Wegen, die vor Jahrhunderten auch Violetta gegangen war. Schnee fiel sachte und legte einen flaumweichen weißen Teppich auf die Straßen. Nebel verschleierte die Fassaden. Kristina glaubte, flüchtige Spiegelbilder in den dunklen Fenstern zu sehen, Damen, die sehnsüchtig aus den Fenstern blickten, Tanzende, die zu unhörbarer Musik durch die Räume wirbelten, aber sobald sie blinzelte, waren die Gespenster verschwunden. Wie kann eine Stadt so märchenschön und gleichzeitig voller Gefahren sein?, dachte sie.

»Einen Vorteil hat die Sache«, meldete sich Luca nach einer Weile zu Wort. »Wenn Pippa meinen Eltern von heute Nacht erzählt, werden sie kein Wort glauben. Ich werde mir ja morgen selber einreden, dass ich geträumt habe. Jedenfalls wünsche ich mir das, wenn ich an die hässlichen Schlammmonster und das Ungeheuer denke.«

Jans Hand schlüpfte in die von Kristina und sie drückte die kalten Finger ganz fest. »Die Donnole sind auf unserer Seite. Sie werden uns vor ihm warnen, wenn er in der Nähe ist.«

Luca runzelte zweifelnd die Stirn. »Bist du dir sicher? Er kann nicht von seiner Gondel runter, deshalb hat er die Kinder damals verzaubert, damit sie ihm besser dienen können. Sie sind seine Augen und Ohren auf dem Festland. Und sie fürchten ihn so sehr, dass sie es nicht wagen werden, ihm nicht zu gehorchen.«

»Sie haben immerhin mit uns gesprochen, obwohl sie es nicht dürfen«, hielt Kristina dagegen.

Luca schwieg. Pippa war huckepack auf seinem Rücken eingeschlafen und hing wie ein erschöpftes Äffchen an ihm. Und auch Jan stolperte vor Müdigkeit schon bei jedem Schritt.

»Sie hat also tatsächlich Heiltränke gebraut«, sagte Kristina in die Stille. »Und wenn es stimmt, was die Kinder sagen, hat sie ein Mittel gegen die Pest gefunden. Sie hatte wirklich ein gutes Herz.«

»Über ihr Herz wissen wir nichts«, wandte Luca ein. »Vielleicht war sie gar nicht so toll, wie ihr alle denkt.«

»Wie meinst du das?«

»Vielleicht hat sie schwarze Magie betrieben, schon mal überlegt?«

»Spinnst du? Das hätte sie nie getan!«

»Woher willst du das wissen?«

»Woher willst du wissen, dass sie böse war? Nur weil deine Familie meine nicht leiden kann?«

Jan versetzte ihr einen Knuff in die Seite. »Immer musst du streiten!«

War ja klar, dass er sich sofort auf Lucas Seite stellte. Luca schwieg nur, aber Kristina hatte das ungute Gefühl, dass irgendetwas ihn bedrückte.

»Was ist denn los?«

»Nichts, gar nichts.«

Schweigend schlug Luca den Weg in die *Calle del Pestrin* ein.

»Also bis morgen«, sagte er. »Lasst euch nicht vom Dogen schnappen.« Er grinste wieder, was Kristina unheimlich erleichterte. Sie hielt Luca die Hand hin. »Also kommst du morgen?«

»Klar«, sagte er und schlug ein.

Den letzten Teil des Weges rannten Jan und Kristina, so schnell sie konnten. Aber kein Doge tauchte auf, das Hotel wartete ganz friedlich auf sie, die Fenster so dunkel wie die Augen eines schlafenden Riesen. Allerdings schien der Riese zu zwinkern, und als sie näher herankamen, erkannten sie, was sich da bewegte. Im Mondlicht blinkten winzige Augen auf. »Die Ratten«, würgte Jan hervor. »Igitt, sie sitzen an den Fenstern.«

Es stimmte – überall wimmelte es von den schwarzen Tieren, sie suchten Ritzen und Eingänge, aber sie wurden nicht fündig. Als Kristina laut aufstampfte, flohen ein paar der Tiere in Richtung Kanal. Es platschte.

»Schnell zur Tür! Du passt auf, dass keine ins Haus schlüpft!«

Doch die Ratten hatten sich wohl zurückgezogen und sie kamen unbehelligt ins Haus. Doch erst als die Tür hinter ihnen ins Schloss fiel, atmeten Kristina und Jan auf, obwohl sie immer noch Gänsehaut hatten. Sicherheit!

»Bis gleich!« Jans Flüstern klang atemlos. Er wartete keine Antwort ab, sondern rannte sofort zu dem kleinen Fahrstuhl. Kristina wollte ihn schon zurückrufen, aber dann erinnerte sie sich daran, dass Jan die Treppe mied, so oft es ging, seit er erfahren hatte, was mit Violetta dort passiert war. Aber Sara schlief bestimmt tief und fest im dritten Stock und würde vom Quietschen des Fahrstuhls hoffentlich nicht aufwachen.

Kristina zog die Jacke fester um den Körper. Der Doge versuchte, seine Diener wieder in den Palazzo zu schicken. Und auch Lucas Worte gingen ihr immer noch nicht aus dem Kopf. »*Vielleicht war sie ja gar nicht so toll*« – wie kam er auf so etwas?

Sie schloss die Augen und verharrte eine Weile. Immer noch hallten die seltsamen Echostimmen der Kinder in ihrem Kopf nach. Und als wären ihr die Geister aus der Ca' d'Oro heimlich gefolgt, bildete sie sich sogar ein, irgendwo eine Melodie zu hören. Eine wehmütige, traurige Melodie, aber so schön, dass es ihr die Kehle zuschnürte. Ein kurzes Husten unterbrach die Melodie.

Kristina horchte auf. Eines wusste sie inzwischen ganz sicher: Geister husteten nicht. Hier summte wirklich jemand. Kristina horchte und folgte den Tönen. Ihre Augen waren schon so an das Dunkel gewöhnt, dass sie kein Licht machte. Die Melodie wurde leiser, je näher sie kam, brach ab. Erst als Kristina am Fuß der Treppe stand, hörte sie die Stimme wieder. Jemand summte da oben leise und irgendwie traumverloren vor sich hin. Kristina beugte sich nach vorne und spähte am Treppengeländer vorbei zu den Stufen.

Es war kein Spuk. Jemand lag auf der Treppe. Kristina schlug die Hand vor den Mund und tastete nach dem Lichtschalter.

Es war wie ein Sprung in eine andere Wirklichkeit. Silberlicht, schwarze Umrisse und Mondschatten verwandelten sich mit einem Schalterklick in Farbe, Teppichblau und den Goldglanz des Geländers. Auf der Treppe lag Sara. Zusammengerollt wie eine Katze, schlief sie friedlich auf einer Stufe. Barfuß, in einer Jogginghose und ihrem Schlabber-T-Shirt mit dem Greenpeace-Zeichen, das sie als Pyjama trug – so als wäre sie eben erst aus dem Bett geklettert.

»Sara!« Kristina stürzte die Treppe hoch und schüttelte ihre Tante an der Schulter. Sara runzelte im Schlaf die Stirn und blinzelte. »Hm?«, murmelte sie unwillig.

»Was machst du denn hier?«

»Siehst du doch, ich schlafe«, kam es noch unfreundlicher zurück. »Mach das Licht aus und lass mich gefälligst in Ruhe, du Quälgeist.«

Sie wollte sich umdrehen, als läge sie in ihrem Bett. Wenn Kristina sie nicht festgehalten hätte, wäre sie über die Kante der Stufe gerutscht.

»Du meinst wohl, du wandelst im Schlaf. Du liegst auf der Treppe!«

»Was?« Endlich machte ihre Tante die Augen auf. Ihr Blick war so verständnislos, als sei sie das Opfer eines Streichs geworden. Benommen richtete sie sich auf. »Du meine Güte. Wie bin ich hergekommen?«

Etwas fiel ihr aus der Hand, aber sie merkte es in ihrer Verwirrung gar nicht. Es war eine der Kreiden aus Cesares Werkzeugkasten, mit denen er an der Wand Markierungen für Dübellöcher setzte.

»Du hast im Schlaf ein Lied gesummt.«

Sara schaute noch verblüffter drein. »Ich? Nein, ich kann überhaupt nicht singen. Patrick hat immer gesagt, ich könnte damit höchstens die Wale anlocken.«

Traurigkeit und ein bisschen Ärger huschten über ihre Miene, als ihr bewusst wurde, dass sie ihren Exfreund erwähnt hatte.

»Die Melodie ging so ...« Kristina versuchte, ein paar Takte nachzusummen.

Sara schüttelte den Kopf. »Nie gehört. Oh mein Gott, wenn ich wirklich eine Schafwandlerin bin, dann darf ich gar nicht daran denken, was passieren kann, wenn ich wieder auf den Schiffen unterwegs bin!«

»Kannst du dich wirklich an gar nichts erinnern?«

»Nur daran, dass ich wieder etwas ganz Komisches geträumt habe.« Unsicher lachte sie auf. »Es ist verrückt, diese Träume verfolgen mich schon, seit wir hier angekommen sind.«

»Was für ein Traum war es?«

Sara winkte verlegen ab. »Irgendein Unsinn. Vom Karneval, glaube ich. Jemand rief einen Namen: ›Fortunato‹. Und ich war jemand anderes – ich hatte langes Haar und trug Muscheln um den Hals. Und einen weiten Rock, wie aus einem Piratenfilm. Ein Mann mit einer schwarzen Stoffmaske und einem Umhang war hinter mir her. Wie eine Mischung aus Zorro und Darth Vader. Dann stand ich plötzlich an einer kleinen Kirche. Auf der Tür waren zwei Fische aus Metall angebracht. Verrückt, nicht?« Sara lachte unsicher und rieb sich die Augen. Kreide von ihrem Zeigefinger blieb auf ihrer Wange zurück – wie indianische Kriegsbemalung.

Und der Kampf beginnt gerade erst, dachte Kristina voller Unbehagen. Irgendwo da draußen lauerte das Böse auf sie. Und ein Kanal direkt vor der Haustür, der sich jederzeit in ein Ungeheuer mit Zähnen verwandeln konnte.

Eilig griff sie ihrer Tante unter den Arm und stützte sie, als sie auf die Beine kam. »Du bist ganz kalt«, sagte sie vorwurfsvoll.

»Im Gegensatz zu dir, aber du hast ja auch eine Jacke und Stiefel an, meine Kleine«, konterte Sara mit einem scharfen Seitenblick. »Ich glaube, ich frage dich lieber nicht, was du mitten in der Nacht vor der Tür verloren hattest, oder?«

Selten hatte sich Kristina so ertappt gefühlt. Sara mochte erschöpft und todmüde sein, aber ihr entging wirklich nichts. Nonna hätte jetzt auf der Stelle ein stundenlanges Verhör gestartet. Aber Sara stand nur auf und klopfte sich den Staub vom T-Shirt. »Dann gehen wir mal beide wieder ins Bett und bleiben diesmal dort, einverstanden?«

Kristina konnte nur erleichtert nicken. Sie hob rasch die Kreide auf und schob sie in die Jacke – und entdeckte ein paar winzige dünne Kreidestriche auf dem blauen Teppich der Stufe. »Hast du das gezeichnet?«

Sara war schon dabei gewesen, die Treppe hochzugehen, jetzt drehte sie sich noch einmal um und musterte das Gekritzel. »Warum soll ich bucklige Monster zeichnen? Das muss Jan gewesen sein.« Sie nieste. »Oje. Na dann: gute Nacht.«

Kristina ging in die Hocke und betrachtete mit einem sehr flauen Gefühl im Magen das Werk. Die unbeholfene Zeichnung eines ... Pferdes? Jeder Strich ein Bein, ein Oval als Körper und zwei Zacken wuchsen tatsächlich wie seltsame Buckel aus dem Rücken. Aber erst als Kristina in der viel zu krummen, spitzen Nase des Tieres einen Schnabel erkannte, wusste sie, was Tante Sara gezeichnet hatte, ohne sich daran zu erinnern. Es war dasselbe Zeichen, das unter dem geheimnisvollen Venedig-Stadtplan mit den Schlangen prangte. »Ein Hipogryph!«, sagte Kristina zu sich selbst. »Symbol für Zauberei.«

THERIAK

ES HATTE VORTEILE, dass Nonna gerade nicht das Regiment führte. Zum Beispiel gab es richtiges Frühstück, mit Eiern und Brötchen und den kleinen Marmeladen- und Honiggläschen, die auch die Touristen am Frühstücksbuffet bekommen würden. Trotzdem brachten Kristina und Jan an diesem Morgen kaum einen Bissen herunter. Cesare hatte die Tageszeitung *Il Gazzettino* aufgeblättert auf dem Tisch liegen lassen und dort stand in großen Lettern:

RATTENPLAGE IN DER STADT?

Sara war blass, sie hustete und schniefte und ihre Nase leuchtete so rot wie ein Alarmlicht. Kristinas flaues Gefühl von heute Nacht war sogar noch stärker geworden. Was passierte mit Sara? Hatten die Geister und Spiegelwesen dieses Hotels sie einfach nur in den Träumen besucht? Oder sollte es eine Warnung vor dem Dogen sein?

Irgendwo draußen machte er sich für den Angriff bereit.

»Sara?«

Ihre Tante schreckte aus tiefsten Gedanken auf. »Was?«

»Du bleibst heute im Hotel, oder?«

Sara nieste. »Sehe ich aus, als ob ich Lust hätte, einen Schritt in die Kälte zu setzen?«

Kristina und Jan nickten sich erleichtert verstohlen zu. Wenigstens heute mussten sie sich um Sara keine Sorgen machen. Kaum hatten sie den letzten Schluck Kakao ausgetrunken, begaben sie sich an die Arbeit, suchten im ganzen Haus nach versteckten Eingängen und Löchern, die sie übersehen haben könnten. Sie befestigten auch noch Nonnas Silberarmreifen zur Verstärkung an den Fenstern und polierten zu Cesares Entzücken sogar das Silberwappen an der Tür des Hotels, bis es blank glänzte. »Ihr nehmt die Sache ja richtig ernst«, sagte er anerkennend.

Jan und Kristina zogen die Mundwinkel in Richtung Ohren, was hoffentlich als Lächeln durchgehen würde. Und weder Sara noch Cesare fiel auf, dass Jan zittrig und hibbelig war und Kristina ständig etwas aus den Händen fiel.

Cesare werkelte den ganzen Tag im Flur, deshalb kamen sie heute nicht an die lila Scheibe heran. Aber alle fünf Minuten rannten sie zu einem Fenster. Draußen war es gespenstisch ruhig, fast lauernd. Selbst der Nebel, der aus dem Wasser aufstieg, wirkte erstarrt, so als wäre ganz Venedig in einem frostigen Bild eingefroren. Nur die blinkende rote Weihnachtsbeleuchtung auf der gegenüberliegenden Kanalseite erinnerte Kristina daran, dass sie immer noch in ihrer eigenen Welt waren, so schwer das auch zu glauben war.

Am späten Nachmittag tauchte endlich Luca auf, direkt von der Arbeit im Museum und ohne Pippa. »Sie ist bis morgen bei ihrer Mutter in Mestre«, erklärte er und streckte Jan ein in Zeitungspapier gewickeltes Päckchen hin. »Hier, damit du deine Familie auch hier bei dir hast. Ihr bleibt ja noch eine Weile in der Stadt, habe ich gehört.«

Jan riss das Päckchen sofort auf und begann zu strahlen. »Danke!« Kristina wurde es warm ums Herz. Luca hatte das Bild von ihren Eltern, das Jan gemacht hatte, ausgedruckt und in einen einfachen Holzrahmen gesteckt.

Cesare kam aus der Küche. »Du meine Güte, was sehe ich, ein Pezzi in Nonnas Heiligtum?« Er lachte gutmütig. »Wenn Nonna das erfährt, humpelt sie auf ihrem Gipsbein sofort hierher. Hallo, Junge, lange nicht gesehen.«

Luca nahm seine Baseballkappe ab und schüttelte sich ein paar Schneeflocken aus den braunen Strähnen. »Hallo, Cesare, ja, wir haben viel Arbeit.«

Cesare wurde mit einem Mal ernst. »Ich habe schon davon gehört. Tut mir sehr leid für deine Familie.«

»Wir Pezzis haben eben kein Glück«, erwiderte Luca mit einem Lachen, das wohl scherzhaft wirken sollte. Aber Kristina bemerkte ganz deutlich, dass Cesares Worte ihn wie ein Hieb getroffen hatten.

»Was hat sich herumgesprochen?«, fragte Jan prompt.

»Nichts«, sagte Luca schroff. »Wir müssen uns nur bald eine neue Wohnung suchen.«

Es war klar, dass er keine weiteren Fragen hören wollte.

Kaum waren sie zu dritt im Dogenzimmer, packte Luca seine Aufzeichnungen aus.

»Bisher wissen wir nur, dass Violetta irgendwelche magischen Tränke gebraut hat und dass die Donnole von einem schwarzen Dogen verzaubert wurden«, begann er ohne Umschweife. »Sie müssen ihm das Auge des Makaro beschaffen, sonst bringt er die Kinder zur Strafe um – angeblich verschlingt der Kanal sie wie ein Ungeheuer. Die Donnole nutzen drei magische Geheimgänge in der Stadt, von denen Kristina schon zwei kennt. Den dritten hat Pippa ausprobiert. Er führt von der Kirche San Zanipolo ins alte historische Gefängnis hinter der Seufzerbrücke. Es war früher das sicherste der Welt. Der magische Weg war vor ein paar Hundert Jahren als Fluchtweg aus dem Gefängnis sicher nützlich.« Er legte die Kopie des abgerissenen Blattes auf den Boden. »Und dann haben wir noch eine Geheimschrift.« Mit Bleistift hatte er alle möglichen Zahlen- und Buchstabenreihen daneben aufgezeichnet. »Es ist ein Code, ich habe ihn bloß noch nicht geknackt. Aber heute Morgen fiel mir ein, was Donno über die Himmelsarznei erzählt hat. Ich habe meinen Vater gelöchert und er hat mir das hier gegeben.« Er zückte ein kleines verstaubtes Buch. Die Seiten waren schon ganz vergilbt. Kristina musste sich anstrengen, um die verschnörkelten Buchstaben lesen zu können, auf die Luca nun triumphierend deutete. *»Theriak?«*

Luca nickte eifrig. »Oder auch Himmelsarznei – so hat Donno sie ja auch genannt. Hier steht: Im Mittelalter galt der Theriak als universales Heilmittel, eine Art Zaubertrank gegen so gut wie jede Krankheit. Unter anderem half er gegen Vergiftungen, Bisse von Tieren, Skorpionstiche, Tuberkulose, Magenschmerzen und ... die Pest und alle sonstigen ansteckenden Krankheiten!«

»Hui«, sagte Jan beeindruckt. »Dann musste man nie zum Arzt.«

»In Venedig durften ihn nur ganz wenige Apotheker zubereiten«, fuhr Luca fort. »Nur einmal im Jahr durfte der Theriak in einem Bronzemörser hergestellt werden. Die Zubereitung musste als öffentliche, mehrtägige Zeremonie in Anwesenheit höchster Autoritäten ausgeführt werden. Auf dem Campo Santo Stefano sieht man heute noch die runden Mulden im Boden, wo die Bronzemörser unter freiem Himmel standen. Verkauft wurde das Heilmittel weltweit und trug zum Reichtum Venedigs bei.« Triumphierend blickte er auf. »Violetta hat beim

Apotheker Vipernfleisch bestellt. Und jetzt ratet mal, was in der Himmelsarznei drin ist?«

»Schlangen!«, rief Kristina. »Donno hat erzählt, dass damals lebende Schlangen in Holzkäfigen auf dem Campo ausgestellt wurden, zusammen mit den anderen Zutaten.«

Luca nickte. »Vipernfleisch war die wichtigste Zutat. Außerdem gehört Weinstein in den Trank, Opium und Honig – und auch ein Stück Horn vom Einhorn. Mein Vater sagt allerdings, dass dieses Horn schon damals nur der Zahn eines Narwals war. Im Museo Correr ist einer ausgestellt.«

»Dann glaubst du …«

»… dass Violettas Liste hier ein Theriak-Rezept sein könnte. Und ich wette, da sind noch ganz andere Zutaten darauf als die, welche die Apotheker verwendet haben. Und bestimmt hat sie den Trank heimlich hier im Palazzo hergestellt. Schließlich war das nur Apothekern erlaubt. Außerdem hat ihr Trank viel besser gewirkt.«

»Stimmt, sie hat die Kinder geheilt«, ergänzte Jan.

Lucas Wangen glühten richtig. »Ja, wir müssen nur noch die Geheimschrift knacken. Aber wenn ich weiß, dass ich nach dem Wort Viper suchen muss, wird es einfacher.«

In diesem Augenblick klopfte es an der Tür. Luca raffte sofort die ganzen Unterlagen zusammen und stopfte sie zurück in die Plastiktüte.

Es war Cesare mit einem schnurlosen Telefon in der Hand.

»Für dich«, brummte er und gab Kristina den Hörer. »Das Krankenhaus. Sie ist wieder ansprechbar.«

Selten war Kristina ein so großer Stein vom Herzen gefallen. »Nonna?«, rief sie.

»Nein, die Königin von Saba«, kam es ungehalten zurück. »Ich will mit dir reden. Ohne die anderen. Und zwar *subito*!«

»Ich bin in zehn Minuten da.« Kristina legte auf. »Sie ist wach und es geht ihr gut!«, jubelte sie.

Jan stieß einen Freudenschrei aus. »Gehen wir zu ihr?«

»Sie will mich allein sprechen.«

»Gut«, meinte Luca. »Dann hält Jan hier die Stellung und passt auf das Hotel auf. Aber ich begleite dich. Sicher ist sicher.«

»Und Jan lassen wir hier?«

»Was soll schon passieren?«, beruhigte Luca sie. »Im Augenblick ist das Hotel der sicherste Ort in ganz Venedig. Und er hat das Handy und ruft sofort an, wenn er etwas Ungewöhnliches sieht, nicht wahr, Geisterjäger?«

Jan grinste so breit, als hätte er einen Ritterschlag erhalten, und nickte.

Kristina hätte es niemals zugegeben, aber sie war unendlich erleichtert, nicht allein an den vielen Kanälen vorbeigehen zu müssen. Trotzdem machte sie die Vorstellung, Jan im Hotel zurückzulassen, nervös.

Es war gruselig, wie viele Ratten sie davonhuschen sahen. Einige Tiere schienen sie zu verfolgen, aber sobald Kristina sich umdrehte, hörte sie nur noch Rascheln oder Trippeln.

Schwarze Möwen hockten auf den Häuptern geflügelter Löwen und beobachteten wie Geier, wohin Kristina und Luca gingen. Längst hatte Kristina weiche Knie und auch Luca war erstaunlich schweigsam.

Vor jedem Kanal wurden sie langsamer. Luca ging voraus und sah sich um, dann winkte er Kristina zu und sie spurtete los. Atemlos rannten sie über die kleinen Brücken, und jedes Mal kribbelte Kristinas Genick danach, als würde jemand sie beobachten. Noch nie war ihr aufgefallen, wie viele kleine Flüsschen und Kanäle es wirklich in der Stadt gab. Endlich kam das *Sestiere Canareggio* mit dem Krankenhaus und der Kirche San Zanipolo in Sicht.

Der Kanal, der genau neben dem Krankenhaus unter einer steinernen Bogenbrücke dahinfloss, war so gut wie leer, nur ein Nebelschleier lag über dem Wasser. Kristina blieb ruckartig stehen. Diesmal mussten sie ein ganzes Stück am Wasser entlangrennen. Sicher zum hundertsten Mal tastete sie nervös nach dem Packen mit den alten Dokumenten unter ihrer Jacke.

Luca folgte ihrem Blick. »Hast du Angst?«

An jedem anderen Tag hätte Kristina eher mit Seife gegurgelt, als so etwas zuzugeben, aber heute nickte sie beklommen. »Ich komme mir vor wie in einem Computerspiel, in dem ich gejagt werde.«

Luca lachte nervös und streckte ihr die Hand hin. »Ich lasse dich nicht los, bis wir im Krankenhaus sind.«

Ein bisschen war es wie Fliegen. Luca war mit seinen langen Beinen viel schneller und zog sie einfach mit. Ihre Sohlen flogen über das Pflaster, dann über flache Treppen zwischen zwei weißen Löwen auf blau bemaltem Hintergrund hindurch. Atemlos passierten sie das riesige Tor und waren in Sicherheit. Luca grinste und rieb sich die Hände warm. »Geschafft, aber zum Krankenzimmer komme ich lieber nicht mit. Sonst verprügelt mich deine Nonna noch mit einer Krücke.«

Kristina musste zugeben, dass es wirklich klüger war, wenn Luca nicht in ihrer Reichweite auftauchte. »Weißt du eigentlich, warum die Pezzis und die Vianellos sich nicht leiden können?«

Luca zuckte mit den Schultern. »Das war schon immer so. Und eure Nonna kann wirklich gemein sein.«

»Das stimmt, aber dein Vater war auch nicht gerade nett zu mir.«

Luca lachte und rieb sich fröstelnd die Hände. »Viel Glück. Ich warte oben im ersten Stock vor der ehemaligen Bibliothek, da ist es wärmer.«

SCHLANGENSONNE

Kristina war unendlich erleichtert, dass die kleine zerbrechliche Gestalt im Krankenhausbett zumindest wieder ein wenig mehr an ihre Nonna erinnerte. Die alte Frau saß aufgestützt auf einem Riesenberg Kissen. Ihr Haar war frisiert, sie trug kleine Silberohrringe und ihre Augen funkelten sogar ein wenig ungehalten.

»Setz dich«, befahl sie mit schwacher Stimme und klopfte auf ihr Bett. Ihr Blick huschte sofort unruhig zu dem Silberkettchen, das Kristina am Handgelenk trug.

»Sie tun uns nichts, Nonna.«

»Das glaubst auch nur du!« Ihre Urgroßmutter schüttelte bekümmert den Kopf. »Ihr müsst weggehen! So schnell ihr könnt.«

»Und das Hotel aufgeben?«

»Das Hotel geht euch nichts an. Das ist ganz allein meine Angelegenheit.«

Kristina verbiss sich einen Widerspruch, zu schwach und traurig wirkte die alte Dame.

»Nonna? Ich habe etwas mitgebracht.« Sie musste ihren ganzen Mut zusammennehmen, um das Päckchen mit den alten Dokumenten hervorzuziehen. Vorsichtig legte sie die Schlangenkarte auf den Tisch neben dem Bett, damit Nonna aus nächster Nähe daraufschauen konnte. »Das haben wir zufällig beim Aufräumen im Hotel gefunden.«

Eigentlich hatte sie mit einem Donnerwetter gerechnet, aber Nonna stöhnte nur auf. »Ich wusste, du würdest die Finger nicht davon lassen«, stieß sie hervor. »Ihr seid neugieriger als Frettchen. Warum könnt ihr nicht einfach verschwinden?«

»Nicht bevor ich weiß, was das ist.«

»Was soll das schon sein? Das Einzige, was von den alten Familiendokumenten aus Violettas Zeit übrig ist. Alles andere ist bei der Flut versunken.«

»Was ist das für eine Karte? Was bedeuten die Schlangen?«

Nonna deutete ein unbehagliches Schulterzucken an. »Kein Mensch weiß heute noch, was diese Fetzen bedeuten sollen. Dein Urgroßvater hat sie in dem Geheimfach aufbewahrt, weil sie kostbar sind.«

»Aber sie haben doch Violetta gehört?«

»Mag sein. Sie war schließlich eine gebildete Frau, wahrscheinlich hat sie auch Schriften verfasst. Aber wir wissen es nicht.«

Es war enttäuschend, wie wenig sie von Nonna erfahren konnte. »Und was ist vor zwölf Jahren passiert?«, tastete sich Kristina vorsichtig weiter. »Ich habe Papa gefragt und er erinnert sich an nichts Schlimmes.«

»Das ist auch besser so«, murmelte Nonna. »Er war damals schon zum Studium in Deutschland, als es passierte.« Sie holte tief Luft und knetete ihre Hände. »Es ging um Sara. Die bösen Geister hätten sie beinahe umgebracht. Ein paar Monate vor ihrem elften Geburtstag. Nach dem Unfalltod ihrer Eltern lebte sie eine Weile bei mir. Beinahe wäre noch ein Unglück passiert, weil ich ihr nicht geglaubt habe.« Sie seufzte schwer. »Dabei wusste ich, dass es um das Hotel spukte. Meine Großmutter hatte mir die Geschichte von Violetta und den Pestkindern erzählt und sie hatte diese alte Familienlegende von ihrer Großmutter gehört. Seit Generationen schützen wir unser Haus aus Tradition mit Silberbändern. Und an den toten Tagen sind wir besonders wachsam. Hotelgäste beschwerten sich oft über Flüstern oder Klopfen an den Fenstern, aber ich sagte ihnen stets, sie würden die Geräusche des alten Hauses und der Stadt einfach nicht kennen. Dabei ächzt und stöhnt das alte Haus tatsächlich, als würde es unter der Last eines Fluches leiden. Viele Gäste kamen deswegen nicht wieder. Aber nie war etwas geschehen und ich wurde leichtsinnig. Als Sara etwas von einem Garten im Hotel erzählte, hielt ich es für eine ihrer kindlichen Spinnereien. Wir haben keinen Garten. Aber dann, eines Nachts, als ich noch bis spät in der Rezeption gearbeitet hatte, hörte ich plötzlich seltsame Kinderstimmen. Und zwischen ihnen Saras Stimme. Sie begann zu weinen, dass es einem das Herz brach. Ich sprang auf und lief diesem Weinen hinterher. Am kalten Luftzug merkte ich, dass eine Tür offen stand. Sara hatte den Schlüssel zur Tür des Brunnenhofes aus meiner Schublade stibitzt und war mitten in der Nacht hinausgegangen. Und dort rauschte Wasser auf der falschen Seite des Hotels!« Nonna hob den Blick von ihren Händen und sah Kristina direkt in die Augen. »Es drückte von unten aus der Zisterne nach oben und hatte den ganzen Hof überflutet. Es hatte eine solche Wucht, dass zwei Bodenplatten zerbrachen – genau dort, wo Sara in ihrem Nachthemd stand. Sie verlor das Gleichgewicht und fiel, und ich sprang ins kalte Wasser und watete zu ihr, riss sie im letzten Augenblick aus den Fluten und brachte sie in Sicherheit. Sonst wäre sie ertrunken.« Nonna seufzte. »Sie fieberte drei Tage lang und jammerte, dass sie in den Garten wolle. Ich begriff, dass die Geister ihr etwas vorgegaukelt hatten, um das arme Kind nach draußen zu locken. Hinein konnten sie ja nicht. Sofort ließ ich den Hof zumauern, verschloss die Tür für immer und warf den Schlüssel fort. Ich schickte Sara zu Flavio und seiner jungen Frau nach Deutschland, damit sie dort in Sicherheit aufwachsen kann. Das hat sie mir nie verziehen, denn nach dem schlimmen Fieber konnte sie sich an nichts mehr erinnern, und ich fand, das sei auch besser so. Deshalb ist sie Venedig so viele Jahre lang ferngeblieben, und ich wollte ja auch nicht, dass meine Enkel mich im Winter besuchen kommen. Ich schließe sogar das Hotel jedes Jahr in der Zeit zwischen Weihnachten und Neujahr auch für die Touristen. Sicher ist sicher. In dieser Zeit bin ich besonders wachsam. Sie sind nie wieder aufgetaucht – bis zu diesem Weihnachtstag.«

»Du glaubst wirklich, die Kinder wollten Sara damals umbringen?«

Nonna sank zurück in ihre Kissen, die Augen fielen ihr zu. »Ich weiß, was ich gesehen habe. Das war keine gewöhnliche Überschwemmung, denn es gab kein Hochwasser in der Stadt – es war ein böser Zauber.«

Die Gondel trieb lautlos durch den Nebel. Unter der kleinen Rundbrücke brachte der Dunkle das Gefährt zum Stehen und ließ den Blick über den Platz schweifen. Und tatsächlich: Da war SIE! Er hatte gewusst, dass sie früher oder später zu dem Klostergebäude kommen würde, das die Menschen in dieser Zeit »Krankenhaus« nannten. Mit langen Schritten überquerte sie die kleine Piazza. Der Wind ließ ihre dunklen Locken, die unter einer roten Mütze hervorschauten, tanzen und zerrte an ihrem Schal. Er wartete, bis sie nahe genug an den Kanal herangekommen war. »Komm zum Wasser«, raunte er dann. Er legte die Worte in den Wind und dieser trug sie wie feine Spinnenfäden davon – zu ihr. Sie wurde tatsächlich langsamer, so als hätte sie für einen Moment vergessen, wohin sie eigentlich wollte. Der Dunkle lächelte. Noch ein Wort von ihm, und sie würde stehen bleiben und sich zu ihm umwenden, ohne ihn zu sehen, ohne zu ahnen, dass sie längst ihm gehörte.

Doch wieder durchkreuzte jemand seinen Plan. Diesmal waren es nicht die Kinder, sondern ein junger Mann am Steuer eines Bootes. Dunkelhaarig war er und lächelte breit. Er drosselte das Tempo seines röhrenden Gefährts. Es kam in einem Strudel von Wellen zum Stehen und brachte mit dieser Bewegung die verborgene Gondel des Dunklen zum Tanzen.

»Sara?«

Der Ruf zerriss das feine Gespinst von Zauber, das eben erst seine feinen Fäden um sie gelegt hatte. Sie drehte sich zu dem Mann um, straffte die Schultern und hob das Kinn.

»Hallo, Fedele«, erwiderte sie betont gleichgültig. »Sag bloß, du verfolgst mich jetzt schon im Polizeiboot.«

Der Mann lachte. »Da muss ich dich enttäuschen, ich habe lediglich in der Nähe zu tun. Bist du unterwegs zu deiner Nonna?«

Sie zögerte, aber dann nickte sie. »Cesare hat mir gesagt, dass sie endlich wach ist.«

Der Mann lächelte. »Das freut mich sehr. Grüß sie von mir! Und wenn ich etwas für euch tun kann . . .«

»Du kannst mich in Ruhe lassen.«

»Immer noch so wütend wegen alter Geschichten?«, fragte er leichthin. »Dabei warst du damals auch eine richtige Hexe, vergiss das nicht. Erinnerst du dich nicht, wie eure Bande Farbpulver in unseren Wasserboiler geschmuggelt hat? Mein Vater tobte und ich lief nach dem Duschen eine Woche mit grünen Haaren herum wie ein Marsmensch.«

Damit hätte er sie fast zum Lächeln gebracht. »Die Farbe stand dir gut, Fedele. Und ich erinnere dich daran, dass du mit deiner Bande einen Tag vorher unsere Höhle im Arsenale-Garten gestürmt hattest.«

Der Mann lachte wieder. »Wie wäre es, wenn wir uns

einmal über die alten Zeiten unterhalten? Bei einem Kaffee vielleicht?«

»Wozu?«

Er zwinkerte ihr zu. »Vielleicht stellen wir ja fest, dass alte Feindschaften auch verbinden.«

Empört schüttelte sie den Kopf. »Wie kommst du darauf?«

»Komm schon, Sara, wir waren Kinder, haben uns geprügelt und uns das Leben schwergemacht. Aber manchmal sind Kinder zu denen am gemeinsten, die sie am meisten mögen.«

»Träum weiter, Fedele!« Es klang nicht unfreundlich, eher traurig.

Der junge Mann seufzte verärgert. »Na gut, wie du meinst.« Er startete sein Boot und streifte beim Wegfahren fast die magische Gondel, ohne sie zu sehen.

Kaum wurde das Geräusch des Motors leiser, kam SIE ganz von sich aus zum Wasser und sah dem Boot nachdenklich hinterher.

Der Dunkle hob das winzige Stück zerrissenen Papiers auf, das seine nutzlosen kleinen Sklaven vom Grund des Canal Grande heraufgetaucht hatten: ein Bild, so genau und bunt, wie kein Maler seiner Zeit es als Gemälde darstellen konnte. Es zeigte das lachende Piratengesicht eines jungen Mannes mit windzerzaustem blonden Haar.

Nonnas Stimme war zu einem kaum hörbaren Flüstern geworden. »Fahrt zurück nach Deutschland«, hörte Kristina noch, dann war die alte Frau vor Erschöpfung eingeschlafen. Eine Weile betrachtete sie ihre Urgroßmutter, dann küsste sie sie vorsichtig auf die Stirn und griff nach ihren Sachen.

Aus Versehen stieß sie gegen den Beistelltisch, auf dem ihre Karte lag. Nonnas Blumenbrosche, die auf einem Buch lag, kullerte herunter und landete auf dem alten Dokument.

Kristina stutzte. Buntes Glas! Durch ein hauchzartes lila Blütenblatt hindurch betrachtete sie die Schlangenkarte. Das Glas war keine Lupe, aber dennoch veränderte sich an dem Bild etwas. Die Zeichnung begann zu leben und waberte, als würde Kristina durch Wasser blicken. Und wie im Wasser sah auch hier alles größer aus. So groß, dass Kristina plötzlich jede Einzelheit erkennen konnte.

Wie ein Fischer warf der Dunkle diesen Köder aus. Er ließ das Stück Papier ins Wasser gleiten. Ganz von selbst strebten kleine Wellen zu IHR und trugen das Bild nur zu eifrig zu den weißen Stufen, die ins Wasser führten. »Sieh nach unten«, murmelte er, und sie senkte wie zufällig den Blick.

Ihre Augen wurden groß vor Erstaunen.

»Patrick«, hauchte sie. Sie machte den ersten Schritt die Treppe hinunter und fischte das Bild verwundert aus dem Wasser. »Wo kommt das denn her?«, murmelte sie. »Ich habe es doch weggeworfen.« Der Kummer schmerzlicher Erinnerungen huschte über ihre Miene. Es war der Moment der Schwäche, auf den er gewartet hatte. Jetzt war es leicht, sie in seinen Bann zu ziehen. »Komm näher«, raunte der Dunkle. Und langsam, fast widerwillig, machte sie einen weiteren Schritt nach vorne.

Kristina fand Luca im vorderen, palazzoartigen Eingangsbereich des Krankenhauses, wo er an dem hohen Fenster stand. »Ist etwas passiert?«, rief er ihr schon von Weitem zu.

»Ja«, schrie Kristina, ohne darauf zu achten, dass die Besucher sich nach ihr umdrehten und »scht!« machten. Atemlos stürzte sie zu Luca und hielt ihm die Brosche hin.

»Das hier ist das Auge des Makaro!«, japste sie. »Lila mit Silbereinschlüssen, dasselbe Glas wie das Guckloch bei Nummer dreizehn. Die Möwe, die Nonna angriff, hat versucht, sich die Brosche zu schnappen. Hätte sie sie bekommen, dann wären wir verloren gewesen. Schau!«

Sie hob die Blüte direkt vor die Fensterscheibe und schob die Schlangenkarte unter die Brosche. Die Schlangen erwachten zum Leben. Fast sah es aus, als würden sie auf der Stelle tanzen. Auf jedem Schlangenkopf stand eine Zahl, die ohne das Glas nicht sichtbar war. Außerdem schien die Stelle sich zu vergrößern, man sah ganz deutlich, auf welche Mauer, welche Treppenstufe, welche Wand die Schlangen zeigten. Luca pfiff anerkennend durch die Zähne. »Die Karte kann also nur durch das Auge des Makaro gelesen werden«, sagte er fasziniert. »Was die Zahlen wohl bedeuten?«

»Weiß ich noch nicht, aber sieh dir die Schlangen an. Bei dieser hier zeigt die Schwanzspitze nach San Polo in die kleine Gasse hinter der Eislaufbahn und der Kopf reicht genau bis in den Ratssaal im Palazzo Ducale. Und diese hier: Campo Santo Stefano, Apothekerstraße – bis zur Ca' d'Oro. Es sind die geheimen Wege!«

Luca klappte die Kinnlade nach unten. »Die Schlangen stehen für die magischen Abkürzungen! Aber dann gibt es ja noch viel mehr von ihnen.«

Kristina nickte heftig. »Vielleicht hat Violetta die Wege geschaffen. Wenn man alle nutzt, kann man fast überallhin. Und um unser Hotel herum ist ein richtiger Schlangenkranz, hier, ihre Schwanzspitzen berühren sich, sie sehen aus wie eine Sonne. Der Palazzo muss also das Zentrum gewesen sein oder eine Art Portal. Von hier aus konnte man in jeden Stadtteil gelangen. Hier, zwei Schlangen führen sogar mitten aus dem Canal Grande aufs Land. Eine reicht bis in den Innenhof des Dogenpalastes, genau zwischen die zwei Zisternen. Und der zweite Weg führt aus dem Wasser ins Hotel Dandolo. Und zwar an die Stelle, an der heute der Hinterhof ist. Auf dieser alten Zeichnung ist allerdings ein Dach zu sehen, der Hinterhof war also früher Teil des Palazzos, wahrscheinlich ein Zimmer.«

Luca schluckte. »Deshalb will der Doge also das Auge haben. Er kann das Wasser ja nicht verlassen, sondern muss in den Kanälen bleiben, wie ein Hund, der hinter einem Zaun entlangläuft und nicht angreifen kann. Er hofft, auf diesen Wegen zurück an Land zu gelangen. Aber was nützt ihm das magische Glas ohne die Karte?«

Kristina nahm Luca die Brosche aus der Hand und hielt sie sich vor das Auge. »Vielleicht braucht er die Karte gar nicht. Man sieht möglicherweise die Geheimgänge direkt durch das Glas.«

Wie immer musste sie sich mit einer Hand am Fenster festhalten, damit ihr beim Blick nach unten nicht sofort schwindelig wurde. Der helle Platz vor dem Krankenhaus färbte sich durch das Glas zartviolett. Ein klirrend kalter Wind fegte über die Piazza. Die Tauben, die auf dem Reiterdenkmal saßen, verwandelten sich in windzerzauste, aufgeplusterte Federkugeln, aber etwas Magisches konnte Kristina nicht entdecken. Nicht einmal Möwen saßen irgendwo herum. Auch San Zanipolo war von hier aus gesehen nur eine gewöhnliche Kirche.

»Zeig mir die Stelle, von der aus Donno Pippa ins Gefängnis mitgenommen hat. Vielleicht sehen wir durch das Glas den Eingang zum Geheimgang.«

Sie zuckten beide zusammen, als das Handy klingelte. Luca war so fahrig, dass es ihm fast aus der Hand fiel. Jan am anderen Ende schrie so laut ins Telefon, dass Luca es ein wenig vom Ohr weghielt. Kristina konnte die aufgeregte Stimme ebenso laut hören wie ihr eigenes Herz, das plötzlich immer schneller pochte.

»Hol erst mal Luft«, rief Luca. »Was ist los? Sind die Ratten im Haus?«

»Sara ist nicht mehr da!«, hörte Kristina ihren Bruder wie aus weiter Ferne rufen. »Ich habe aufgepasst, aber sie ist weggegangen, als ich gerade im Keller war. Cesare ist beim Einkaufen. Sara hat einen Zettel dagelassen – sie geht zum Krankenhaus!«

Kristina wirbelte herum und blickte auf den Platz. Die Spaziergänger hatten ihre Mützen tief ins Gesicht gezogen und hasteten mit gesenktem Kopf in Richtung Café. Und als sei alles, was sich am Kanal abspielte, für alle anderen Spaziergänger unsichtbar, bemerkte niemand, dass eine dunkle Gestalt aus dem Nebel im Wasser aufragte. »Sara!«, flüsterte Kristina.

Sara stand direkt am Kanal, bis zu den Knöcheln im Wasser. Möwen tauchten aus dem Nichts auf und umschwirrten sie wie eine unheilvolle Wolke. Wie eine Schlafwandlerin hob Sara die Hand, als wollte sie nach einem Traumbild greifen. Und langsam und unerbittlich wie ein Krokodil, das auf sein Opfer zuschwimmt, glitt die Gondel mit der Gestalt im Kapuzencape auf sie zu.

FORTUNATOS FISCHE

WIE EIN ERSCHRECKTER VOGELSCHWARM flatterte Papier durch die Luft, als Kristina auf der Treppe mit voller Wucht gegen eine Frau prallte. Aktenordner segelten zu Boden. Kristina hörte nicht auf das wüste Schimpfen der Frau, sondern sprang über die letzte Stufe und stürzte nach draußen. Eiswind nahm ihr den Atem. Möwengekreisch hallte in ihren Ohren – und gerade als sie den Mund öffnete und all ihre Kraft in den warnenden Schrei legte, ergriff Sara eine schwarze, schattige Hand.

In diesem unendlich langen Moment erstarrte die Zeit. Die Möwen schienen wie festgefroren am Himmel zu verharren, Sara hing wie ein Fisch an einer schwarzen Angel – und der Dunkle lachte. Noch nie hatte Kristina einen solchen Laut gehört, es war ein schabendes Geräusch wie Kreide, die über Schiefer schleifte. Es sträubte jedes Haar auf ihrem Kopf. Näher und näher kam die Gestalt, dann erst begriff Kristina, dass ihre Beine immer noch auf Sara zurannten und dass sie aus voller Kehle schrie. Sara schloss die Augen, ihre Knie gaben nach – gleich würde der Dunkle sie zu sich auf die Gondel ziehen. Wasser spritzte auf. Aber nicht, weil Sara fiel, sondern, weil sie zurückgerissen wurde. Luca war an Kristina vorbeigezogen, hatte einen Arm um Saras Taille geschlungen und riss sie zurück zur Piazza – im selben Moment, als Kristina die Stufe erreichte und mit aller Kraft ausholte. Ehe sie selbst wusste, was sie da tat, bohrte sie ihre Silbergabel in den schwarzen Arm. Der Schrei des Dogen war das Fauchen eines Vulkans, verzehrend heiß, und er schien Kristinas Seele zu versengen. Entsetzt prallte sie zurück und blickte auf eine schwarze Maske. Dunkel und schattenlos wie Samt war sie, kein Lichtstrahl fand darauf Halt. Nur zwei ebenso schwarze, schmale Augen blitzten böse auf. Dann löste sich der Bann der Zeit. Wasser spritzte auf, als Kristina, Luca und Sara auf die überschwemmte Stufe fielen. Sara war frei!

»Weg hier«, keuchte Luca. Sie nahmen Sara in ihre Mitte und zerrten sie hoch, stolperten die Treppe hinauf zum Platz. Sara war wie benommen. »Wo … was …«, stammelte sie.

»Wir müssen nach Hause!«, rief Kristina. »Hilf mit, na los!«

»Holt sie zurück«, wisperte die kratzende Stimme im Nebel.

Dann erschütterten drei Schläge Kristinas ganzen Körper. Der Doge hatte mit dem Riemen gegen die Gondel geschlagen, als wollte er jemanden herbeirufen. Jemanden – oder *etwas*? Kristina wurde es siedend heiß und sie rannte noch schneller. Die Straßenlaternen auf dem Platz vibrierten wie schwingende Stimmgabeln. Die Tauben flatterten erschreckt hoch, Hunde begannen zu heulen und panisch an den Leinen zu zerren.

»Die Möwen!«, stieß Luca hervor. Der fliegende Wirbel stürzte sich auf sie und umkreiste sie wie ein Orkan, Schnäbel zerrten an ihren Jacken und Schals. Kristina verlor fast das Gleichgewicht, als Flügel sie wie gefiederte Ohrfeigen trafen. Mit ihrer Gabel hackte sie verzweifelt nach einem Schnabel, der mit einem fiesen Klacken direkt vor ihrer Nase zuschnappte. Luca schlug ebenfalls um sich, dann eilten schon einige Passanten herbei und halfen mit Regenschirmen und Spazierstöcken. Kristina und Luca duckten sich und schleppten Sara weiter. Luca wählte die Wege so weit weg von den Kanälen wie möglich. Aber die Möwen verfolgten sie, ein fliegender Wegweiser für den Dogen. Jedes Mal wenn sie über eine Brücke stolperten, tauchte die Gondel auf, getragen von Nebel und einer Welle aus Gischt, als zögen weiße Pferde sie wie einen Streitwagen durch die Stadt.

»Was ist das?«, keuchte Sara.

»Unser schlimmster Feind«, erwiderte Kristina nur. »Er wollte dich umbringen. Wir müssen ins Hotel!«

Seite an Seite rannten sie nun, Fußgänger anrempelnd, unter Weihnachtssternen und Lichtgirlanden dahinstolpernd, die in der ersten Dämmerung ihr blaues Licht auf die alten Fassaden warfen.

»Nur noch zwei Straßen«, keuchte Luca. Doch dann bremste er ab. Schlitternd, mit brennenden Lungen kamen sie vor einer Brücke zum Stehen. Kleine Hände klammerten sich an das eiserne Brückengeländer, wieselflinke Körper hangelten sich aus dem Wasser. Die Augen der Donnole glühten in der blauen Weihnachtsbeleuchtung kalt und gefährlich. Und von fern trieb unerbittlich die Gondel heran. Verzweifelt sah Kristina sich um, aber die Donnole hatten sie eingekesselt. Sie konnten weder vor noch zurück. »Ich habe dir doch gesagt, sie helfen uns nicht«, zischte Luca zwischen zusammengebissenen Zähnen.

»Haltet sie fest«, befahl die grässliche Stimme.

Die Donnole zuckten unter dem Befehl zusammen.

»Verratet uns nicht«, sagte Kristina flehend. »Denkt an Violetta!«

»Mit wem redet ihr?«, fragte Sara.

»Lasst uns durch und kommt mit uns! Im Palazzo seid ihr sicher! Wir können euch beschützen.«

Kristina nahm den Mund ganz schön voll, aber in ihrer Verzweiflung wusste sie keinen anderen Weg.

Die Donnole standen wie Statuen, die kleinen Hände zu Fäusten geballt, angespannt wie kurz vor dem Sprung an ihre Kehlen. Kristina sank der Mut. Schon spürte auch sie den Sog des Dunklen, fühlte ihre Beine schwer werden, ihren Kopf schläfrig. Dann flüsterte das Mädchen, das auf den Namen Maria hörte: »Lauft!«

Kristina wusste nicht mehr, wann sie wieder losgerannt waren. Die schnellen Schritte der Donnole trappelten neben und vor ihr, kleine weiße Sohlen blitzten im Halbdunkel auf. Und hinter ihnen schwoll ein grollender Schrei an, so zornig und drohend, dass sich ihr Herz zusammenzog. »Verräter! Dafür sterbt ihr.« Der Schrei wurde zu einem Donnerschlag, ein Gewitter brach über sie herein.

Sie sparten sich den längeren Weg zur Hintertür und hetzten zum vorderen Eingang des Hotels. Jan stand schon dort und drückte sich die Nase an der Scheibe der Tür platt. Er wich zurück, als die Donnole auf ihn zusprangen. »Mach auf!«, kreischte Kristina gegen den Sturm an. »Lass sie rein!«

In diesem Augenblick liebte sie Jan einfach nur dafür, dass er gehorchte. Sie konnte nur ahnen, wie viel Mut es ihren kleinen Bruder kostete, die Glastür aufzustemmen, während draußen die Welt unterging.

Nur aus dem Augenwinkel sah Kristina einen Gondelkamm aufblitzen. Der Doge war neben ihnen auf dem Canal Grande! Die Krokodilmäuler schienen höhnisch zu grinsen. Und das ganze Wasser war voller Ratten. Sie paddelten auf das Hotel zu, die schwarzen Nasen über Wasser, die Augen wie kleine glühende Lampen im Licht der Blitze. Luca stieß ein überraschtes Keuchen aus und strauchelte über den Riemen, den der Dunkle ihm zwischen die Füße gestoßen hatte. Diesmal war es Sara, die ihn um die Hüfte packte und verhinderte, dass er in den Kanal fiel. Das Wasser schäumte und bäumte sich auf wie ein lebendiger Körper. Sara holte Luft. Ein Schrei ertönte, wie Kristina ihn noch nie aus Saras Mund gehört hatte – voller Wut und Empörung, kämpferisch und gebieterisch.

»Zurück!«, brüllte sie dem Dogen zu. Eine Welle türmte sich so schnell auf, als wäre etwas unter Wasser explodiert. Ein gieriger Strudel tat sich vor dem Hotel auf, riss zwei angebundene Boote mit sich und zermalmte sie. Sturm fegte eine Welle über den Anlegeplatz herauf und die ergriff die Gruppe, riss sie von den Beinen und spülte sie durch die Tür ins Foyer. Luca rappelte sich sofort wieder hoch. Im Laufen half er Jan auf die Beine und die beiden stürzten todesmutig zurück zur Tür und stemmten sich mit der Schulter dagegen. Ächzend drückten sie sie zu. Das Schloss schnappte ein, während schwarze Ratten mit ihren kleinen Pfoten am Glas kratzten. Draußen stieg das Wasser. Es war, als würde man zusehen, wie eine gläserne Badewanne sich rasend schnell füllte. Die Ratten begannen zu schwimmen, Algen und Schiffstrümmer trieben vorbei.

Die Donnole hatten sich schon nach hinten geflüchtet, jetzt stolperte auch die Gruppe von der Tür weg, ein Stück die Treppe hinauf.

Schon reichte das Wasser bis zur Türklinke. Und es stieg weiter.

Mit einem Kometenschweif aus Luftbläschen und paddelnden Ratten wirbelte die Gondel jenseits der Glastür vorbei. Der Doge klammerte sich an sein in den Fluten versinkendes Gefährt, der schwarze Umhang wallte im Wasser wie die Flügel eines riesigen Raben. Ein Blitz ließ das Wasser grün aufglühen. Rinnsale suchten ihren Weg durch die Ritzen an den Seiten der Tür. Lange würde sie dem Ansturm des Wassers nicht mehr standhalten können.

»Wir werden ertrinken«, flüsterte Luca. »Gleich bricht das Glas.«

Kristina tastete nach der Karte und dem Auge des Makaro. Ihre Finger bebten so sehr, dass die Schlangen wie Zitteraale auf der Karte hüpften. Der Mittelpunkt der Schlangensonne, dachte sie. Es ist die Treppe.

Dann fiel ihr Blick auf ihre Hand. Sie war voller Kreidestaub. Natürlich: Sie hatte immer noch die Kreide in der Tasche. Und direkt vor ihr befand sich die dreizehnte Stufe, auf die Sara im Schlaf das magische Zeichen gemalt hatte. Es war nur das verzweifelte Aufblitzen einer Idee. Was, wenn Violetta versucht hatte, Sara etwas mitzuteilen? Nun, versuchen musste sie es. Die Tür war nun ganz unter Wasser und ächzte. In ein paar Sekunden würde eine Flutwelle den Dogen und seine vierbeinige Armee mitten in die Hotelrezeption spülen.

»Stellt euch auf!«, befahl sie.

Kristina malte das Zeichen auf den Teppich der dreizehnten Stufe. Ihr Hipogryph erinnerte eher an ein krummbeiniges Kamel mit einem schlimmen Haltungsschaden, aber mehr brachte sie nicht zustande.

Ein Gurgeln und Grollen hoben an, ein Schaben, als würde etwas Gewaltiges am Hotel entlangstreifen. Im oberen Stockwerk ertönte ein Krachen. Mit einem weiteren Blitzschlag fiel der Strom aus. Das Letzte, was Kristina sah, war so verstörend, dass sie sich noch im Fallen einredete, es sich nur eingebildet zu haben: Schuppen?

»Springt!«, kreischte sie und packte Saras Hand.

Diesmal verwandelte der Boden sich in Treibsand. Helle Blitze zuckten um sie herum.

Einen Atemzug später traf Regen ihre Wange und ihre Finger krallten sich in gefrorenes Gras. Stille umgab sie, neben sich konnte sie hören, wie die anderen nach Luft schnappten. Vorsichtig öffnete sie die Augen.

Auf allen vieren kauerten sie – in einem Park? Nein, es war, als hätte ein Flaschengeist sie an irgendeinen fernen Strand gezaubert. Irgendwo in der Ferne funkelten Lichter, aber hier gab es weit und breit nichts außer Gewitterhimmel, Strauchwerk, Bäume und unendliche Wasserflächen, auf denen Regen und Wind tanzten.

»Wo sind wir?«, rief Sara.

»Auf einer der kleinen Inseln«, antwortete Luca. »Es hat uns ein ganzes Stück nach draußen verschlagen.«

Er sprang auf. »Kommt mit. Dahinten ist eine alte Kapelle.«

Er hatte recht. Kaum fünfzig Meter weiter erhob sich eine Miniaturkirche, efeuüberwachsen wie aus einem alten Gespensterfilm. Die wurmstichige Tür war mit einer Eisenkette und einem Vorhängeschloss gesichert. Jan und Kristina staunten nicht schlecht, als Luca anfing, um die Kapelle herumzulaufen, in den Ritzen des Mauerwerks herumzutasten und flache Steine umzudrehen, die an den Fenstern lagen.

»Hier kommen oft Leute mit Privatbooten her, Liebespaare oder einfach Leute, die ihre Ruhe haben wollen«, erklärte er. »Irgendwo verstecken sie meist den Schlüssel. Ah, hier ist er.« Triumphierend hob er einen kleinen Schlüssel hoch. »Der Regen wird stärker, gehen wir ins Trockene.« Er machte sich am Vorhängeschloss zu schaffen, es öffnete sich mit einem metallischen Klicken. »Bestimmt finden wir drinnen Kerzen und ein Feuerzeug«, fuhr Luca fort, während er die Kette entfernte. »Meistens lassen die Gäste unter den Kirchenbänken ein paar Sachen für den nächsten Besuch liegen.«

Jan und Luca schlüpften als Erste durch die Tür.

Kristina fasste Sara an der Hand und wollte sie mit sich ziehen. Aber ihre Tante blieb vor der Schwelle stehen und machte sich sanft, aber entschlossen los. Sie hob die rechte Hand und berührte fast zärtlich die Tür. Im schwachen Licht eines fernen Blitzes entdeckte Kristina nun auch die zwei Fische, die auf dem Holz angebracht waren. Sie mussten sehr alt sein. Im Laufe der Jahre waren sie in Wind und Regen angelaufen und schwarz geworden. Sie schienen mit dem morschen Holz der Tür zu verschmelzen, aber Kristina konnte sich denken, dass das Metall, aus dem sie gemacht waren, früher poliert und glänzend gewesen sein musste.

»Wie ... in meinem Traum. Bin ich überhaupt wach?« Saras Stimme klang fremd und ganz dünn. »Und jetzt weiß ich es wieder: Das sind ... Fortunatos Fische!«

Wie eine Schlafwandlerin trat sie über die Schwelle.

Kristina wandte sich den Donnole zu. Eng zusammengedrängt standen sie in einiger Entfernung und wagten sich nicht weiter. Donno blickte sich ängstlich immer wieder nach dem Wasser um. »Kommt schon rein!« Kristina winkte sie heran und sie ließen sich nicht zweimal bitten. Ein kalter Hauch erfüllte die Kirche, als sie hineinschlüpften.

Kristina atmete auf und erlaubte sich einen Moment der haltlosen Freude darüber, dass sie es geschafft hatten: Die Donnole waren dem Dogen entwischt!

Luca hatte bereits eine Kerze gefunden und angezündet. Die zitternde Flamme warf unheimliche Schatten auf seine ernste Miene. Dann holte er rasch weitere Kerzen aus einer Plastiktüte.

Nach und nach erhellte warmes Licht die Kapelle. Mit jeder Kerze wuchs der Raum, schartiger Stein, staubige Bänkchen und ein kleiner Altar schälten sich aus der Dunkelheit. Zwei gemalte Engel lächelten von der Decke. Die Augen der Donnole leuchteten unter den Kirchenbänken, wo die Kinder Zuflucht gesucht hatten. Ob Sara sie sehen konnte? Aber im Augenblick hatte sie nur Augen für die Engel. »Ich war hier!«, flüsterte sie verwundert. »Diese Engel kenne ich. Ich verstehe das nicht! Was geschieht mit uns?«

Jan trat vor und nahm ihre Hand. »Setz dich erst mal hin, Tante Sara.«

Er begann zu erzählen, dann machten Luca und Kristina weiter. Sara hörte stumm zu, mit verschränkten Armen auf eine Kirchenbank gekauert, ihr Gesicht unter der Mütze wurde immer blasser. Aber sogar im Kerzenlicht erkannte man, dass nach und nach rote Flecken auf ihren Wangen zu leuchten begannen.

Kaum hatte Luca geendet, sprang sie auf. »Entweder ihr seid verrückt oder ich träume wirklich noch!«, rief sie hitzig aus. »Das soll ich glauben? Magisches Silber? Ein schwarzer Doge aus irgendeinem fernen Jahrhundert, der herumspukt und mich umbringen wollte?« Sie lachte auf. »Und dann auch noch Geisterkinder! Das gibt es nicht!«

»Ich habe es auch nicht geglaubt«, erwiderte Kristina leise. »Aber du kennst die Donnole, von früher, als du in meinem Alter warst. Damals, als der Hinterhof überschwemmt wurde. Du warst auf der Suche nach einem Garten und bist im Nachthemd hinausgegangen.«

Heftig schüttelte Sara den Kopf. »Das war ein Fiebertraum. Ihr seid wohl verrückt, wenn ihr denkt, dass ich …«

Die Donnole krochen unter den Kirchenbänken hervor, kletterten auf die Lehnen und ließen sich sehen. Sara verschlug es die Sprache. Mit einem Schrei schoss sie hoch und stolperte von den Sitzen weg zum Altar. Dort blieb sie stehen – und sank in sich zusammen, bis sie auf dem Boden saß, die Arme um die Knie geschlungen. »Ihr!«, hauchte sie. Kristina fürchtete schon, sie würde womöglich in Ohnmacht fallen. Aber etwas ganz anderes geschah: Ein Strahlen glitt über Saras Gesicht und ließ sie sehr jung wirken, fast wie ein Kind. »Ich habe euch damals also nicht geträumt!« Die Donnole begannen zu lächeln, streckten die Hände nach ihr aus, berührten sie schüchtern. Und plötzlich murmelten und lachten alle durcheinander, zupften an Saras Locken, rückten ganz nahe an sie heran.

Kristina musste lächeln.

Luca war ans Fenster getreten und blickte auf die Lagune hinaus, die Schultern hochgezogen, die Hände tief in den Taschen seiner Jacke vergraben.

Kristina trat zu ihm. »Ist was?«

Luca räusperte sich. »Woher wusstest du, dass du das Zeichen auf die Treppe malen musstest?«

»Von Sara. Sie träumt anscheinend davon, Violetta zu sein. Vielleicht sind das solche Spiegelungen aus der Vergangenheit. Oder vielleicht hallen Violettas Träume immer noch im Palazzo wider. Auf jeden Fall war es einen Versuch wert, oder?«

Aber Luca ging nicht darauf ein. Seine Miene war noch düsterer geworden. Was war nur los mit ihm?

»Wenn ein Weg auf diese Insel führt, dann war Violetta auch hier«, überlegte er, in Gedanken versunken.

Kristina nickte. »Sonst hätte Sara auch nicht von den Fischen an der Tür geträumt. Sie nannte sie Fortunatos Fische.«

Luca presste die Lippen zusammen.

»Ist es nicht komisch, dass die Gondel gesunken ist?«, wechselte er das Thema. »Ein Doge, der sich mit seiner eigenen Welle aus dem Boot schubst? Für mich sah es fast so aus, als hätte ... Sara was damit zu tun.« Kristina warf einen verstohlenen Blick über die Schulter. Sara redete leise mit den Donnole, sie lachten, als würden sie sich an alte Zeiten erinnern. Und plötzlich fiel Kristina ein, wie Sara am Tag nach Weihnachten weinend vor dem Hotel gestanden hatte – und wie das Wasser erstaunlich schnell gestiegen war. Aber natürlich war allein der Gedanke, Sara könnte irgendetwas mit den Aquanen aus Papas Märchen zu tun haben, völlig absurd. Das hier war Sara, ihre flippige Tante, die in Berliner WGs wohnte, Schlabberpullis trug und am liebsten Spaghetti aß, keine Zaubergestalt aus einer venezianischen Legende!

»Vielleicht hat sich seine Magie auch nur gegen ihn

gewandt«, setzte sie dagegen. »Er kann den Kanal in ein Ungeheuer verwandeln – oder vielleicht ist er einfach aus der Gondel gefallen und war somit schutzlos?«

Luca wirkte nicht besonders überzeugt.

»Gehen wir zurück zum Geheimgang?«, fragte Kristina. »Wir müssen nachschauen, ob das Hotel noch steht.«

Luca schüttelte den Kopf. »Wir nehmen besser nicht den magischen Weg. Womöglich landen wir mitten im Kanal, falls euer Palazzo weggeschwemmt wurde.«

Kristina schrak zusammen. »Sag so etwas nicht!«

Aber sie musste widerwillig zugeben, dass Luca recht hatte. Plötzlich machte sie sich riesige Sorgen um Nonna. Hatte die Flutwelle auch das Krankenhaus erreicht? Und wie sollten sie von einer kleinen unbewohnten Insel zurück in die Stadt kommen? Vielleicht konnte ja Cesare helfen? Sie wühlte in ihrer Tasche nach dem Handy, das mittlerweile wieder aufgeladen war und in das sie die Nummer des Restaurants eingegeben hatte, als ihre Finger gegen ein zusammengefaltetes Papier stießen. Es war Fedeles Zettel. Ihre Hände zitterten immer noch von der ganzen Aufregung, als sie seine Nummer eintippte. »Fedele wird uns bestimmt abholen! Jetzt müssten wir nur noch wissen, wo wir genau sind, damit er uns findet.«

»Och, das kann ich ihm ganz genau sagen«, murmelte Luca. »Die Fortunato-Insel nordöstlich von Burano.«

ENDE DES SCHRECKENS

Der Sturm war vorbeigezogen, jetzt erstreckte sich über ihnen ein indigoblauer kalter Himmel, so klar und schön, als sei er aus Glas gemacht. Sara hatte mit dem Krankenhaus telefoniert und erfahren, dass mit Nonna alles in Ordnung war. Und Kristina hatte sich zu den Donnole gesetzt.

»Wollt ihr wirklich nicht hierbleiben, bis wir sicher sind, dass der Doge euch nichts mehr tun kann?«, fragte sie. »Ich kann euch abholen, sobald die Luft rein ist.«

Aber die Kinder schüttelten furchtsam den Kopf. »Wir bleiben nicht hier zurück, wo es überall Wasser gibt«, sagte ein Junge, der sich Pietro nannte. »Der Palazzo ist der einzige sichere Ort für uns.«

Es dauerte eine Stunde, bis endlich das Röhren eines Motors über das glatte Wasser hallte. Noch nie war Kristina so erleichtert gewesen, einen Polizisten zu sehen.

»Hat etwas gedauert«, rief Fedele ihnen vom Boot aus zu. »In der Stadt hat der Sturm ganz schön gewütet. Es gab ziemlich hohe Wellen, ein Vaporetto ist sogar gekentert und viele Gondeln sind beschädigt. Aber keine Sorge, euer Hotel steht noch.«

Er wunderte sich offenbar, wie tief sie alle erleichtert aufseufzten.

»Was zum wilden Fischer macht ihr überhaupt hier draußen?«, fragte er kopfschüttelnd.

Sara hob das Kinn. »Familienausflug«, sagte sie knapp.

Fedele runzelte die Stirn. »Eine halbe Stunde vor eurem Anruf warst du noch beim Krankenhaus. Seid ihr geflogen und mit dem Fallschirm abgesprungen?«

Kristina fürchtete, dass Sara nun herumstottern würde, aber ihre Tante hatte sich wieder in die kämpferische Walkämpferin mit dem kühlen Kopf verwandelt. »Es gibt eben schnelle Boote und *sehr* schnelle Boote.«

Kristina rechnete es Fedele hoch an, dass er nicht weiterfragte, obwohl seine zweifelnde Miene Bände sprach. »Die Familie Vianello hütet ihre Wahrheiten ja wirklich gut«, war alles, was er dazu bemerkte.

Müde kletterten sie in sein Boot. Die Donnole huschten ungesehen an Bord. Sara nahm neben Fedele am Steuer Platz.

»Danke, dass Sie uns heimfahren, Signor Lazzari«, sagte Jan.

Der junge Polizist lächelte ihm über die Schulter verschmitzt zu. »Wer mich mitten in der Nacht zu einer verlassenen Insel beordert, darf mich auch Fedele nennen.«

Zum Glück hatte Fedele Decken an Bord, in die sie sich einmummeln konnten. Luca und Kristina hatten Jan in ihre Mitte genommen und Luca legte seinen Arm um ihn. Sie passierten die Insel Burano, deren bunte Häuschen sich im Licht von Laternen wie blaue, rote und gelbe Schmucksteine an einem Armband aneinanderreihten. Und sie fuhren an Murano vorbei, der Insel, auf der Glasbläser Kostbarkeiten aus dem berühmten venezianischen Muranoglas herstellten. Wahrscheinlich hatte Cesares Großvater, einer dieser *vetraio,* dort sein halbes Leben verbracht.

»Woher kennst du Fortunatos Insel eigentlich so gut?«, fragte Kristina über Jans Kopf hinweg. Sie hatte nicht gedacht, dass irgendetwas sie an diesem Abend noch überraschen konnte, aber Lucas Antwort hätte sie nie erwartet.

»Die Insel gehörte früher meiner Familie. Einem Vorfahren, der zu Violettas Zeit lebte.« Beim Blick auf Jans und Kristinas offene Münder lachte Luca so bitter, dass Kristina erschrak. »Ja, die Familie Pezzi war nicht immer arm. Er hieß Alessandro Pezzi, auch *il fortunato,* der vom Glück Gesegnete, genannt. Fortunato war zwar ein einfacher Fischerssohn, aber als er das Boot seines Vaters übernahm, machte er bald ein Vermögen und wurde innerhalb eines Jahres so reich, dass er sich diese Insel kaufen konnte. Er errichtete eine Kapelle für die Fischer zu Ehren des heiligen Petrus – deshalb ließ er die zwei

Fische an der Tür anbringen. Und er selbst lebte eine Weile auf dieser Insel. Und genau dorthin, wo vor Jahrhunderten sein Haus stand, führt der magische Schlangengang.«

Kristina vergaß ihre Müdigkeit auf der Stelle. »Dann haben er und Violetta sich also gekannt! Sara hat ja auch geträumt, dass sie zu dieser Kirche geht. Und im Traum hat sie den Namen Fortunato gehört.«

Luca nickte so düster, dass es Kristina ganz unbehaglich zumute wurde. Warum war er nur so komisch? Gerne hätte sie ihn mit Fragen gelöchert, aber ihr Freund wandte den Kopf ab und sah so betont von ihr weg übers Wasser, dass ganz klar war, wie wenig er über Fortunato reden wollte.

Das Boot glitt durch schwarze Wellen am gleißend weiß angestrahlten Dogenpalast vorbei. Beleuchtete Fenster säumten ihren Weg, jedes davon ein kleiner Fernseher, in dem ein anderer Film lief: Familien, die am Tisch saßen, lasen oder kochten, Touristen, die in edel hergerichteten Hotelzimmern ihre Koffer auspackten oder verträumt auf den Kanal schauten.

Das Hotel Dandolo hatte dem magischen Angriff mutig getrotzt. Nur ein einziger Fensterladen im ersten Stock hing schief in den Angeln.

Fedele lenkte sein Boot zu der Anlegestelle der Vaporetto-Boote.

»Soll ich wirklich nicht mit reinkommen, um die Schäden zu begutachten?«, bot er an. Sara schüttelte den

Kopf. Aber immerhin rang sie sich zum ersten Mal in Fedeles Gegenwart ein Lächeln ab. »Nein danke, Fedele. Es war sehr … nett von dir, uns abzuholen. Aber bitte schicke mir eine Rechnung.«

Der junge Polizist wollte schon empört widersprechen, aber dann blitzte in seinen Augen etwas auf, das Kristina nicht deuten konnte. »Das werde ich«, erwiderte er, tippte sich an die Mütze und startete den Motor.

Nach der langen Fahrt im Boot schien der Boden zu schwanken.

Einander an den Händen haltend, gingen sie alle vier langsam auf das Hotel zu. Die rot-weiß bemalten Pfosten staken schief und krumm im Wasser, ein halb versunkenes Boot hing an einem von ihnen. Und die Treppe vor dem Hotel war übersät mit morschen, löchrigen Holztrümmern. Weit und breit war keine einzige schwarze Ratte mehr zu sehen.

Kristina gab den Donnole ein Zeichen und sie schlüpften erleichtert ins Hotel. Drinnen war der Schaden weitaus kleiner als vermutet. Der Boden war nass, ein Teppich völlig durchweicht, aber alles stand noch an seinem Platz.

In dem Hotelzimmer mit dem kaputten Fensterladen war auch nicht viel passiert. Die Scheibe war immer noch heil und mit Silber geschützt. Aber draußen unter dem Balkon war der vordere Teil der Gondel zwischen den Säulen der Balustrade eingeklemmt und völlig zertrümmert. Kristina wurde sofort wieder flau zumute. Die Wucht der Welle hatte das Gefährt gegen den Balkon gedrückt und das morsche Holz war zerbrochen wie eine Eierschale.

»Der Doge ist fort«, jubelte Donno. »Ohne die Gondel ist er verloren.«

Die anderen Kinder fielen mit ein. Auch Jan ballte die Hände zu Fäusten und stieß einen Triumphschrei aus. Er führte eine Mischung aus Indianertanz und Breakdance auf. Kristina konnte vor Erleichterung nur noch lachend aufs Bett sinken. Aber komischerweise lachte Luca nicht mit, er sah nicht einmal besonders glücklich aus. Mit hochgezogenen Schultern stahl er sich aus dem Zimmer.

»He!«, Kristina holte ihn auf dem Flur ein. »Wo gehst du hin?«

»Nach Hause. Mein Vater wird ohnehin ausflippen, dass ich erst so spät nach Hause komme.«

»Da ist doch noch etwas anderes. Freust du dich überhaupt nicht?«

»Klar freue ich mich. Die Donnole sind gerettet und ihr seid in Sicherheit.«

»Und warum machst du dann ein Gesicht, als hätte es dir die Suppe verhagelt?«

Wieder schwieg er und Kristina hätte ihn am liebsten geschüttelt. »Ist es wegen Fortunato?«

»Natürlich ist es wegen ihm!«, stieß Luca hervor. »Mensch, Kristina, kapierst du es nicht? Violetta und er haben sich gekannt. Und ihm gegenüber war sie nicht die nette, barmherzige Frau.«

»Was? Wie kommst du darauf!«

Luca schnaubte, machte auf dem Absatz kehrt und marschierte geradewegs hinauf zum Dogenzimmer. Dort riss er einfach die Schublade auf, in der Kristina die alten Dokumente verwahrte. Er nahm die Plastikhülle, in der das halb zerrissene Blatt mit dem codierten Rezept steckte, und drehte sie um. »Hier, die Zeichnung beweist es!«

»Ein Unglücksrabe, na und?«, sagte Kristina. »Was hat das mit Fortunato zu tun?«

Luca lächelte bitter. »Schau dir den Vogel mal ganz genau an.« Er knipste das Nachttischlicht an und hielt das Blatt so davor, dass das Licht hindurchschimmerte. Kristina kniff die Augen zusammen. Jetzt, im Gegenlicht, fiel ihr tatsächlich etwas auf. Unter den dunkelgrauen Kohlestrichen zeichneten sich die dunklen Umrisslinien des Vogels ab, sozusagen die Vorzeichnung. Erst erkannte sie nur komische Striche und Bögen, aber ganz plötzlich bekamen sie einen Sinn. »Der Kopf ist ja ein Buchstabe!«

»Und zwar ein *P*«, bestätigte Luca. »Der Körper besteht aus einem kleinen *e*, die Beine des Vogels sind zwei *z* und der Schwanz ein *i*. *Pezzi!* Und das Ganze übermalt mit zwei Flügeln, auf denen *Spinturnicium!* steht. Verstehst du jetzt?« Er stieß ein verzweifeltes Lachen aus. »Violetta war so mächtig, dass sie den Dogen ins Wasser bannen und die Kinder von der Pest heilen konnte. Aber sie hat ihre Fähigkeiten auch zum Bösen genutzt und meinen Vorfahren verflucht!«

»Aber Fortunato hatte doch Glück.«

»Anfangs ja. Aber dann, innerhalb eines Jahres, verlor er alles, was er hatte. Sein Geschäft ging pleite, weil die Fische seine Netze plötzlich mieden wie Vampire das Kreuz. Er bekam Ärger mit Geschäftspartnern, ein Lagerraum wurde überschwemmt und die Ware verdarb, Geld wurde ihm gestohlen, Handelspartner hauten ihn übers Ohr. Er musste seine Insel verkaufen, das Haus aufgeben und er endete als bitterarmer Mann. Auch seine Söhne hielten sich mehr schlecht als recht über Wasser und so ist es seitdem geblieben. Nach ihm hatte kein Pezzi jemals wieder Glück.«

Kristina ließ die Plastikhülle in die Schublade zurückfallen, als hätte sie sich daran verbrannt. Ihr fiel ein, was Cesare über die Familie gesagt hatte: *Sie sind anständige Leute, aber sie haben einfach kein Glück*. Und man musste nur in ihre Wohnung schauen, um zu wissen, dass das stimmte. Trotzdem sträubte sich alles in ihr dagegen zu glauben, dass Violetta so etwas Schreckliches getan haben sollte.

»Seit Generationen rinnt das Glück uns durch die Finger«, fuhr Luca fort. »Ziehen wir in ein Haus, stürzt es zusammen oder brennt ab ohne jede Schuld. Kaufen wir ein Boot, nimmt der Sturm es mit. Eröffnen wir ein Geschäft, geht es sofort pleite. Schmuck geht verloren, neue Kleidung bekommt durch die dümmsten Zufälle Flecken oder Risse. In keiner Wohnung bleiben wir länger als ein halbes Jahr, weil irgendetwas Blödes passiert. Neulich wurde uns die Wohnung wieder mal gekündigt, weil das Haus plötzlich einen Wasserschaden hat. Und es dauert nicht mehr lange, bis meine Eltern sich schon wieder überlegen müssen, woher das Geld kommen soll. Mein Vater und meine Mutter haben durch unglückliche Zufälle, für die sie nichts konnten, mehr Arbeitsstellen verloren, als ein ganzer Bus voller Leute im ganzen Leben haben wird. Das Unglück der Pezzis ist so legendär, dass uns kaum noch jemand eine Wohnung vermietet oder Arbeit gibt.« Er seufzte. »Mein Vater träumte immer davon, ein Wissenschaftler zu sein. Aber unsere Träume scheitern am Pech der Pezzis. Wir werden immer bitterarm sein und das Glück läuft vor uns weg.«

Erschüttert betrachtete Kristina den Unglücksraben. Langsam dämmerte ihr, was Donno damit gemeint hatte, als er Luca einen Erwachsenen nannte. Er konnte nie so unbeschwert sein wie andere Zwölfjährige. Er arbeitete, um seine Familie zu unterstützen, und musste stets das nächste Unglück fürchten. Und komischerweise fühlte Kristina sich schuldig, obwohl sie gar nichts dafür konnte. Aber wenn es tatsächlich Violetta gewesen war, die dieses Unglück herbeigerufen hatte …

»Wir müssen herausfinden, wie man diesen Fluch aufheben kann!«, rief sie.

»Was glaubst du, was ich die ganze Zeit versuche?«, murmelte Luca.

Er wirkte mutlos, aber Kristina fasste ihn an den Schultern und sah ihm in die Augen. »Wir helfen dir und die Donnole sind auch noch da. Sie kannten Violetta. Wir werden alle geheimen Wege erforschen und Hinweise suchen. Irgendwo finden wir etwas.«

Luca fragte verwundert: »Warum ist es dir so wichtig? Das ist doch nicht mehr euer Problem. Der Doge ist besiegt, ihr seid außer Gefahr.«

»Warum?«, rief Kristina empört. »Weil wir Freunde sind!«

Und endlich glitt ein Lächeln über Lucas Gesicht. »Freunde, ja, das stimmt.« Es klang fast ein wenig erstaunt. Sein Blick schweifte zu der kleinen goldenen Uhr. »Oje, ich muss nach Hause, das gibt sonst richtig Ärger. Mein Vater ist ohnehin nicht gut auf mich zu sprechen, weil ich in seinem Bücherschrank herumgeschnüffelt habe. Und er wundert sich schon, wo ich die ganze Zeit bin.« An der Tür drehte er sich noch einmal zu Kristina um und schenkte ihr ein schiefes Grinsen. »Bis morgen, *pazzarella* – verrückte Vianello!« Kurz darauf hörte sie seine Schritte auf der Treppe poltern.

Nachdenklich ging sie hinunter zu den anderen.

Sara hatte sich auf dem Bett ausgestreckt, Jan lag an sie gekuschelt, und die Donnole waren um sie herum eingeschlafen, aneinandergeschmiegt wie Kätzchen. Sara lächelte und klopfte auf die Bettdecke. Kristina kroch zu ihr und lehnte den Kopf an Saras Schulter. Nach all dem Schrecken tat es gut, sich zu ihrer Tante flüchten zu können. Lucas Entdeckung hatte ihr das Herz schwer werden lassen. War Violetta wirklich so grausam gewesen? Sie musste wieder an das Märchen über die Aquana denken. Hatte die Aquana nicht einen Fischer geliebt?

»Ich erinnere mich wieder«, flüsterte Sara ihr da plötzlich lächelnd zu. »Ich habe mit ihnen gespielt, als ich in deinem Alter war. Ich träumte oft von einem Garten, von Statuen, die aus weißem Stein gemeißelt waren, von Rosen und Palmen und einem Granatapfelbaum mit goldenen Früchten.« Sie gähnte so wohlig, als würde sie sich immer noch an diesem wunderschönen Traum erfreuen. »Die Donnole versprachen mir, den Garten zu suchen, und ich folgte ihnen in den Hof, aber da waren keine Palmen. Ich war so enttäuscht, dass sie ihn nicht gefunden hatten, dass ich anfing zu weinen.« Ihre letzten Worte waren nur schläfriges Gemurmel.

»Sara?«, flüsterte Kristina. »Glaubst du, dass du das Wasser …«

Aber ihre Tante war nun ebenso tief eingeschlafen wie Jan. Kristina strich Sara vorsichtig über die Wange und zog ihr die rote Mütze vom Kopf. Etwas war seltsam: Saras dunkles Haar ringelte sich um ihr Gesicht. Nur an der Schläfe war eine Strähne plötzlich ganz weiß.

MAKARO

Als Kristina am nächsten Morgen erwachte, schien ihr die Sonne ins Gesicht. Sara war fort, ihr Bruder war nachts auf ihre Seite gerobbt und lag leise schnarchend neben ihr. Und oben auf dem Kristalllüster hockte Donno und baumelte mit den Beinen.

»Guten Morgen!«, rief er fröhlich. »Na endlich wacht ihr auf.« Mit einem lautlosen Satz landete er wie eine Katze auf allen vieren.

»Wir sind eingesperrt.« Ungeduldig deutete er auf das Silberband am Fenster.

Jetzt gähnte auch Jan und setzte sich auf. Kristina sprang aus dem Bett, wickelte eilig das Perlenband ab und öffnete das Fenster. Als sie sich umwandte, zuckte sie vor Schreck zusammen: Die anderen Donnole krabbelten wieselflink über die Decke, saßen über der Tür und auf den Schränken und hangelten sich am Bettbaldachin entlang. Jetzt kletterten sie nach unten und aus dem Fenster. Nur Donno blieb noch. »Danke!«, sagte er schlicht.

Jan grinste glücklich über das ganze Gesicht. Aber Kristina, die immer noch an Fortunatos Geschichte dachte, hatte noch etwas auf dem Herzen.

»Donno?«, fragte sie, bevor der Junge aus dem Fenster gleiten konnte. »Hat Violetta … hat sie einen Fischer gekannt?«

Donno runzelte angestrengt die Stirn. »So einige. Mit einem hat sie auch mal getanzt. An Karneval. Das war ein halbes Jahr, nachdem ihr alter Mann gestorben war, der Doge Dandolo.«

»Wie hieß der Fischer?«

Donno hob ratlos die Schultern. »Jedenfalls war er ziemlich groß und hatte grüne Augen.« Er lächelte, in Erinnerungen versunken. »An diesem Tag waren meine Eltern mit mir beim Karneval. Im Innenhof des Dogenpalastes gab es am letzten Sonntag des Festes immer eine Stierhatz. An diesem Tag wurden auf vielen Plätzen der Stadt Stiere freigelassen. Metzger fingen sie dann mit Hunden ein und das Fleisch der Stiere wurde an die Armen verteilt – an die Waisen und die Kranken in den Hospitälern und auch an die Büßer im Gefängnis. An diesem Tag sollte es allen gut gehen.«

»Nur den Stieren nicht«, bemerkte Jan.

Kristina schüttelte sich. Was für ein barbarischer Brauch. Sie stellte sich lieber nicht vor, was die Tierschützerin Sara dazu sagen würde.

»Ich habe noch eine Weile den Leuten beim Feiern zugesehen«, erzählte Donno weiter. »Und da hat Violetta mit dem Fischer getanzt. Er war nicht verkleidet, weil er gerade eine Ladung Fische zu den Küchen schleppte. Und Violetta zog ihn einfach zum Tanz. Jeder kannte sie, sie trug immer ein lilafarbenes Kleid.«

»Hat sich niemand darüber aufgeregt, dass eine Edelfrau mit einem Fischer tanzt?«

Donno winkte ab. »Unsinn, es war doch *carnevale*! Da ist alles erlaubt.« Er seufzte. »Das war ein fröhlicher Tag. Aber bald darauf ...«

Kristina konnte sich denken, was er meinte: das Unglücksjahr, in dem auch seine Eltern gestorben waren.

»Was ist das eigentlich für ein Garten, den ihr Sara damals zeigen wolltet?«, lenkte Jan vom Thema ab.

Der Kleine zuckte mit den Schultern. »Violetta hat uns davon erzählt, als wir krank waren. Sie sagte, er sei ein geheimer Ort, der sich hinter der Tür mit dem Schlangenkopf verberge. Aber wir haben später dort nie etwas gefunden.«

»Jan hat ihn aber gesehen.«

»Vielleicht hat Jan durch das magische lila Fenster einfach sein längst vergangenes Spiegelbild gesehen?« Dann deutete Donno auf das Band, das Jan nachdenklich in den Händen drehte. »Jetzt braucht ihr jedenfalls kein Silber mehr!«

Kristina durchlief nun doch ein kleiner glücklicher Schauer. Es stimmte. Aber dann fiel ihr siedend heiß etwas ein. »Oje, Cesares Besteck liegt immer noch am Grunde des Wassers bei der *Calle del Pestrin.* Wir werden ihm sagen müssen, dass wir es verloren haben.«

Donno kräuselte die Nase. »Manchmal bekommen Dinge Beine«, sagte er geheimnisvoll. Er winkte ihr zu und wandte sich zum Gehen.

»Halt, wie finden wir dich wieder?«

Donno lachte. »Keine Angst, ich finde euch.« Mit einem Satz landete er auf dem Fensterbrett, genau neben dem Bild von Jans und Kristinas Eltern, das ins Wanken geriet. Donno fing es auf und stellte es wieder hin. »Ist das eure Mutter?«, fragte er neugierig.

Jan nickte.

»Die kenne ich!«, rief Donno aus. »Die ist immer in der *Ca' d'Oro.*«

Jan schoss kerzengerade aus dem Bett hoch und sauste zum Fenster. »Warte!«, schrie er, aber der Junge war bereits verschwunden.

Kristina war über seinen verzweifelten Eifer fast ein wenig erschrocken.

»Er meint sicher, dass er im Museum eine Frau gesehen hat, die unserer Mutter ähnlich sieht.«

Jan nickte bedrückt und schloss die Fenster. »Ja, bestimmt«, murmelte er.

Sogar das Hotel schien verändert, ganz so, als hätte das alte Gebäude aufgeatmet. Fröhliche Radiomusik dudelte durchs Haus, es duftete nach den Blumen in den Vasen. Die Vordertür stand weit offen, als hätte es niemals eine Gefahr gegeben. Sara hatte die Reste der Gondel vor das Hotel geschafft und kehrte mit einem Besen die Holztrümmer in den Kanal.

»Guten Morgen, Langschläfer!«, rief Sara ihnen entgegen. »Was ist, Jan? Habe ich grüne Punkte auf der Nase?«

»Nein, aber weiße Haare.«

»Ach, die Strähne. Die habe ich euch zu verdanken. Mit Verwandten wie euch muss man ja graue Haare bekommen.« Typisch Sara: Es schien ihr nicht viel auszumachen. »Ich habe heute schon im Krankenhaus angerufen. Nonna tobt, weil ihre Brosche weg ist, und hat das halbe Klinikpersonal verdächtigt. Ich habe ihr gesagt, Kristina bewahrt sie auf, damit sie im Krankenhaus nicht verloren geht. Und jetzt schnappt euch auch ein paar Besen, übermorgen reisen die ersten Gäste an.«

Kristina wollte schon loslaufen, als an der Ecke des Hotels ein paar wohlbekannte Gesichter auftauchten. Die kleine Hexe Pippa lief strahlend auf Sara zu.

Aber Luca blieb neben seinem Vater stehen, der gerade unbehaglich seine Brille zurechtrückte. Ungläubig musterte er Sara, die sich nun lässig auf dem Besen aufstützte. »Signor Pezzi, schön, Sie zu sehen, kann ich helfen?«

Lucas Vater räusperte sich. »Mich hat nur interessiert, wo sich mein Sohn nach der Arbeit bis spät in die Nacht herumtreibt«, sagte er streng. Luca biss sich auf die Unterlippe. Offenbar hatte er Ärger bekommen, weil er mit den Vianellos herumhing. Sara setzte ihr strahlendstes Lächeln auf und blies sich eine zerzauste Haarsträhne aus dem Gesicht. Es war ein ziemlich ungewöhnlicher Anblick: der strenge Mann und die lässige mädchenhafte Frau in Turnschuhen und einer verwaschenen Jeans.

»Ja, die Kinder haben sich angefreundet. Sie können stolz auf Ihren Luca sein. Ich habe noch nie einen patenteren und höflicheren Jungen kennengelernt. Er hat einen guten Einfluss auf meine Nichte und meinen Neffen, die sich leider gerne wie Wilde aufführen. Aber das wissen Sie ja leider schon.« Sie blickte mit einem tiefen Seufzen über die Schulter, aber dabei blinzelte sie Kristina und Jan verstohlen zu. »Wir sind so dankbar, dass das Museum seine Anzeige zurückgezogen hat!«

»Auf mich kann er auch stolz sein!«, beschwerte sich Pippa, und Sara nahm sie in den Arm und gab ihr einen Kuss auf die Nase. »Am allerstolzesten, *piccolina.* Willst du heute mit Jan und Kristina Skateboard fahren?«

Pippa nickte eifrig. »Sie haben doch nichts dagegen, dass die Kinder hier miteinander spielen?«, wandte sich Sara bittend an Herrn Pezzi. »Sie verstehen sich so gut – und die kleine Maus kann gerne bei uns sein, so lange sie will, ich passe gut auf sie auf. Und ich verspreche, dass ich in Zukunft darauf achte, Luca rechtzeitig nach Hause zu schicken. Mein Wort darauf!«

Sie hielt Lucas Vater die Hand hin.

Kristina hielt den Atem an.

»Papà?«, fragte Luca leise.

Aber Signor Pezzi machte ein Gesicht, als würde er sich lieber Reißnägel in die Hand drücken, als Saras Hand zu schütteln. »Das gibt doch nur wieder Ärger mit Signora Vianello«, murmelte er. »Und dann heißt es wieder, mein Junge hätte im Hotel Schaden angerichtet.«

Sara zuckte unbekümmert mit den Schultern. »Bis auf Weiteres bin ich die Chefin in diesem Hotel und von mir werden Sie nichts Böses hören. Warum auch? Außerdem bin ich eher für frischen Wind als für alte Feindschaften. Also?«

Lucas Vater ergriff nun ihre Hand, aber so zögernd, als würde er überlegen, ob das eine Falle war. »Wie Sie meinen, Signorina«, sagte er steif. »Aber nur, bis die Signora wieder im Haus ist.«

»Wunderbar!« Sara schüttelte ihm herzlich die Hand. »Habt ihr gehört, Kinder?«

Luca wagte endlich ein erleichtertes Lächeln.

Eine ziemlich lange Pause entstand, in der Signor Pezzi sich umsah und die Holzsplitter an der Treppe entdeckte.

»Was ist das denn?« Er bückte sich und hob ein Stückchen auf. Man sah noch, dass das Holz früher grün gewesen war.

»Ach, der Sturm hat gestern nur irgendein altes Wrack nach oben gespült«, erklärte Sara mit einem Naserümpfen. »Und dieser *ferro* wäre uns fast durchs Fenster geflogen.« Sie deutete auf den Gondelbug, der neben der Tür lehnte, und schickte sich an weiterzukehren.

Signor Pezzis Augen wurden hinter seinen Brillengläsern noch größer. »Halt!«, rief er und hielt Saras Besen fest. »Was machen Sie da?«

»Ich fege das Sperrholz weg.«

Lucas Vater schnappte nach Luft. Seine grünen Augen blitzten. »Sperrholz? Das könnte eine antike Gondel sein, eine Kostbarkeit! Man muss sie untersuchen – das könnte eine wissenschaftliche Sensation für die Stadt sein.« So vorsichtig, als sei es eine Eierschale, hob er einen zweiten Splitter auf.

»Unglaublich!«, rief er voller Ehrfurcht aus. »Und das wollen Sie fortwerfen? Nur über meine Leiche, Signorina!«

Sara lächelte und stellte den Besen beiseite. »Kristina hat schon davon geschwärmt, wie gut Sie sich mit venezianischer Geschichte auskennen. Möchten Sie sich die Trümmer genauer ansehen?«

Man konnte fast hören, wie das Eis zwischen ihr und Signor Pezzi endgültig brach.

»Gerne, Signorina«, sagte er verwundert. Mit zwei großen Sprüngen lief er die Treppe hoch. Seine schlaksigen Bewegungen erinnerten wirklich an Luca. Plötzlich war der dünne Mann Kristina viel sympathischer. Und als er sich die Krokodile aus der Nähe ansah und einen begeisterten Ruf ausstieß, war die Ähnlichkeit unverkennbar.

»Das ist ja unglaublich – mein Sohn hat mich neulich nach einer solchen Gondel gefragt.« Fast zärtlich strich er über die metallenen Mäuler. »Das Krokodil ist eines der ältesten Symbole in Venedig, auch wenn das heute nicht mehr viele wissen.«

»Wirklich?« Sara folgte ihm die Treppe hinauf. »Wie kommt ein Krokodil denn ausgerechnet nach Venedig?«

Lucas Vater rückte seine Brille zurecht. Seine grünen Augen blitzten. »Den Kindern erzählt man ja gerne die Geschichte vom Drachen in der Lagune. Und den Touristen verkauft man bunte Ungeheuer aus Glas. Aber dahinter steckt sehr viel mehr.« Er räusperte sich. »Es ist kein Zufall, dass in Venedig viele Palazzi rot sind. Und dass eine Insel der Lagune, San Giorgio Maggiore, nach dem heiligen Georg benannt wird. Er war der Drachentöter. Die Farbe Rot gehört zu ihm. Die alten Venezianer glaubten fest daran, dass in den Tiefen der Lagune ein Drache hauste – aber kein Feuer speiendes Tier wie in den Rittermärchen, sondern ein *Makaro* – das ist ein sehr altes Wort für Krokodil, von dem sich übrigens auch der Name Marco ableitet.«

»Das war es also, wenn das Wasser sich aufbäumte!«, flüsterte Jan. »Der Doge hat diese Bestie herbeigerufen.«

Kristina widerstand der Versuchung, über die Schulter zu schauen, aber trotzdem kribbelte ihr Nacken, wenn sie an das aufgewühlte Wasser von neulich dachte. Und jetzt bekam auch die Zeichnung auf der Schlangenkarte einen Sinn. Violetta hatte den Canal Grande als sich schlängelndes Ungeheuer dargestellt. »Wenn der Makaro wütend wird, bläst er seinen Hauch über die Lagune, und wir sehen ihn als Nebel«, erzählte Signor Pezzi weiter. »Aber niemals erhebt er sich aus den Fluten. Denn Venedig hat seine besonderen Drachentöter, die ihre Stadt beschützen.« Er lächelte und deutete auf den Gondelbug. »Die Gondolieri Venedigs! Ihre Ruder stechen ins Wasser wie die Lanze des heiligen Georg einst. Deshalb wagt sich der Makaro nicht an die Oberfläche.«

Na, hoffentlich stimmte das.

Sara lächelte von einem Ohr zum anderen. »Darüber müssen Sie mir mehr erzählen! Kommen Sie, wir trinken einen Kaffee in unserer Küche! Und ihr, Kinder, geht ruhig spielen. Cesare kann mir heute helfen.«

Luca sah fassungslos zu, wie sein Vater den *ferro* hochhob und Sara ins Hotel folgte. »Kneif mich mal«, sagte er leise. »Ich bilde mir nämlich ein, dass deine Tante gerade eben einfach so ein jahrhundertealtes Kriegsbeil begraben hat!«

»Wohl eher versenkt«, berichtigte Jan grinsend.

REICH DER SPIEGELWESEN

Es war seltsam, sich ganz frei in der Stadt bewegen zu können. Nun mussten sie nicht mehr ängstlich aufpassen, nicht zu nahe ans Wasser zu kommen. In der Zeitung war das Ende der Rattenplage verkündet worden. Es war, als hätte die Sturmflut die Tiere aus der Stadt gespült. Und auch keine der schwarzen Möwen ließ sich blicken. Die Donnole genossen ihre neue Freiheit und zerstreuten sich in der Stadt. Kristina und die anderen machten sich auf die Suche nach Violettas Geheimnissen. Sie begannen am Campo Santo Stefano.

Auf Anhieb fanden sie die kreisrunden flachen Mulden der Theriak-Mörser in den Bodenplatten, doch der magische Geheimgang zur *Ca' d'Oro* war verschwunden. Auch durch das Auge des Makaro war nichts zu sehen. Kristina versuchte sich an der Zeichnung eines Hipogryphen, der heute wie ein betrunkenes Gnu wirkte, aber es tat sich nichts.

»Donno hat mal gesagt, die Gänge sind nicht immer

offen«, überlegte Jan. Er studierte die Karte, die jetzt sicher in einer Plastikhülle verpackt war, und ließ das lila Glas darüberschweben.

»Oh, schaut mal: Hier ist eine Schlange ohne Schwanz, dafür hat sie an jedem Ende zwei Köpfe. Und auf beiden steht eine Dreizehn. Hat Donno nicht etwas von der dreizehnten Stunde gesagt, als wir hier durch die Mauer gesprungen sind?«

Luca drehte die Karte und kniff die Augen zusammen. »Schaut mal, alle Schlangenköpfe tragen Nummern, von eins bis vierundzwanzig.«

»Wie die Stunden der astronomischen Uhr am Markusplatz?«

Lucas Brauen zuckten nach oben. Er schlug sich an die Stirn und klopfte dem überraschten Jan anerkennend auf die Schulter. »Unser bester Detektiv hat gesprochen – natürlich, das bezieht sich auf Uhrzeiten, aber nach der alten Zeit! Als der Plan gezeichnet wurde, gab es hier in Venedig noch keine Uhr, die nur zwölf Stunden anzeigte. Man zählte vierundzwanzig, so zeigen es auch die alten venezianischen Uhren. Und Violetta hatte ihr eigenes System, die Stunden zu zählen. Die Zahlen auf den Schlangen geben an, wann sich ein Tor öffnet.« Vor Eifer leuchteten seine Augen wie vorhin bei seinem Vater. »Die Dreizehn bedeutet auf dieser Karte ein Uhr morgens. Aber warum zwei Schlangenköpfe mit derselben Zahl?«, überlegte Luca weiter.

»Vielleicht heißt das, die Wege sind in beide Richtungen eine Stunde lang offen?«, vermutete Kristina. »Die anderen Schlangenwege sind eventuell Einbahnstraßen. Der Schlangenkranz im Hotel startet immer bei den Schwanzspitzen. Und offenbar kann man von dort jederzeit die Wege nehmen. Aber am Kopfende öffnet sich das Tor nur zu bestimmten Stunden.«

»Noch ein Genie«, zog Luca sie auf. »Wie spät haben wir es?«

Jan kramte das Handy hervor. »Zehn Uhr vormittags.«

Jan suchte mit der Brosche auf der Karte und wurde fündig. »San Zanipolo. Wenn das alles stimmt, ist der Gang jetzt gerade offen.«

»Klasse!« Luca lachte. »Dann müssen wir uns gar nicht in den Dogenpalast schmuggeln. Dort muss ich euch nämlich etwas zeigen.«

Kristina stutzte. Dogenpalast? Aber dieser Gang führte doch ins Gefängnis?

Aber Luca stieß bereits einen Pfiff aus, und Pippa, die in der Nähe mit Jans Skateboard spielte, kam sofort herbeigelaufen. *»Avanti, scimmia«,* forderte er sie auf. »Wir machen einen Ausflug!«

Zehn Minuten später standen sie atemlos vom schnellen Lauf in dem riesigen Kirchenraum. Über ihnen erhoben sich Kreuzgänge, der polierte Boden zeigte ein rot-weißes Steinmuster. Jeder Schritt hallte zwischen den gewaltigen Säulen. »Da!« Pippa zog Luca nach links, wo ein Taufbecken aus rosabraunem polierten Stein stand. Kristina hob die Brosche vor die Augen. Am liebsten hätte sie gejubelt. Es funktionierte! Vor dem Becken schien der Boden geschmolzen zu sein, ein kleiner See aus Licht in Form eines Schlangenkopfes schimmerte auf den Fliesen. Eine geisterhafte, gespaltene Zunge glitt träge über den Schachbrettboden und zog sich wieder zurück. Eine Touristin schlenderte ahnungslos darüber. Nichts geschah – außer dass sie goldene Fußspuren hinterließ, die schnell verblassten. Offenbar musste man die Portale bewusst wahrnehmen, um die geheimen Wege beschreiten zu können.

»Man sieht die Eingänge tatsächlich durch das Glas. Dieser hier ist im Boden direkt vor dem Becken!«

Natürlich war Pippa wieder die Erste. Sie nahm Anlauf, warf sich wie ein Surfer bäuchlings auf Jans Skateboard und sauste auf das Taufbecken zu. Luca holte scharf Luft, aber im selben Moment war sie schon fort wie weggeschnippt.

»Auf drei!«, rief Luca.

»Uff!«, machte es, als Kristina eine Sekunde später gegen etwas Weiches, Warmes prallte. Eine Kamera bohrte sich in ihre Schulter – und schon purzelte sie mit einem dicken Mann, den sie gerammt hatte, zu Boden.

»Are you mad?«, schimpfte der Mann auf Englisch. Mit hochrotem Kopf sprang Kristina auf und erfasste mit einem schnellen Blick, wo sie gelandet waren: in einem kahlen Innenhof mit hohen weißen Wänden. Die Fenster waren mit dicken schwarzen Metallgittern verschlossen. Der Gefängnishof?

Drei Damen sprangen mit erschrockenem »Huch!« zur Seite, um nicht von Pippa umgemäht zu werden. Luca rannte zu der Kleinen und bremste das Skateboard mit dem Fuß.

»*Scusi*«, entschuldigte er sich hastig bei der Reisegruppe. »Los, mir nach!«

Er lief voraus über schmale Gänge eine Treppe hinauf in ein Labyrinth aus niedrigen schmalen Gängen. Hier wurde es noch unheimlicher. Überall waren winzige Kammern, dunkel wie Höhlen, mit niedrigen Decken und bekritzelten Wänden. Die dicksten Türen, die Kristina je gesehen hatte, verschlossen sie. Vergitterte Gucklöcher in den Türen zeigten, dass es die Gefängniszellen waren. Im Vorbeigehen hielt Kristina die Brosche vor ihr Auge – und erschauerte, als sie durch das magische Glas schattenhafte Gestalten sah. Magere Gespenster mit verwilderten Bärten und leeren Augen, die an den Wänden kauerten. Gefangene vergangener Jahrhunderte.

»Über die Seufzerbrücke kommen wir in den Dogenpalast«, rief Luca. »Sie war für die Gefangenen nämlich der direkte Weg vom Gerichtssaal ins Gefängnis.«

Die Seufzerbrücke führte über einen kleinen Kanal. Bis auf zwei winzige viereckige Fenster war sie rundum abgeschlossen. Man konnte nur durch schmale Lücken in blumenförmigen Fensterornamenten auf die Lagune blicken. Wie bedrückend musste dieser letzte Blick für die Gefangenen gewesen sein, bevor die dicken Kerkertüren sich hinter ihnen schlossen. Kristina war froh, dass sie in die entgegengesetzte Richtung unterwegs war und gleich darauf den Dogenpalast mit seinen hohen Decken und Fenstern betrat.

»Wird man uns nicht rauswerfen?«, fragte Jan mit einem Blick auf die vielen Touristen.

Luca schüttelte den Kopf. »Mich kennen sie. Ich werde sagen, ihr habt Eintritt bezahlt. Kommt mit, ich muss euch etwas zeigen!«

Kristina hatte fast schon geahnt, dass Luca auf den Saal des großen Rates zustrebte. Die Erinnerung an ihren unfreiwilligen Ausflug lag ihr sofort wieder wie ein Eisklotz im Magen. Heute erschien der Saal mit dem vielen Gold und den düsteren rotgoldenen Fresken an den Wänden ihr noch viel riesiger. Die lange Reihe der Dogen blickte zu ihnen herab.

Luca blieb genau an der Stelle stehen, an der Kristina noch vor wenigen Tagen schlotternd und zähneklappernd versucht hatte zu verstehen, was mit ihr geschehen war. Es kam ihr vor, als sei das Jahre her.

Luca drehte sich zu ihnen um und holte Luft. »Ich habe den Dogen gefunden«, platzte er heraus. »Er muss es sein, Donno nannte ihn *Il Doge nero* und hier gibt es nur einen schwarzen Dogen. Und er lebte zu Violettas Zeit.«

Er deutete triumphierend nach oben. Kristina legte den Kopf in den Nacken und erschauerte. Luca meinte das verhüllte Porträt. Statt eines Dogengesichts prangte dort nur ein schwarzes Tuch. Wie die Maske des Dogen, schoss es ihr durch den Kopf.

»Das schwarze Laken?«, fragte Jan. »Violetta hat gegen Zorro gekämpft?«

Luca gab ihm einen ungeduldigen Klaps auf die Schulter. »Du siehst zu viel fern, Kleiner. Das da oben ist Marino Faliero, ein Doge, der Hochverrat begangen hat und die Macht über die Stadt an sich reißen wollte. Aber seine geplante Verschwörung flog auf. Er wurde verhaftet und zum Tode verurteilt. Nach seiner Hinrichtung hat man sein Andenken ausgelöscht, deshalb wurde sein Porträt mit einem schwarzen Tuch übermalt. Was er genau getan hat, wird man nie erfahren, alle Gerichtsakten wurden vernichtet. Aber es ist schon komisch, dass direkt nach seinem Tod die Pestwelle anfing. Eine Legende sagt, er hat geschworen, zurückzukehren und sich zu holen, was ihm gehört: die Macht über die Stadt.« Er hob vielsagend die Brauen. »Was, wenn er auch ein Magier war? Und wenn er nach seinem Tod tatsächlich zurückkehrte?«

Kristina hatte das unbehagliche Gefühl, als würden unsichtbare Augen sie aus dem Schwarz des Stoffes heraus betrachten. »Lass uns abhauen«, flüsterte sie.

Es wurde ein abenteuerlicher Nachmittag. Manche Wege waren nicht mehr zugänglich, weil die Durchgänge in Kellern unter Wasser lagen. »Ganz logisch: Früher waren die Keller noch nicht überschwemmt«, erklärte Luca. »Venedig ist im Laufe von Jahrhunderten ein Stück abgesunken.«

Andere Wege hatten früher vielleicht in die Häuser von Violettas Freunden oder Vertrauten gemündet, heute endeten sie dort, wo eine Dogaressa ganz sicher nicht hingegangen wäre: Ein Weg führte sie in einen Hinterhof genau zwischen zwei Mülltonnen. Einmal mussten sie auf Zehenspitzen aus einer Wohnung im zweiten Stock schleichen, nachdem sie bei einem alten Ehepaar gelandet waren, das auf dem Sofa bei laufendem Fernseher eingedöst war. Und auch die Flucht durch ein Fenster blieb ihnen nicht erspart, weil eine Frau zu Tode erschrocken »Einbrecher« kreischte, als die Kinder aus heiterem Himmel in ihrer Küche auftauchten.

»Ich glaube, die Wege, die sich nachts öffnen, sind mir deutlich lieber«, sagte Kristina nach der dritten Panne dieser Art.

»Die Tageswege haben wir auch schon durch«, erwiderte Luca. »Offenbar war Violetta lieber heimlich nachts unterwegs.« Und nach einem Blick auf die Schlangenkarte fügte er hinzu: »Treffen wir uns in der vierzehnten Stunde im Hotel? Das ist zwei Uhr morgens.

Ich lasse das Handy einmal klingeln, sobald ich vor der Tür stehe.«

Sara stand gut gelaunt an der Rezeption und polierte das Schlüsselbrett. »Na, schönen Tag gehabt? Marco hat den *ferro* mitgenommen, um in irgendeinem Archiv herauszufinden, welchem Adeligen die Gondel gehört hat. Er ist davon überzeugt, dass man es anhand von alten Handwerkerlisten herausfinden kann.« Kristina verbiss sich den Namen Marino Faliero. »Er weiß wirklich ungeheuer viel über die Stadtgeschichte«, schwärmte Sara. »Und nett ist er auch, genau wie Luca.«

»Du nennst Lucas Vater schon Marco?«, fragte Jan. »Ihr seid ja dicke Freunde geworden.«

»Man kann nie genug Freunde haben, gerade in Venedig«, erwiderte Sara, und Kristina wusste, dass sie auch die Donnole damit meinte.

»Dann kannst du ja gleich mit dem Freund hier weitermachen.« Jan deutete auf die Tür. Ein Polizeiboot legte vor dem Hotel an und Fedele sprang mit federndem Schritt auf die Treppe. Schon beim Reinkommen zückte er einen weißen Briefumschlag.

»Buona sera!« Er schob Sara das Schreiben über die Theke und zwinkerte dabei Kristina verschwörerisch zu.

»Du wolltest eine Rechnung haben, Sara, und hier ist sie.«

Sara zog ein offiziell wirkendes Papier mit dem Briefkopf des Polizeipräsidiums aus dem Umschlag. Es musste eine unglaublich hohe Summe sein, denn als sie die Zeilen überflog, klappte ihr Mund auf. »Das ist doch nicht dein Ernst, Fedele?«, rief sie verärgert aus.

Der Polizist zuckte in gespieltem Bedauern die Schultern. »Tut mir leid, Sara, das ist nun mal der Preis.« Seine Mundwinkel zuckten, als er sich an die Mütze tippte und pfeifend zu seinem Boot zurückging.

Sara schüttelte empört den Kopf und warf das Blatt in den Papierkorb. Erbost murmelte sie etwas von »Erpressung« und verschwand im Büro hinter der Rezeption. Jan war als Erster beim Papierkorb und fischte den Brief heraus, aber Kristina, die ihm über die Schulter blickte, war schneller fertig mit Lesen. Sie hoffte, ihre Tante würde nicht hören, dass sie kichern musste. Fedele hatte eine hochoffizielle Rechnung geschrieben für einen »Sondertransport per Boot mit Nachttarif«. Aber dort, wo die Summe hingehörte, stand: »Ein Tanz mit mir am Karnevalsfest am 1. Februar auf der Piazza San Marco.«

Lange hatte Kristina nicht einschlafen können, so viel hatte sie über den Dogen und auch über den Fluch, der auf der Familie Pezzi lag, nachgegrübelt. Und als sie endlich einschlief, träumte sie von Sara, die mit dem Dogen in einem Garten voller Schlingpflanzen tanzte. Bei jedem Tanzschritt wurde sie schwächer und alterte im Zeitraffertempo, bis sie schneeweißes Haar hatte und zusammenbrach.

Schweißgebadet fuhr Kristina hoch. In der Stille des Zimmers hörte sie nur ihren eigenen schnellen Atem. Das Mondlicht schien herein und alles war friedlich. Der Wecker hatte noch nicht geklingelt, es war erst kurz vor ein Uhr morgens. Luca würde erst in über einer Stunde hier sein. Doch Jans Bett unter dem Fenster war eindeutig leer. Vielleicht holte er sich gerade etwas zu trinken? Aber ein ungutes Gefühl im Bauch sagte ihr etwas ganz anderes. Sie schlüpfte aus dem Bett und tappte zu der Kommode, in der die magischen Dinge verwahrt waren. Ihre Ahnung bestätigte sich: Das Auge des Makaro war fort, außerdem hatte Jan seine Kamera eingepackt. Im selben Moment, als die kleine Uhr auf ihrem Nachttisch mit einem Klick auf ein Uhr morgens rutschte, wusste sie, wo er ganz sicher war. »Dreizehnte Stunde«, sagte sie zu sich selbst.

Im Mondlicht erwachte ein besonderer Zauber. Kristina kam sich vor, als würde sie durch eine ganz neue Stadt laufen, eine magische, fremde Stadt der Zauberer und Alchimisten. Auch ohne das Auge des Makaro erkannte sie huschende Schatten, Spiegelbilder alter Zeiten. Eine maskierte, fast durchsichtige Dame stand auf einer Brücke. Pestärzte mit schwarzen Umhängen und den langen Schnabelmasken über dem Gesicht malten Kreidekreuze an Türen zum Zeichen, dass in diesen Häusern die Seuche wütete.

Die geflügelten Steinlöwen, Greife und Statuen zwinkerten, als Kristina an ihnen vorbeikam. Gelbe, hungrige Löwenaugen verfolgten ihren Weg. Mit einer Gänsehaut lief sie schnell weiter. Das Wasser in den Kanälen glänzte wie eine dunkle Spiegelfläche, in der sich die Häuser grimmig mit schwarzen Fensteraugen zu betrachten schienen. Die Erinnerung an die Schlickleute und das geheimnisvolle Ungeheuer ließ Kristina so rasch über die Brücken rennen, als wären alle finsteren Mächte der Stadt ihr auf den Fersen. Mit Seitenstechen erreichte sie die ehemalige Apotheke und lief, ohne anzuhalten, auf die Wand zu.

Zwei Sekunden später umfächerte sie die kühle Luft der *Ca' d'Oro*. Stäubchen tanzten im Mondlicht und verwandelten es in einen silbernen Schleier. Das Flüstern von Geistern hallte im Raum wider, aber heute waren es nicht die Donnole, es war die Festgesellschaft, die Kristina neulich nur flüchtig gesehen hatte. Jetzt malte der Mond schattige, lachende Münder nach. Die Damen trugen Kleider, die an das von Violetta erinnerten. Sie trugen Masken, auf denen Gold und Juwelen schimmerten. Glaskelche stießen mit einem sirrenden Klingen aneinander, doch statt roten Weins schwappte trübes Lagunenwasser voller Algen darin.

»Jan?« Ihre Stimme schreckte irgendetwas draußen im Kanal auf. Es platschte, dann erklangen feuchte, schlurfende Schritte. Kristina trat sofort den Rückzug an. Ihr Bruder war nicht hier. Aber vielleicht woanders in der Ca' d'Oro?

Ein kalter Windstoß schien Kristina mitten entzweizuschneiden, als ein Pärchen genau auf sie zu- und durch sie hindurchwirbelte.

Durch eine Glastür tastete sie sich hoch in den ersten Stock. Jan hockte in einem Ausstellungsraum auf dem Boden. Im Raum hingen überall alte Gemälde. Kristina war so erleichtert, dass sie ganz weiche Knie bekam. Sie rannte zu ihrem Bruder. »Ich dachte schon, die Schlickleute hätten dich geholt!«, schalt sie ihn. »Warum schleichst du mitten in der Nacht weg?«

Er schniefte, und jetzt erst merkte sie, dass seine Wangen nass glänzten. Ohne ihr eine Antwort zu geben, hob er die Taschenlampe. Plötzlich brannten auch in ihren Augen Tränen und sie musste sich ebenfalls setzen.

Ihre Mutter lächelte auf sie herab, mit schief gelegtem

Kopf und offenem blonden Haar, genauso wie auf dem Hochzeitsfoto. Allerdings trug sie ein altertümliches, mit Perlen besticktes Kleid und hatte eine Art Gitarre in den Händen.

»Es ist nur ein olles Gemälde«, sagte Jan enttäuscht. »Die Frau auf dem Bild sieht nur so ähnlich aus wie sie. Und ich dachte …«

Zum ersten Mal begriff Kristina, was er sich so brennend erhofft hatte. Alles bekam einen neuen Sinn: sein Geistertick, seine ständigen Versuche, Fotos von Gespenstern zu machen, und seine Behauptung, dass manche Toten einfach weiter auf der Erde blieben. Er hatte tatsächlich gehofft, dem Geist seiner Mutter zu begegnen. Wie enttäuscht musste er jetzt sein?

Aber das Verrückte war, dass wider jede Vernunft auch in Kristina die Sehnsucht nach ihrer Mutter so jäh aufblühte, dass es richtig wehtat. Sie rückte an Jan heran und legte ihm den Arm um die Schulter. Sie musste schwer schlucken. »Ich vermisse sie doch auch.«

Jan wäre nicht Jan gewesen, wenn er jetzt nicht zornig geworden wäre.

»Du hast sie wenigstens gekannt«, erboste er sich. »Und sie ist ja nicht deinetwegen tot.«

»Was meinst du damit?«

Jan schniefte. »Na, was wohl? Wenn es mich nicht gäbe, wäre sie noch am Leben und Papa nicht so traurig.«

Kristina vergaß auf einen Schlag ihren eigenen Kummer. »Was ist das denn für ein Unsinn?«, rief sie so laut aus, dass ihre Stimme als Echo im Raum widerhallte. »Wer hat dir das eingeredet?«

»Ein Mädchen aus meiner Klasse hat gesagt, ihr wärt sicher froh, wenn es mich nicht gäbe.«

»Und du hörst auf so eine blöde Ziege? Das ist doch völliger Blödsinn, Jan. Papa und ich sind froh, dass es dich gibt! Und Mama war es auch.«

Jans Schultern entspannten sich immerhin ein wenig.

»Warum können wir in Venedig Geister sehen und zu Hause nicht?«, fragte er kläglich.

»Weil Mama kein Geist ist. Sie wurde nicht verzaubert wie die Donnole und ist kein Spiegelbild der Vergangenheit wie die Gespenster, die unten tanzen. Sie … kommt nicht wieder, Jan.«

Jan sprang auf. »Toll, das weiß ich jetzt auch«, schrie er voller Jähzorn und Kummer und rannte davon. Kristina blieb im Mondlicht vor dem Bild zurück. Und als sie mit schwerem Herzen aufstand, kam es ihr so vor, als würde auch sie sich erst jetzt richtig von ihrer Mutter verabschieden.

Luca wartete schon vor dem Hotel. »Jan ist gerade an mir vorbei ins Haus gesaust, als hätte er ein Gespenst gesehen«, sagte er verwundert.

Tja, wenn's doch so wäre, dachte Kristina niedergeschlagen. Sie wischte sich rasch mit dem Ärmel über die nassen Wangen und straffte die Schultern. »Komm rein, ich hole die Karte.«

Sie klopfte zaghaft, bevor sie ins Dogenzimmer trat, aber Jan hatte sich in seine Kissen vergraben und tat so, als würde er schlafen. Kristina verstand nur zu gut, dass er allein sein wollte.

»Wir sind bald zurück«, flüsterte sie und schlich zurück ins Foyer. Luca saß schon auf der dreizehnten Stufe und Kristina nahm neben ihm Platz.

»Jan kommt nicht mit?«

Kristina schüttelte den Kopf. »Mit welchem Weg fangen wir an? Es gibt zwei Schlangen, die eine 14 auf der Stirn haben.«

Luca sah sie zwar von der Seite fragend an, aber er merkte wohl, dass sie nicht über Jan sprechen mochte.

»Ich wollte vorher lieber noch einmal zur Insel«, sagte er. »Wie hast du es geschafft, genau dorthin zu kommen? Von der dreizehnten Stufe führen ja viele Wege weg.«

Kristina zückte die Kreide, nahm die Plastikhülle mit der Karte und hielt sie genau so, wie sie gestern in ihrer Hand gelegen hatte. »Mein Daumen deutete genau auf den Schlangenkopf der Insel. Vielleicht funktioniert es so?«

Luca stand auf und nahm ihre Hand. »Versuchen wir es!«

Es gelang so schnell und mühelos, dass Kristina nicht einmal Zeit hatte, die Augen zu schließen. Sie sah nur ein kurzes Aufblitzen und fühlte ein kleines, heißes Erschrecken im Bauch, als wäre sie gestolpert, dann befand sie sich schon unter freiem Himmel, Lucas Hand immer noch fest umklammernd.

Ohne Regen und Sturm war Fortunatos Insel ein kleines malerisches Paradies. Kristina musste stehen bleiben und die Schönheit der Meeresnacht bewundern, aber Luca ging bereits mit langen Schritten in Richtung der kleinen Kirche davon, ohne sich umzusehen.

Dort war noch alles so, wie sie es verlassen hatten.

»Was suchst du?«, fragte Kristina leise. Luca ließ den Strahl der Taschenlampe im Raum herumwandern. »Irgendeinen Hinweis, was Violetta hier zu suchen hatte. Der Geheimgang muss doch aus einem bestimmten Grund genau auf diese Insel geführt haben.«

Aber im Kirchenraum fanden sie nicht den kleinsten Anhaltspunkt. Schließlich gingen sie nach draußen und umrundeten die kleine Insel. Es platschte verdächtig im Wasser und Kristina schielte ständig nervös ans Ufer. Aus irgendeinem Grund spielten sich in ihrem Kopf ständig Filmszenen wie in einem Horrorfilm ab – dunkle, schlammige Gestalten, die ihnen den Rückweg zum Tor abschnitten, zum Beispiel. Oder die Szene, wie das Wasser sich aufbäumte und plötzlich Zähne bekam.

Luca hatte ihre Gedanken wohl erraten. »Hast du das Ungeheuer schon gesichtet?«

»Hör auf, mir Angst einzujagen!«, zischte Kristina. Aber ihr Freund lachte nur leise.

»Stadtkind«, sagte er spöttisch. Kristina wurde erst jetzt richtig bewusst, dass Luca einer sehr alten Fischerfamilie entstammte. Wahrscheinlich fühlte er sich auf solchen Inseln am Wasser so sehr zu Hause wie sie sich in einer Wohnung. Jedenfalls hatte er deutlich weniger Bammel beim Anblick von unergründlichen schwarzen Wassern.

»Luca?«

»Hm?«

»Hast du schon mal was von den Aquanen gehört?«

»Logisch. Glaubst du, wir sehen heute welche? An diesen magischen geheimen Plätzen scheint ja alles möglich zu sein.«

Kristina leckte sich nervös über die Lippen. »Vielleicht sehen wir sie schon jeden Tag, ohne es zu wissen.«

»Hm, lass mich raten: unsere nette Nachbarin, die jeden Tag am Fenster hängt und den Leuten das Ohr abkaut?«

»Mach dich nicht darüber lustig! Könnte es sein, dass Violetta eine Aquana war? Immerhin kannte sie einen Fischer – deinen Vorfahren.«

Luca lachte. »Na, wenn das reicht, um eine Wasserfrau zu sein, dann ist Venedig voll von ihnen.«

»Ich meine Sara!«, platzte Kristina heraus.

Endlich verging Luca das Feixen. »Was? Wie kommst du denn darauf?«

»Immer wenn eine Aquana weint, überschwemmt das Hochwasser die Stadt. Das hat mein Vater mir erzählt. Ich weiß, es ist nur ein Märchen, aber überleg doch mal: Als das Wasser vor zwölf Jahren den Innenhof überschwemmte, hatte Sara zuvor geweint. Und vor ein paar Tagen stand sie am Kanal und weinte auch, aus Liebeskummer. Ich habe selbst gesehen, wie schnell das Wasser gestiegen ist. Gestern hat sie geschrien und eine Riesenwelle hat den Dogen erfasst. Es sah fast so aus, als ... hätte sie das Wasser zu Hilfe gerufen.«

Luca war stehen geblieben. Das Mondlicht hatte alle Farbe aus seinem Gesicht gestohlen, nur die Augäpfel glänzten bläulich, als sei er ebenfalls ein Geist. »Hm, wir haben uns ja noch über die Welle gewundert.«

Kristina nickte eifrig. »Eben. Und seit gestern hat sie eine weiße Strähne im Haar. Violettas Haar ist in der Nacht, als sie starb, weiß geworden, fast so, als würde es ihr die Kraft rauben, wenn sie ihre Magie einsetzt.«

»Dann hätte es sie damals sehr viel Kraft gekostet, den Dogen ins Wasser zu bannen.«

Zu viel?, dachte Kristina. Sie räusperte sich und fuhr fort: »Im Märchen lernt die Wasserfrau den Fischer kennen und macht ihn reich. Und Violetta hat Fortunato gekannt und sogar mit ihm getanzt.«

»Violetta hat Fortunato aber arm gemacht, nicht reich«, erwiderte Luca verärgert. »Und uns dazu. Wir werden ewig unglücklich sein, wenn ich nicht herausfinde, wie ich Violettas Fluch aufheben kann.«

Es klang fast wie ein Vorwurf an Kristina. Und sie wusste nicht, warum, aber diesmal regte sich in ihr Widerspruch.

»Ihr habt kein Glück – aber ihr seid nicht unglücklich«, sagte sie. »Das ist etwas völlig anderes.«

»Du erzählst mir, was Unglück ist?«, fuhr Luca sie an. »Du bist eine Vianello und lebst in einem Palazzo – du hast doch keine Ahnung, wie es ist, arm zu sein!«

»Erstens haben wir in Deutschland keinen Palazzo – wir sind vielleicht nicht arm, aber unser Vater reist sogar bis nach Afrika, um Arbeit zu haben. Und wenn einer herumheulen könnte, dass er unglücklich ist, dann wäre das Jan. Du kannst dich nämlich glücklich schätzen, und zwar, weil du deine Familie hast! Niemand ist gestorben, niemand ist krank, und ihr haltet immer zusammen. Meine Mutter ist tot, mein Vater hat seitdem kaum mehr gelacht und Jan gibt sich die Schuld daran.« Sie musste Luft holen, so sehr hatte sie sich in Rage geredet. »Vielleicht hat Violetta euch tatsächlich verflucht und euch Pech beschert – aber alles konnte sie euch nicht nehmen.«

Luca erwiderte nichts, er stand nur da und starrte auf das Wasser hinaus zu den fernen Lichtern der Insel Burano. Nicht weit vom Ufer der Fortunato-Insel spiegelte sich der fast noch volle Mond auf dem schwarzen Wasser, das heute so glatt wie ein Seidentuch war. Komisch nur, dass das Spiegelbild des Mondes bei genauerer Betrachtung *unter* Wasser zu liegen schien. Und noch komischer, dass es sogar zwei Spiegelbilder waren, etwa fünf Meter voneinander entfernt. Kristina musste bei dem gelblichen Leuchten an Laternen auf Sankt-Martin-Umzügen denken. Allerdings würde keine Laterne der Welt so tief unter Wasser brennen.

»Siehst du das auch?«, fragte sie leise.

»Ja.« Luca klang überhaupt nicht mehr selbstsicher.

Das Leuchten erlosch und ging wieder an, als würde etwas … blinzeln? Luca schnappte nach Luft. »Das sind Augen! Das Ding beobachtet uns aus dem Wasser heraus!« Wie als Antwort durchschnitt etwas Spitzes wie eine knochige Messerschneide die Wasseroberfläche und tauchte wieder ab.

»Weg hier!« Luca packte Kristinas Handgelenk und riss sie mit sich.

Sie stolperten über Buschwerk und stießen sich die Zehen an Steinen, aber sie jagten weiter, als wäre der Doge persönlich hinter ihnen her. Mit Seitenstechen und nach Luft schnappend erreichten sie endlich die Stelle, an der sich das Portal befand. Kristina warf über die Schulter einen letzten Blick zurück, in der bangen Erwartung, gleich etwas noch viel Schrecklicheres als Schlickleute auf sich zukriechen zu sehen. Etwas mit Krokodilszähnen. Aber nichts folgte ihnen, das Wasser war wieder ein Spiegel für die Sterne. Hastig wandte sie sich um – und prallte gleichzeitig mit Luca so heftig zurück, dass sie beide ausrutschten und rücklings im Gras landeten.

Zwei Gestalten liefen auf sie zu, ohne sie zu bemerken. Das Wasser schimmerte durch ihre flimmernden Schemen, die sanft wie das Mondlicht leuchteten. Ihr Lachen klang wie ein fernes Echo. Es war ein Mann, der wie die jüngere Ausgabe von Lucas Vater wirkte – oder wie Luca, der er in ein paar Jahren sein würde. Hochgewachsen, mit einem schmalen Gesicht und dem leicht schiefen, verschmitzten Lächeln. Der Mann hier war barfuß und hatte altertümliche Hosen an, die ihm bis zum Knie reichten – ähnlich wie Donnos. Sein schulterlanges Haar flatterte in einem Wind aus vergangener Zeit. Eine zierliche Frau mit dunklen Locken war an seiner Seite. Sie trug ein langes, einfaches Kleid und eine Muschelkette um den Hals. Kristina wagte sich nicht zu rühren, aus Angst, das Bild zu verscheuchen. Die Frau dort war Sara – und doch nicht Sara. Violetta hatte schmalere Lippen und höhere Wangenknochen. Das Paar rannte lachend noch ein paar Schritte, dann schlang die Frau die Arme um Fortunatos Hals und küsste den Fischer.

Eine ganze Weile nach ihrer Rückkehr saßen sie, nach Luft schnappend, auf der Treppe des Hotels, noch völlig außer Atem von der Flucht vor dem Ding in der Tiefe. Und mindestens ebenso atemlos von dem, was sie eben gesehen hatten.

»Ich fasse es nicht«, stieß Luca dann hervor. »Sie hat Fortunato gar nicht gehasst. Violetta und er haben sich heimlich auf der Insel getroffen! Wahrscheinlich hat sie den Gang nur aus diesem Grund geschaffen.«

Kristina nickte und rieb sich die Arme. »Und das Ding im Wasser? Glaubst du, der Doge ist immer noch da und hat …«

Luca schüttelte entschieden den Kopf. »Nein. Donno hat doch gesagt, dass er ohne die Gondel erledigt ist.« Es war beruhigend, dass Luca so überzeugt klang.

»Glaubst du, es war der Makaro?«, flüsterte Kristina.

Luca fröstelte sichtlich. »Keine Ahnung. Aber in Zukunft hören wir auf die Donnole und halten uns an den geheimen Orten vom Wasser fern.«

Er wollte aufstehen, aber Kristina hielt ihn zurück. »He, Luca! Wir suchen weiter! Jetzt wissen wir doch schon viel mehr über Violetta und Fortunato.«

Luca holte tief Luft und nickte. »Gut«, sagte er heiser. Und Kristina konnte nur ahnen, wie viel Überwindung es ihn kostete, hinzuzufügen: »Vielleicht hast du recht. Es gibt viele Arten von Unglück. Und die schlimmste hat die Pezzis nicht getroffen.«

SCHWARZE WASSER

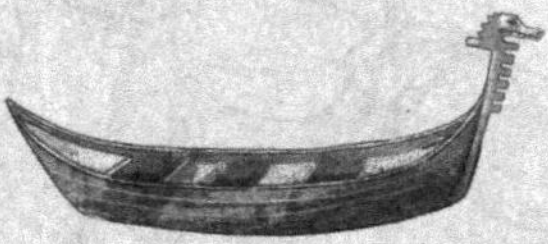

So viele Stunden hatte er sich tief im Schlamm der Lagune verborgen, nur von Zeit zu Zeit ein Stück weiter kriechend, um dann wieder lange zu verharren, bebend vor Zorn und sich an dem bisschen Kraft labend, das er durch die Berührung IHR geraubt hatte. Seine Sklaven hatten ihm den Dolch in den Rücken gestoßen und SIE hatte ihm die Gondel genommen. Aber noch war er hier, noch hatte das Böse ihn nicht entdeckt, zu gut verbarg er sich und lauschte auf jede Welle.

Tag und Nacht nahm er nur als Wechsel zwischen Dunkel und Hell wahr. Und manchmal duckte er sich, wenn knochige Schuppen seine Hand streiften oder Schlickleute tastend an seiner Maske zerrten. Doch in dieser Nacht war es anders als sonst. Sogar im Wasser spürte er die Erschütterung. Lichter explodierten über ihm, und er konnte spüren, wie die Eichenpfähle, auf denen die Häuser am

Kanal gebaut waren, bis in die Grundfesten mitschwangen. Der Dunkle drehte sich auf den Rücken. Über ihm waberte die schimmernde Quecksilberhaut der Wasseroberfläche. Die Unterseiten der Boote ähnelten trägen schwarzen Walen und wie ferne Traumbilder erblühten dort oben leuchtende farbige Lichter. Ein Boot trieb genau über ihm, keine Gondel, sondern ein kleineres Gefährt. Ein langer Riemen streckte sich weit nach unten, um sich am Grund abzustoßen. Es war gefährlich für ihn, aber er musste es wagen und die Zeit nutzen, in der er unbeobachtet war. Der Dunkle erhob sich am Grund des Canal Grande und ergriff den Riemen. Der Kometenschweif einer Schlammwolke folgte ihm, während er sich Hand über Hand am Holz hochzog und nach dem glänzenden Rand des Boots griff. Der Mann, der eben noch irritiert versucht hatte, den Riemen wieder aus dem Wasser zu ziehen, verlor das Gleichgewicht, als das Holz plötzlich wieder frei war, und wäre fast gestürzt. Er war alt, trug dicke Kleidung und eine wollene Mütze wie ein Fischer. Als er den Dunklen erblickte, der sich an seinem Boot festklammerte wie ein Schiffbrüchiger an einer Planke, stieß er einen Schrei aus und stürzte zu ihm. »Heilige Maria, sind Sie in den Kanal gefallen, Signore?«

Der Dunkle gab keine Antwort, er nickte nur und kroch weiter auf das Boot. Lichtkränze zerstoben über ihm am

Himmel in bunten Sternenregen, es krachte und knallte und irgendwo erklang Musik.

»Das traditionelle Neujahrsbad findet doch auf dem Lido statt«, plapperte der Mann weiter. »Und warum sind Sie denn maskiert? Üben Sie schon für den Karneval?« Er lachte rau und gutmütig über seinen eigenen Scherz. »Kommen Sie, ich helfe Ihnen!« Der Mann packte mit seinen Fäustlingen zu und zog den Dunklen ins Boot. Dann stolperte er zurück. Ein Eishauch drang aus seinem Mund. Er begann, mit den Zähnen zu klappern. »Sie sind ja kalt wie ein Toter, Signore!«, murmelte er benommen. »Ich bringe Sie zum Krankenhaus.«

Der Dunkle richtete sich auf und nahm ohne Hast seine Maske ab. »Das«, sagte er leise, »glaube ich nicht.«

LAQUA

DIE ERSTEN GÄSTE trafen gleich nach Silvester ein. Cesare und Sara erwarteten sie in neuen Hoteluniformen an der Rezeption. Sara versuchte vergeblich, sich nicht anmerken zu lassen, wie aufgeregt sie war. Sie verhaspelte sich und ständig fiel ihr etwas herunter. Es wurde nicht besser dadurch, dass Nonna alle zwanzig Minuten anrief. »Ja, das Hotel steht immer noch«, antwortete Sara jedes Mal ungeduldig. Die alte Dame hatte sich nur widerwillig damit abgefunden, dass ihre Enkelin das Hotel führte und die Kinder immer noch da waren. Und sooft Kristina sie auch besuchte und ihr versicherte, dass ihnen nichts geschehen würde, Nonna war da ganz anderer Meinung. Als Cesare sich verplapperte und erzählte, dass Luca und Pippa inzwischen fast zum Inventar des Hotels gehörten, war es mit Nonnas Seelenfrieden endgültig vorbei. »Pezzis in meinem Haus!«, regte sie sich auf. »Dann hättet ihr es lieber verkaufen sollen.«

Kristina hütete sich zu erwähnen, dass sie und Jan inzwischen auch bei den Pezzis ein und aus gingen. Lucas Mutter hatte sie mit offenen Armen empfangen. Sie war eine kleine Frau mit sanftem Gesicht, das immer ein wenig müde aussah. Schon bei ihrem ersten Besuch hatte sie Jan besonders ins Herz geschlossen, und sie lachte viel mit ihm, auch wenn es für die Pezzis immer weniger zu lachen gab. Die Suche nach einer neuen Wohnung war erfolglos gewesen. Innerhalb von einer Woche versagte der Boiler, und eine Banküberweisung ging aus unerfindlichen Gründen verloren, weshalb den Pezzis plötzlich der Strom abgestellt wurde, und obwohl es keinen Grund dafür gab, fielen die Schindeln vom Dach, und es regnete ins Dachgeschoss. »Das war eben wieder mal Pech«, sagte Lucas Mutter nur ergeben und seufzte. Aber Kristina kam es so vor, als würde sie in diesen Tagen die unsichtbaren Verbindungen sehen, die sich weit über die Jahrhunderte spannten. Unauffällig beobachteten Jan und sie Tante Sara. Und jetzt, da sie wussten, wonach sie Ausschau halten mussten, fielen ihnen erstaunliche Dinge auf: Wenn Sara am Kanal entlangging, strebten kleine Wellen wie zufällig in ihre Richtung. Unter den Brücken, auf denen sie stand, sammelten sich silbrige Fische. War sie zornig, erhob sich oft ein Wind und kräuselte das Wasser, und war sie gut gelaunt, verwandelte es sich in einen glatten Spiegel. Und nicht zuletzt bekamen die Fotos, die Sara den Kindern früher von ihren Expeditionen zu den Walen geschickt hatte, im Rückblick eine ganz neue Bedeutung: Sara in einem Boot im Wasser, so glücklich lachend, als wäre sie in ihrem Element.

Luca jobbte mehr als je zuvor, um die letzten Ferientage auszunutzen, bevor die Schule wieder anfing. Kristina und Jan, die im Hotel helfen mussten, bekamen zum ersten Mal eine Ahnung davon, was es hieß, wirklich zu arbeiten, um eine Familie über Wasser zu halten. Jan sprach nicht mehr über Geister, er zog jetzt häufig am Abend mit Pippa und den Donnole alleine los. Er und Pippa liebten es, auf langen Museumsfluren Skateboard zu fahren. Und oft leistete Donno ihnen dabei Gesellschaft.

Für Kristina gab es ein ziemlich müdes Leben am Tag mit viel Gähnen am Frühstückstisch und viel Rennerei im Familienhotel. Doch kaum war es im Palazzo dunkel und ruhig geworden, begannen Nächte voller Magie in einem ganz anderen Venedig. Sie und Luca wagten sich nachts nicht mehr auf die Insel und hielten sich von den unergründlichen schwarzen Fluten fern. Stattdessen erkundeten sie andere Gänge, sie wanderten in leere Paläste und durch Museen, in denen die Vergangenheit so lebendig war, dass Kristina manchmal nicht mehr wusste, was eine Spiegelung und was Wirklichkeit war. Wie besessen folgten sie Violettas Spuren. Manchmal erhaschten sie einen Blick auf sie in einer Menschenmenge, in einem Palazzo, wo sie mit schattenhaften Würdenträgern sprach – oder an der Mole, bei den Fischerbooten.

Mehr als einmal entdeckten sie auch Fortunato. Der lachende, fröhliche Mann scherzte am Hafen mit den anderen Fischern und einmal schlüpfte er nachts durch ein Fenster – und eine Hand in einem lila Seidenhandschuh streckte sich ihm entgegen. Über den Fluch fanden sie allerdings nichts heraus und Luca wurde von Tag zu Tag mürrischer und verzweifelter.

»Ihr werdet nie darauf kommen, was Marco über den *ferro* herausgefunden hat«, sagte Sara eines Morgens, als Kristina todmüde von einer langen Nacht auf Violettas Spuren ihren Kakao schlürfte. »Ratet mal, für wen die Gondel damals gemacht wurde – die Familie Dandolo. Genauer gesagt für unsere Violetta.« Jan verschluckte sich am Kakao und hustete. »Die Gondel hat ihr gehört? Nicht dem Dogen? Aber wie kam er dann zu dem Gefährt?«

»Keine Ahnung. Aber ich hätte fast ein altes Familienerbstück weggeworfen. Verrückt, nicht wahr? Gerade begutachten noch ein paar Experten im Museum für Stadtgeschichte den *ferro*. Aber heute Nachmittag bringt Marco ihn zurück.« Sie stand auf. »So, und jetzt an die Arbeit. Ich habe euch einen Einkaufszettel geschrieben: Geht zum Gemüseboot und besorgt alles für das Frühstücksbuffet, wir brauchen frische Tomaten, Obst und

Eier. Wenn ihr Lust habt, schaut euch die *Befana*-Regatta auf dem Kanal an. Cesare ist ja so stolz darauf, sich als Hexe verkleidet in das Rennen zu stürzen.« Sie rollte mit den Augen. »Seit Tagen redet er von nichts anderem.«

Jan musste kichern. »Kommst du mit zur Regatta?«

Sara schüttelte den Kopf. »Einer muss an der Rezeption bleiben, bis Cesare wieder da ist. Und heute Nachmittag stehen wieder mal Behördengänge an. Die Bürokratie wegen der Anmeldung unseres Wohnsitzes und die ganzen Formulare, damit ihr hier zur Schule gehen könnt, machen mehr Arbeit als das Hotel.«

»Fedele hat dir doch angeboten, dass er sich darum kümmert«, sagte Kristina. Ein Blitz aus Saras Augen traf sie. Beinahe hätte Kristina losgelacht, aber das war bei Tante Sara eine schlechte Idee. Zumindest wenn es um Fedele ging. Er war in den letzten Tagen oft wie zufällig vorbeigekommen und hatte mit Cesare einen Kaffee getrunken, in der Hoffnung, dass Sara mit ihm sprechen würde.

»'tschuldigung«, lenkte sie ein. »Aber du musst zugeben, er gibt sich ziemlich viel Mühe, findest du nicht?«

»Hast du schon ein Karnevalskostüm für euren Tanz?«, ergänzte Jan mit einem unschuldigen Lächeln. Sara bekam sofort Lavaflecken auf den Wangen.

»Nein, und ich werde mir auch keines kaufen«, schnappte sie. »Und wenn ihr so verliebt in Fedele seid, dann geht doch mit ihm tanzen!«

Mühsam beherrschten sich Jan und Kristina, bis ihre Tante aus der Küche gerauscht war, dann erst kicherten sie los. In diesem Moment surrte Jans Handy. »Eine SMS von Luca! Er schreibt: Agent Pezzi hat den geheimen Code der Dogaressa geknackt!«

Natürlich machten sie vor der Einkaufstour noch einen Abstecher zu den Pezzis. Luca hatte offenbar überhaupt nicht geschlafen. Mit tiefen Ringen unter den Augen saß er in der Küche, aber als Kristina und Jan reinkamen, begann er zu strahlen und hob triumphierend ein über und über bekritzeltes Blatt hoch.

»Du hast das Rezept entschlüsselt?«, rief Jan.

Luca gähnte und nickte. »Wenn man es weiß, ist es gar nicht so schwer: Violetta hat jeden Buchstaben um drei Stellen im Alphabet versetzt, aber statt der Vokale hat sie Zahlen genommen und die Zahlen steigen fortlaufend an. Und wir hatten recht – es ist ein Rezept für Theriak.« Er schob eine lange Liste über den Tisch. »Allerdings sind ein paar Zutaten dabei, von denen ich keine Ahnung habe, was das sein soll.«

»Angelikawurzel«, las Kristina vor. »Ein Teil Weinstein, zwei Teile grüner Kardamom, ein Teil Myrrhe, 13 Kerne vom Granatapfel … und *13 Tränen der Aquana*?« Sie hob den Kopf. »Wie soll das denn gehen?«

»Na, wir bringen Sara zum Weinen«, schlug Jan allen Ernstes vor.

»Ich nehme an, es ist eine Bezeichnung, die für etwas ganz anderes steht«, meinte Luca. »So wie Pulver aus dem Horn des Einhorns. Das ist, wie wir wissen, der Elfenbeinzahn eines Narwals.« Nachdenklich kaute er auf seiner Unterlippe herum. »Vielleicht können uns die Donnole weiterhelfen.«

Mit den vollen Einkaufstüten wanderten Kristina und Jan nach dem Besuch beim Gemüseboot zur Rialto-Brücke. Gerade rechtzeitig, um das Ende der Regatta mitzukriegen. Zuschauer drängten sich am Wasser, klatschten und feuerten johlend die fünf kleinen Boote an, die sich gerade den Endspurt lieferten. Fünf alte Männer, alle mit Röcken und schwarzen Schals als Hexe »Befana« verkleidet, ruderten in ihren kleinen *Mascarete*-Booten um die Wette. Das war nicht so einfach, weil die winzigen Boote nur ein Ruder hatten. In jedem Boot steckte vorne ein Hexenbesen, geschmückt mit roten Bändern. In der Menge entdeckte Kristina auch einige der Donnole. Sie winkten ihr zu und das Mädchen namens Maria huschte zu ihr. »Kommt ihr heute Nacht in die Ca' d'Oro?«, fragte sie. »Wir haben etwas für euch!«

Jan sagte natürlich nichts, aber Kristina war klar, dass

keine zehn Pferde ihn je wieder in dieses Museum bringen würden. »Ich bin dabei«, sagte sie zu dem Mädchen. Sie hoffte, niemand würde bemerken, dass sie mit der Luft sprach. Maria lachte, dann kletterte sie an der Fassade eines Hauses hoch bis zu einem goldenen Kopf, der in Sichtweite der Rialto-Brücke über einer Tür aufgehängt war. Dort verschwand sie in einem offenen Fenster.

Cesare war im dritten Boot, und obwohl er das Rennen nicht gewann, stieg er in bester Laune an Land. »Ah, meine Fans!«, rief er Kristina und Jan zu und verbeugte sich, als sie ihm applaudierten. »Brav, Kinder, dafür steckt euch eure Befana Schokolade in die Stiefel.«

Zu dritt kehrten sie zum Hotel zurück – und wären dort beinahe über ein dickes Kabel gestolpert. Das Foyer war taghell ausgeleuchtet, weiße Reflektorschirme waren um Sara aufgestellt. Sie trug rosenfarbenen Lippenstift, saß auf einem Sessel und hatte den *ferro* vor sich auf dem Boden aufgestützt. Ein Fotograf mit schulterlangem, weißblond gefärbtem Haar sprang um sie herum. Eine junge rothaarige Frau mit einem Diktiergerät und einem Schreibblock machte sich gerade Notizen. Und an der Rezeption standen Lucas Vater und Pippa und beobachteten das Geschehen. Als Kristina und die anderen eintraten, hob Sara die Hand.

»Pause!«, rief sie und sprang auf. »Hallo, Kinder! Nicht wundern, das ist der Fotograf der Zeitung *Il Gaz-*

zettino. Sie möchten einen Bericht über die Gondel bringen – und über Violetta.«

»Vor allem aber über die neue junge Chefin des Palazzo Dandolo«, berichtigte der Fotograf mit einem freundlichen Lachen. »Es hat sich schon herumgesprochen und unsere Leser sind neugierig.«

Sara strich sich ein wenig verlegen eine Locke hinter das Ohr. »Lassen Sie das mit der neuen Chefin nicht meine Nonna hören!«

»Gibt es noch ein Bild von Ihrer Urahnin?«, wollte der Fotograf wissen. »Familienerbstücke? Schmuck? Irgendetwas, was sich auf einem Foto gut machen könnte?«

»Wir haben tatsächlich ein Bild von Violetta«, sagte Jan sofort. »Und sogar ein Kleid!«

Sara warf ihm einen warnenden Blick zu, der zu spät kam. Der Fotograf war begeistert. »Wunderbar! Wir fotografieren sie nebeneinander – die neue und die alte Herrin dieses Hauses.«

»Na gut, ich hole die Sachen.« Sara war ganz offensichtlich nur froh, kurz verschwinden zu können. »Marco? Pippa? Helft ihr mir?«

Pippa folgte ihr natürlich sofort, denn wenn sie die Wahl hatte zwischen einem ganzen Fernsehteam und Sara, war Sara immer noch interessanter für sie.

Cesare übernahm in voller Hexenverkleidung die Rezeption und Kristina und Jan brachten das Gemüse in die Küche und rannten dann auch nach oben.

Sie trafen einen entsetzten Marco Pezzi an. »Sara, du kannst doch das kostbare Gewand nicht einfach in eine Truhe stopfen wie einen alten Kartoffelsack!«, rief er aus. Eine große Holztruhe stand halb offen und Stoff quoll heraus. Typisch Sara. Sie hatte Violettas Kleid aus dem Schrank in Nummer vierzehn geholt und einfach hier versenkt. Lucas Vater legte seine Hand so behutsam auf den Stoff, als wäre es hauchfeines Glas. Kristina mochte die Art, wie Marco Pezzi Antiquitäten liebte und achtete. Für die Leute von der Zeitung waren Dinge wie die antike Gondel nur eine Sensation und eine Schlagzeile, für Signor Pezzi dagegen lebendige Geschichte. Es staubte, als er das Kleid hochhob und behutsam über den Arm legte. Kristina nahm mit Jan zusammen Violettas Porträt. Gemeinsam trugen sie beides ins Foyer. Der Fotograf kam aus den Begeisterungsrufen gar nicht mehr heraus. »Können Sie das Kleid nicht anziehen?«, schlug er vor.

Marco Pezzi sah so aus, als würde er gleich einen Schwächeanfall erleiden.

»Auf keinen Fall!«, rief er entsetzt aus.

»Wir legen es über einen Stuhl«, schlug Sara vor. Kurze Zeit später thronte sie inmitten der Kostbarkeiten und auch Cesare wurde in seinem Hexenkostüm vor die Kamera gezerrt. Danach begann die rothaarige Reporterin mit den Fragen, während die anderen die Kostbarkeiten in das Büro hinter der Rezeption bugsierten, damit die Gäste nicht darüberstolperten.

»Euer Palazzo ist wirklich eine Schatzkammer«, sagte Lucas Vater. Er beugte sich über die Stickereien und blies etwas Staub von den Perlen am Ausschnitt. Sie waren immer noch unter einer dicken Kruste verborgen, aber als Marco ganz behutsam an einer von ihnen rieb, kam kein Perlmutt zum Vorschein, sondern kristallklares Glas.

»Na, da hol mich doch die Hexe«, sagte Cesare. »Und ich dachte, die gäbe es schon lange nicht mehr!«

»Was? Was?«, rief Pippa.

Marcos Augen schienen hinter seiner Brille aufzuleuchten. »Kostbare *Laqua*-Perlen«, erklärte er andächtig. »Doch, es gibt noch ein paar, im Museum von Verona.«

Cesare konnte es immer noch nicht fassen. »Mein Großvater hat mir einmal von ihnen erzählt. Ein legendärer Glasmacher hat sie geschaffen, Tiorato hieß er. Die Legende sagt, er hat dem Teufel seine Seele verkauft, um solche Kunstwerke herstellen zu können. Er wurde angeblich der Hexerei bezichtigt – und er muss wirklich ein Hexer gewesen sein, denn eigentlich ist das, was er machte, nicht möglich. Zumindest würden heute noch die Glasbläser auf Murano einen Mord begehen, um herauszukriegen, wie er es angestellt hat. Schaut her.«

Er hob die Perle ein wenig gegen das Licht. Die Stickereien bedeckten sie halb wie die Fassung eines Ringes einen Edelstein, aber man konnte gut erkennen, dass die Lichtbrechung eine seltsame wellenartige Bewegung in der Perle hervorrief.

»Ist da Wasser drin?«, staunte Jan.

Cesare nickte. »So heißt es. Die *Laqua*-Technik. Irgendwie ist es Tiorato gelungen, Salzwasser im Glas einzuschließen, in so dünnen Schichten, dass es aussieht, als würden Wellen darin glitzern.«

»Drei Perlen fehlen, die sind wohl rausgefallen«, sagte Kristina. »Wenn sie so wertvoll sind, suche ich noch mal unten im Schrank.«

»Solche habe ich schon mal gesehen.« Pippa gähnte gelangweilt.

»Nein, hast du nicht«, sagte Marco Pezzi hastig. »Vielleicht waren es so ähnliche in irgendeinem Souvenirladen. Viele Glasmacher versuchen bis heute, den Wassereffekt zu imitieren.«

Kristina stutzte. War Lucas Vater nicht ein wenig nervös geworden? Er wich ihrem prüfenden Blick aus und sah auf seine Uhr. »Ich muss zur Arbeit, solange ich sie noch habe. Los, Pippa, ich bringe dich zu Luca nach Hause! Bis dann, Kinder!«

»Meinst du echt, Tiorato hat gezaubert?«, wollte Jan wissen.

Cesare nickte. »Aber ja!«

»Du glaubst doch gar nicht an so was.«

Der Wirt zuckte ertappt zusammen. »Wer sagt das?«

»Du selbst! Du hast uns ja auch ausgelacht, als wir dich nach Geistern gefragt haben«, erboste sich Jan.

»Und warum wohl?«, erwiderte Cesare. »Weil eure

Nonna mir bei Todesstrafe verboten hat, euch auf solche Ideen zu bringen. Aber psst!« Er zwinkerte den Kindern zu. »Dabei wissen wir doch ganz genau, dass Venedig voller Magie ist.«

Im Foyer packte die Reporterin gerade ihr Tonbandgerät wieder ein.

»Und, in welchem Kostüm gehen Sie zum Karneval?«, fragte sie Sara beiläufig. »Als Schäferin? *Principessa?* Oder haben Sie ein Fantasiekostüm?«

»Wie kommen Sie darauf, dass ich auf den Karneval gehe?«, konterte Sara.

Die Reporterin lächelte fein. »Ich habe aus zuverlässiger Quelle gehört, Sie sind zum Tanz verabredet.«

»Dann richten Sie Fedele einen schönen Gruß aus«, erwiderte Sara frostig. »Sind Sie eine Freundin von ihm?«

»Nur seine Schwägerin«, erwiderte die Journalistin mit einem leisen Lachen. »Venedig ist klein. Und er erzählt so begeistert von Ihnen, dass ich Sie unbedingt kennenlernen wollte.«

Darauf fiel Sara ausnahmsweise gar nichts ein. Aber Kristina entging nicht, dass sie tatsächlich ein bisschen rot wurde. Und heute waren es keine Lavaflecken.

GLASAFFEN

Die Donnole erwarteten sie bereits ungeduldig. Kaum kamen Luca und Kristina in dieser Nacht im schimmernden Mosaiksaal der *Ca' d'Oro* an, waren sie schon von den Kindern umringt. Donno grinste wie eine Fledermaus.

»Macht die Augen zu«, forderte er sie auf. Luca und Kristina wechselten einen ratlosen Blick, dann zuckte Luca mit den Schultern und schloss die Augen. Sofort musste er wieder gähnen. »Macht schnell, sonst schlafe ich im Stehen ein.«

Kristina kostete es mehr Überwindung, die Lider zu schließen. Kleine eisige Hände stupsten sie in den Rücken, bis sie endlich nachgab und sich in Bewegung setzte.

»Nicht blinzeln«, raunte Donno hinter ihr.

Im nächsten Moment stieß sie mit der Nase gegen kaltes Eisengitter und zuckte zurück. »Jetzt darfst du schauen!« Kristina blinzelte und starrte direkt in eine schlammige Fratze. Mit einem Aufschrei sprang sie zurück. Die Donnole schütteten sich vor Lachen aus, dass ihre Echostimmen von den Wänden widerhallten.

»Sehr lustig«, knurrte Luca. »Und besten Dank. Ich wollte doch schon immer mal die Schlickleute knutschen.«

»Schaut doch genau hin!«, drängte Donno.

Das kostete Kristina allerdings einige Überwindung. Pranken aus Schlick und Algen lagen auf dem Gitter, als wären die Wesen aus dem *Canalezzo* Gefangene. Tanghaar glänzte nass im Licht eines blassen Halbmondes. Die Zähne der Wesen, die aus spitzen Holzsplittern und Steinen bestanden, waren gebleckt. Und dazwischen glänzte etwas Helles auf. Kristina musste sofort an Piraten denken, die ihre Messer zwischen die Zähne klemmten, um ein Schiff zu entern. »Cesares Besteck! Die Messer, die in den Kanal gefallen sind – und da ist auch meine Gabel!«

Donno nickte. »Ich habe doch gesagt, manche Dinge bekommen Beine. Wenn auch ziemlich hässliche, morastige. Jetzt müsst ihr nur noch schnell sein und euch die Sachen schnappen.«

»Na toll«, murmelte Luca. »Ein neues Spiel. Diesmal jagen wir Schlammmonstern Silbergabeln ab.«

Kristina zögerte noch voller Grausen, aber Luca preschte mutig vor. Blitzschnell, bevor die schlammigen Arme ihn greifen konnten, hatte er den Schlickleuten das Besteck aus den Mäulern gepflückt. Zähne klackten knapp neben seiner Hand in der Luft, Pranken hieben in die Luft, aber Luca hatte sich längst in Sicherheit gebracht. Dann setzte ein glitschiges, gurgelndes Geräusch ein. Enttäuscht heulten die Wesen auf und rüttelten an den Gittern.

Die Donnole kicherten wieder. »Wir haben ihnen gesagt, sie könnten euch damit anlocken. Sie haben sich schon auf ein frisches Abendessen gefreut!«

Luca schüttelte sich, als müsste er eine Gänsehaut loswerden. »Wuah! Mit bestem Gruß an Cesare«, sagte er und reichte Kristina das Besteck. Sie verstaute es sofort tief in ihrer Jacke, damit die Donnole sich vor dem Silber nicht zu fürchten brauchten.

»Was machen wir jetzt?«, fragte ein Junge. »Jagen wir Spiegelbilder?«

Kristina schüttelte den Kopf. »Erst habe ich ein paar Fragen.« Sie setzte sich auf eine Raute des Mosaikbodens und begann zu erzählen – von der Gondel, von dem magischen Glasmacher und den Perlen an Violettas Kleid.

»Es war also Violettas Gondel«, schloss sie nach einer Weile. »Aber wie kam der Doge dazu?«

Die Donnole zuckten mit den Schultern. »Sie hatte mehrere Gondeln«, erklärte ein kleines Mädchen mit einer piepsigen Echostimme. »Sie erzählte uns, sie hätten Zauberkräfte, sie sinken nicht, und wenn doch, dann taucht das Gefährt wieder auf. Als die große Flut bevorstand, hat sie uns damit die Angst genommen. Sie sagte, sie würde uns mit der Gondel in Sicherheit bringen, sobald wir gesund wären.«

»Vielleicht hat der Doge ihr die Gondel gestohlen?«, schlug Donno vor.

»Und was ist mit den Perlen?«, fragte Luca. Er war plötzlich sehr ernst geworden. »Tiorato hat sie gemacht.«

Die Donnole wandten gleichzeitig ihre Köpfe zu einem kleinen, dicklichen Jungen in ihrer Mitte. »Das weiß Franco, der Glasaffe, am besten!«

»Glasaffe?«

Der Kleine nickte. »Ich habe in einer Glasbläserwerkstatt in Murano gearbeitet – als Lehrjunge. Die Älteren nannten uns Glasaffen, wir mussten Wasser holen und die Öfen befeuern. Bis ich dann krank wurde.«

Kristina richtete sich gerade auf. »Dann kanntest du Tiorato?«

»Jeder kannte ihn«, erwiderte Franco. »Wir haben uns vor ihm gefürchtet. Er hat auch Glasdolche geschmiedet. Jeder wusste, dass sie zu Mordzwecken verwendet wurden. Der Glasdolch bricht ab, nachdem man ihn in den Körper gestoßen hat. Die Wunde schließt sich und man sieht von außen nur einen Kratzer, aber keine Mordwaffe. Manchmal hat auch der Rat der Zehn solche Messer bestellt, um Feinde aus dem Weg zu schaffen.«

»Und Violetta – hast du sie auch gesehen?«

Franco nickte. »Sie kam einmal in die Werkstatt nach

Murano, kurz bevor ich krank wurde. In Venedig war die Pest ausgebrochen, aber die Glasbläser arbeiteten weiter und beteten während der Arbeit. Die *Dogaressa* war nett, sie strich mir übers Haar und fragte mich aus. Und dann kam Tiorato und jagte mich weg.« Er lächelte. »Aber ich wollte sehen, was die schöne Dame in der Werkstatt zu suchen hatte. Deshalb versteckte ich mich hinter einer Wassertonne und sah zu, wie sie sich unterhielten. Ich verstand nicht, worüber sie sprachen, aber sie reichte ihm eine kleine Phiole aus Glas. Sie war blau und wie eine Träne geformt. Darin waren ein paar Tropfen klarer Flüssigkeit. Und anschließend gab sie ihm auch noch eine ganze Handvoll Gold.«

»Und dann?«, fragte Luca atemlos.

Franco hob die Schultern. »Tiorato hat uns aus der Werkstatt gejagt und sich darin eingeschlossen. Er arbeitete Tag und Nacht. Man sagte, er muss besondere Perlen für Violetta herstellen. Aber bevor ich sie sehen konnte, wurde ich krank und musste Murano verlassen.« Er seufzte. »Meine Eltern waren schon gestorben. So kam ich in Violettas Hospital.«

»Und du hast diese Perlen nicht mehr gesehen?«, bohrte Luca weiter. In der Dunkelheit schienen seine Augen zu glühen wie die der Donnole. Heute war er Kristina fast ein bisschen unheimlich. Doch Donno und die anderen blickten wieder nur ratlos drein.

Maria legte den Kopf schief. »Viele Damen hatten

damals Glasperlen als Schmuck«, raunte sie. »Aber wir kannten Violetta fast nur in ihrem gewöhnlichen Gewand. Da trug sie Muscheln um den Hals und ein Kleid wie eine Bürgerliche.«

Luca stand auf und klopfte sich den Staub von der Jacke. »Das hilft uns auch nicht weiter, um den Fluch aufzuheben. Na dann, suchen wir eben weiter nach der Nadel im Heuhaufen«, knurrte er und ging.

Erst draußen auf der Straße holte Kristina ihn wieder ein.

»Warum bist du denn so sauer?«, wollte sie wissen.

»Bin ich doch gar nicht«, schnappte Luca. »Aber je länger wir suchen, desto unklarer wird die ganze Sache.« Er seufzte. »Na komm, halten wir Ausschau nach Fortunato.«

»Luca, ist etwas passiert?«

Ihr Freund fuhr herum und jetzt zeichnete sich echte Verzweiflung in seiner Miene ab. »Meine Mutter hat heute ihre Arbeit verloren, und rate mal, warum – es war einfach Pech. Ihr Chef kam genau in dem Moment um die Ecke, als eine ganze Ladung teurer Muscheln beim Ausladen in den Kanal kippte. Und meine Mutter stand zufällig daneben und konnte nicht beweisen, dass sie es nicht gewesen war.«

»Das tut mir leid!« Kristina legte ihm betroffen die Hand auf den Arm, aber er schüttelte sie grob ab.

»Danke für dein Mitleid«, sagte er bitter. »Aber davon

können wir uns nichts kaufen. Ich muss diesen Fluch brechen, aber ich komme mir vor, als würde ich ständig nur im Nebel herumstochern. Und währenddessen geht bei uns zu Hause alles den Bach runter.«

»Vielleicht kann deine Mutter im Hotel arbeiten?«

Luca schnaubte. »Damit das Hotel abbrennt oder sonst wieder irgendein blödes Pech für Chaos sorgt?« Er schüttelte den Kopf. »Geh heim, wenn du willst. Ich gebe nicht auf, ehe ich etwas gefunden habe.«

Er rannte einfach davon, mitten durch eine Gruppe von schemenhaften Gestalten, Spaziergängern aus alter Zeit.

»He!«, schrie Kristina, aber Luca verschwand schon zwischen zwei Gebäuden. Aber so einfach ließ sie sich nicht abwimmeln. Sie rannte los, ihre Schritte hallten in den Gassen, aber Luca schien vom Erdboden verschwunden zu sein. Nun, sie konnte sich denken, wo er hinwollte. Zum nächsten Tor, Nummer 15. Rasch bog sie ab und sprintete über eine kleine Brücke. Ein Mann mit einer Fischermütze war noch wach und werkelte auf einem winzigen Boot. Kristina spürte ein seltsames Kribbeln im Nacken, als würde er ihr hinterherschauen, doch als sie im Laufen über die Schulter blickte, war das Boot unter der Brücke verschwunden. Keuchend rannte sie um die Ecke – und bremste schlitternd ab, um nicht gegen Luca zu prallen. Er stand an die Wand gelehnt. Und diesmal lächelte er und deutete auf eine Spiegelgestalt. Sie trug einen Kapuzenmantel, aber Kristina erkannte die hagere, hochgewachsene Gestalt und den federnden Gang. Fortunato huschte geduckt weiter, von Schatten zu Schatten, und Kristina und Luca folgten ihm. Der Weg führte im Bogen zurück zum Markusplatz und von dort aus zur Brücke *Ponte della Paglia*. Von dort aus hatte man einen direkten Blick auf die Seufzerbrücke. Im Schatten der Palastarkaden blieb Fortunato stehen.

»Er wartet auf jemanden«, flüsterte Luca. »Vielleicht auf Violetta?«

Aber es war nicht Violetta, die zwischen zwei Arkaden an der Ecke des Palastes erschien. Es war ein Schatten, ein schwarzer Schatten ohne Gesicht und Augen. Nur der Umriss des Mannes war zu sehen.

Kristina und Luca duckten sich unwillkürlich tiefer in den Sichtschutz der Brücke.

»Weißt du auch, wer das ist?«, wisperte Luca, der es ebenfalls erraten hatte.

Kristina nickte beklommen. Es gab nur einen Mann im Dogenpalast, der von der Stadt für immer verdammt worden war. Dessen Gesicht ausgelöscht wurde, weshalb selbst sein Spiegelwesen nur noch als schwarzer Schatten in der Stadt herumspukte.

Fortunato schien den Dogen erwartet zu haben. Er zog einen Beutel unter dem Umhang hervor. Er war aus Schlangenhaut gemacht.

Kristina sah sogar auf die Entfernung, dass an einer

Stelle ein paar Schuppen fehlten. Schon wollte Fortunato auf den Dogen zuhuschen, aber dann schreckte er zurück.

Ein paar Männer waren aufgetaucht. Sie umzingelten den Dogen. Geisterhaft durchsichtige Schwertschneiden leuchteten auf.

Fortunato reagierte blitzschnell. Mit einem Satz hatte er sich über die Brüstung der Brücke geschwungen und kletterte nach unten, den Beutel zwischen den Zähnen. Während der Doge verhaftet und abgeführt wurde, tauchte Lucas Ahne im schwarzen Lagunenwasser unter, um sich zu verstecken. Das Letzte, was Kristina von ihm sah, war die Angst in seinem Gesicht.

Noch eine ganze Weile, nachdem der Spuk vorbei war, wagten sie nicht, sich zu rühren.

»Er hat irgendeinen Handel mit dem Dogen gemacht!«, flüsterte Kristina. »Doch dann wurde der Doge verhaftet, weil seine Verschwörungspläne aufgeflogen sind. Und dein Vorfahr konnte fliehen, bevor sie ihn auch entdeckten.«

Mit einem Schaudern dachte sie an die Beschreibung der Glasmesser. Zumindest zu diesem Zeitpunkt hatte Fortunato noch ein Riesenglück gehabt. Er hätte auch im Gefängnis landen können, als Mitverschwörer von Faliero – sonst wäre er vielleicht nur wenige Minuten später mit einem Glasdolch zwischen den Rippen im Kanal gelandet.

Luca war so fassungslos, dass er erst einmal kein Wort herausbrachte.

»Das darf einfach nicht wahr sein!«, stammelte er. »Mein Ahne war ein Verräter und steckte mit dem schwarzen Dogen unter einer Decke!«

FISCHER UND PRINZEN

Seit Tagen musste er auf der Hut sein, denn dieses Boot schützte ihn nicht wie die magische Gondel. Es war ungelenk, aber klein genug, dass er sich darin in den schmalsten Seitenkanälen verbergen konnte, in der Hoffnung, hier nicht entdeckt zu werden. Die Menschen sahen ihn, aber sie gingen achtlos an ihm vorbei – einem Mann in einer dicken Jacke und mit einer Fischermütze, der sich tief über seine Taue beugte, als sei er beschäftigt. Der Alte, dem er die Sachen gestohlen hatte, ruhte ertrunken irgendwo tief unten im Kanal. Der Dunkle hatte fast schon vergessen, wie einfach es war, einen Menschen zu töten. Der Karneval rückte heran, es nahten die Nächte, in denen das Böse auf den Straßen sein wahres Gesicht zeigen durfte.

Und als die ersten Maskierten auf den Straßen auftauchten, wagte auch der Dunkle sich wieder in die Nähe des roten Palazzos.

Er hatte Glück. Der blonde Junge saß auf der Treppe vor dem Gebäude, neben sich ein Mädchen mit zerzaustem rotbraunen Haar. Nicht die Klarsichtige mit den Kristallaugen, sie wäre zu gefährlich gewesen, und auch an SIE traute er sich nicht mehr zu nahe heran, seit sie um ihre Kraft wusste. Aber an den Jungen konnte er sich heranwagen. Die Kleine wurde aufmerksam, als er sein Boot in die Nähe lenkte und lauschte.

»Fangen Sie Fische?«, rief sie ihm fröhlich zu. Er schüttelte den Kopf, aber er antwortete nicht. Das Kind wandte sich wieder an den Jungen. »Und Sara hat echt immer noch kein Kostüm?«, fragte sie. »Aber wie will sie denn heute auf den Karneval gehen?«

Der Junge zuckte mit den Schultern. »Fedele wird es egal sein, wie sie aussieht, Hauptsache, sie tanzt mit ihm.«

»Ich wette, er wird aussehen wie ein Prinz. Kann ich da sein, wenn er sie abholt?«

Der Junge stand auf und klopfte sich die Hosen ab. »Nö, Pippa«, sagte er mit wichtiger Miene. »Fedele muss heute lange arbeiten, er kommt erst um zehn.«

Der Dunkle beobachtete, wie die Kinder in den Palazzo zurückgingen, der Junge lachend, das Mädchen verärgert und vor sich hin schimpfend. Dann erhob er sich zu seiner vollen Größe.

Sie erwartete also einen Prinzen, heute, in der Nacht der Fratzen. Er sah sich um. Unweit der Rialto-Brücke bestiegen ein paar Maskierte ein dröhnendes Fährboot. Der Dunkle lenkte sein Boot vom Palazzo weg.

In einem Seitenkanal wurde er fündig. Ein Mann trat aus einem Hauseingang. Er trug eine goldene Maske und einen grünen Umhang, aber man sah, dass er jung war – sein federnder Schritt und seine schlanke Gestalt verrieten ihn. Und sicher war er hilfsbereit. Der Dunkle paddelte näher an eine Treppe heran. Gerade als der Maskierte an ihm vorbeilief, lenkte er das Boot gegen die Treppe und ließ sich fallen. Es polterte. Der Mann blieb sofort stehen. Der Dunkle wusste, was er sah: einen armen Alten, der in seinem Boot gestürzt war.

»Kann ich Ihnen helfen?«, rief er.

Der Dunkle nickte. »Mein Bein«, flüsterte er.

Der Maskierte sprang herbei, lief die Treppen herunter und streckte ihm die Hand hin. Aber der Dunkle schüttelte den Kopf.

Der junge Mann riss sich die Maske vom Gesicht. Ein besorgtes, jungenhaftes Gesicht kam zum Vorschein. »Warten Sie, ich komme zu Ihnen aufs Boot.«

Der Dunkle nickte wieder und machte sich bereit. Das Boot schaukelte, als der Maskierte an Bord kam, und es schaukelte noch mehr, als der Dunkle ihn blitzschnell ansprang und seine schwarzen Hände um die Kehle des Mannes schloss. Der war viel zu überrascht, um sich zu wehren – und auch diesmal ging es schnell. Der Dunkle ließ den leblosen Körper los. »Tut mir leid, Junge«, sagte er mit einem kalten Lächeln. »Aber ich brauche deine Maske. Die Maske eines Prinzen.«

MASKENBALL

Kristina entging nicht, dass Sara am Tag des Karnevalsfestes summte, während sie die Touristen beim Frühstück bediente. Und je später es wurde, desto nervöser wurde sie. Kurz vor halb zehn stand sie ständig vor irgendeinem Spiegel in Nonnas Wohnzimmer und zupfte an ihren Locken herum.

»Für Fedele bist du sowieso nicht schön genug«, zog Jan sie auf und musste in Deckung gehen, weil die Bürste in seine Richtung flog.

»Beeil dich«, ermahnte Kristina sie. »In einer halben Stunde kommt dein Kavalier!«

Sara rollte mit den Augen und wies zur Tür. »Raus jetzt, ihr Quälgeister. Ihr tut ja gerade so, als wäre ich Aschenputtel und dürfte das Fest beim Prinzen nicht verpassen.«

Jan trollte sich, aber Kristina blieb an der Tür stehen.

»Was ist, Prinzessin?«, fragte Sara. »Du bist in letzter Zeit ein bisschen betrübt. Liegt es an der Schule?«

Dazu hätte Kristina tatsächlich einiges sagen können. Seit zwei Wochen besuchten sie die italienische Schule. Besser gesagt, sie versuchten es, denn so einfach, wie Kristina es sich vorgestellt hatte, war es nicht, sich in einem fremden Land in eine neue Klasse einzufinden. Sie und Jan hatten Luca seitdem kaum mehr gesehen. Natürlich musste er seine Nebenjobs und die Schule unter einen Hut bringen, aber Kristina hatte den Eindruck, dass er sich absichtlich zurückzog. Und was noch schlimmer war: Wenn sie sich doch einmal trafen, war ihr Freund plötzlich wortkarg und mürrisch, als würde ihm Fortunatos Tat wie eine Last immer schwerer auf der Seele liegen. So blieb ihr nichts anderes übrig, als nachts mit den Donnole alleine loszuziehen und weiterzuforschen.

Sara trat zu ihr und strich ihr über das Haar. »Na, rück schon raus damit. Ist es wegen Luca?«

Kristina zuckte zusammen. Sara konnte immer noch Gedanken lesen.

»Er hat viel zu tun«, tröstete Sara sie. »Und vielleicht ist er auch traurig, dass ihr bald wieder nach Deutschland zurückgeht.«

Autsch. Noch ein wunder Punkt. Sosehr sie sich auf ihren Vater freute, so sehr schmerzte es Kristina, alles zurückzulassen, was sie hier so lieb gewonnen hatte. Und außerdem war das Geheimnis um Fortunato noch lange nicht gelöst. Sie schluckte schwer. »Freust du dich auf den Tanz?«, fragte sie dann. »Wenigstens ein bisschen?«

Sara verzog den Mund zu einem schiefen Lächeln. »Ein bisschen«, gab sie zu. »Vielleicht auch ein bisschen mehr als nur ein bisschen. Fedele scheint wirklich viel daran zu liegen.«

»Klar, sonst hätte er sich ja nicht wochenlang darum bemüht, dass du einmal mit ihm sprichst.«

Sara wurde tatsächlich ein wenig rot. »Na ja, du weißt ja, wie es mit Jungs so ist. Wenn man sich einmal die Finger verbrannt hat …«

Kristina grinste und ihre Laune wurde sofort wieder etwas besser. Es war zum Lachen, aber trotzdem nett, dass Sara mit ihr immer wie mit einer Erwachsenen sprach.

»Ich glaube, Violetta hatte auch Liebeskummer«, fuhr Sara nachdenklich fort und zupfte vor dem Spiegel weiter an ihren Locken herum.

Kristina horchte sofort auf. »Hast du noch mal von ihr geträumt?«

Sara nickte ernst. »Gestern Nacht. Ich war wieder sie. Ich saß auf einer Treppe – und ich weinte. Es war genau derselbe Schmerz und dieselbe Wut, die ich gespürt habe, als ich erfuhr, dass Patrick mich betrogen hat.« Sie wedelte mit der Hand, als wollte sie das Traumbild verscheuchen. »Na ja, Ende mit den alten Geschichten!«, sagte sie entschlossen. »Warte unten und sag Fedele, ich komme gleich.«

Cesare stand unten an der Rezeption und war mächtig gespannt. Und auch Nonna, die erst vor ein paar Tagen wieder nach Hause gekommen war, hütete nicht das Bett, sondern saß in einem Sessel im Foyer, das Gipsbein auf einem Hocker, die Hände auf ihre Krücke gestützt.

»Ich hoffe nur, sie kommt nicht gleich in Jeans und einem ausgeleierten Sweatshirt herunter«, murrte sie besorgt. »Das traue ich ihr nämlich zu.«

Zehn Minuten später raschelte an der Treppe schwerer, edler Stoff. Zwei deutsche Touristinnen, die unten im Foyer auf ihre Männer warteten, wandten sich um und stießen bewundernde »Oh!«-Rufe aus.

Mit stolz erhobenem Kopf schritt Sara die Treppe hinunter. Unter einer Halbmaske ein strahlendes Lächeln, den Federfächer in der linken Hand, die rechte Hand, die ebenfalls in einem feinen lila Handschuh steckte, glitt am goldenen Treppengeländer entlang.

»Da soll mich doch der Blitz treffen«, murmelte Cesare.

Nonna atmete auf. »Es geschehen wohl doch noch Wunder.«

Kristina und Jan dagegen brachten vor Staunen kein einziges Wort heraus.

Jene stolze Schönheit, die die Treppe herunterschwebte, konnte unmöglich Sara sein. Sie hatte es ernst gemeint, als sie sagte, dass sie kein neues Kleid brauche. Sie trug nämlich Violettas altes Festgewand, und es passte ihr, als wäre es nur für sie gemacht worden. Zwar war der Stoff ausgebleicht, dennoch wirkte es ebenso edel und prächtig wie auf Violettas Gemälde. Die kostbaren *Laqua*-Glasperlen an ihrem Ausschnitt waren vom Staub befreit und schimmerten, die drei fehlenden Stücke hatte Sara durch neue, einfache Muranoperlen ersetzt, die zwar längst nicht so strahlend waren, aber gut dazupassten.

»Marco würde in Ohnmacht fallen, wenn er sehen könnte, dass sie die Antiquität spazieren führt«, murmelte Kristina Jan zu.

Aber ihr Bruder steckte zwei Finger in den Mund und stieß einen anerkennenden Pfiff aus, als Sara sich auf der letzten Treppenstufe einmal um sich selbst drehte und anmutig knickste, was sie in Kristinas Augen endgültig zu einer Fremden machte.

»Zufrieden?«, fragte sie Nonna mit einem Lächeln unter der Maske.

»Jetzt musst du nur noch nett zu deinem Kavalier sein«, erwiderte die Alte.

»Ist das Ihre Begleitung?«, fragte eine der Touristinnen andächtig und deutete auf die Glastür. Die andere kramte ihre Kamera heraus. »Das ist so romantisch«, flüsterte sie ihrer Freundin zu.

Kristina musste grinsen. Typisch Fedele. Natürlich hatte er es sich nicht nehmen lassen, Sara im Boot abzuholen. Er hatte direkt vor dem Hotel angelegt und wartete aufrecht stehend in seinem Gefährt, ein prächtiger lagunengrüner Mantel bauschte sich im Wind. Er trug eine goldene Maske, die sein ganzes Gesicht verdeckte, und einen dunkelgrünen Dreispitzhut. Es war zwar komisch, dass Fedele Kristina gar nicht beachtete und ihr nicht einmal zuwinkte, aber andererseits war es verständlich, dass er nur Augen für Sara hatte. Er verbeugte sich langsam und so anmutig wie ein Kavalier aus einem längst vergangenen Jahrhundert und bat sie mit einer höflichen Geste zum Boot. Sara verbarg ihr Lachen hinter dem Fächer und ließ sich von Cesare einen langen Mantel umlegen. »Er übertreibt ganz schön, oder?«, murmelte Sara Kristina zu.

Kristina stürzte zur Glastür und öffnete sie und ihre Tante schritt unter dem Applaus Jans und der Touristinnen mit wogendem Rock zur Tür. Anmutig stieg sie die Treppen hinunter, trat zur Anlegestelle des Bootes und ergriff Fedeles Hand. Kristina wunderte sich ein wenig, dass Sara nun zögerte. Ein paar Sekunden sahen Fedele und sie einander nur an, und Kristina fürchtete plötzlich, ihre Tante hätte es sich anders überlegt und würde zurückweichen. Aber Fedele zog sie sanft, aber bestimmt aufs Boot, und sie machte den letzten zögernden Schritt. Es war ein wenig seltsam, dass die beiden kein einziges Wort miteinander sprachen. Stoff bauschte sich um Sara, als sie auf den Sitz sank, den Blick nun starr auf den Kanal gerichtet. Fedele stieß das Boot mit dem Riemen ab, und es glitt davon, als würde es schweben.

Cesare klatschte in die Hände. »Ende der Vorstellung.« Wie auf ein Stichwort wandten sich alle wieder ihren Arbeiten zu. Die Touristen traten aus dem Fahrstuhl und gingen mit ihren Frauen in die venezianische Nacht davon. Kristina schloss hinter ihnen die Tür. Nonna setzte ihre Lesebrille auf und beugte sich wieder über ein Bilanzbuch.

»Und, was macht ihr heute noch, Kinder?«, fragte Cesare. »Fernsehen bei Luca? Ihr habt euch in letzter Zeit nicht mehr so oft gesehen, was?«

»Was kein Schaden ist«, murmelte Nonna in sich hinein.

Kristina rieb sich die Arme. Im Hotelfoyer war es mit einem Schlag kalt geworden. Dabei war es eine laue Februarnacht, erstaunlich warm, aber trotzdem lag eine seltsame Kühle auf Kristinas Haut.

Und plötzlich wurde ihr etwas mit aller Klarheit bewusst. Es *war* ein Schaden. Und sie würde sich keine Minute länger von Luca abwimmeln lassen.

»Bis später«, rief sie Cesare und Nonna zu. »Jan, komm mit!«

Sie schlüpfte durch die Tür, folgte den Touristen ein paar Schritte nach draußen.

»Gehen wir zu Luca?« Jan war neben ihr aufgetaucht.

»Darauf kannst du wetten!«

Sie rannten los und wären fast mit einem Maskierten zusammengestoßen. Ein Graf aus einer lange vergangenen Zeit bog schwungvoll mit federnden Schritten um die Ecke. Auf seinem dunkelblauen Samtumhang funkelten Silbersterne. Seine Halbmaske war von schlichtem Weiß, dazu trug er einen hellblauen Gehrock und Kniehosen – und sogar einen Degen, der ziemlich echt wirkte und vielleicht ein Familienerbstück war. »*Ah! Buona sera, signorina! Signore?*« Er verbeugte sich und fügte ein wenig besorgt hinzu: »Ich hoffe nur, meine *Principessa* versetzt mich heute nicht.«

»Aber … du … du hast doch Sara gerade schon abgeholt«, stotterte Jan.

Fedele schüttelte den Kopf und lachte verwundert auf. »Glaub mir eines: Das wüsste ich.«

Kristina kam es so vor, als würde der Boden unter ihr zu schwanken beginnen. Sie fuhr herum. Festlärm und Musik hallten von weit her über das Wasser. Und auch das Wispern von Geistern, die hinter blinden Fenstern tanzten. Das Boot, auf dem Sara saß, war schon fast hinter der Biegung verschwunden.

»Er ist wieder da!«, hauchte Kristina. »Und er hat Sara!«

»Wer hat Sara?«, fragte Fedele.

Ein Lachen ertönte und kräuselte das Wasser. Jedes Härchen auf Kristinas Arm stellte sich auf, wie von einem Eiswind hochgeblasen. Unter Tausenden hätte sie dieses Lachen wiedererkannt. Im selben Moment hallte Saras verzweifelter Schrei über das Wasser und brach jäh ab.

Fedele riss sich die Maske vom Gesicht. »Was geht hier vor?«

»Der Doge!«, rief Jan verzweifelt. »Der Kerl wird sie umbringen, er hat es schon mal versucht, und jetzt hat er sie entführt!«

Fedele fackelte keine Sekunde, sondern stürmte los zur Vaporetto-Station, wo mehrere Wassertaxis warteten. Wie durch einen Schleier nahm Kristina wahr, dass er mit einem Mann diskutierte. Sie mussten sich wohl kennen, denn der Mann überließ Fedele sein Boot. Im nächsten Moment röhrte der Motor auf.

»Los!« Jan packte ihren Ärmel und zog sie mit sich. Sie erreichten das Boot gerade noch rechtzeitig und sprangen hinter Fedele an Bord.

Für einen Moment war es ihr gelungen, sich gegen seine Kraft aufzubäumen. Aber nun war es zu spät für sie. Er hielt ihre Stimme gefangen, alles, was sie noch konnte, war flüstern, während er seinen dunklen Zauber um sie wob.

»Was willst du?«, wisperte sie.

»Du wirst mir das zurückgeben, was ich durch deine Schuld verloren habe – Leben gegen Leben, Aquana. Meines gegen deines, so wie ich es vor achthundert Jahren an meinem Todestag prophezeit hatte.«

Sie bäumte sich wieder auf, er konnte den ungeheuren Willen spüren, der sich in dem zierlichen Körper verbarg. Eine echte Aquana, dachte er. So viel Leben und Macht. Und in wenigen Augenblicken würde ihm all das endlich gehören. Der Dunkle lachte in sich hinein, während er das Boot schneller vorantrieb.

»Du . . . hast Violetta umgebracht!«, stieß sie kaum hörbar hervor.

»Leider nein, sie ist mir entwischt«, erwiderte er. »Noch auf dem Wasser, bevor ich ihr den letzten Atemzug nehmen konnte. Sie sprang von ihrer Gondel und ließ mich zurück mit einem Fluch, dem Fluch des Wassers. Sie hat mich vom Land verbannt, und sie hat meine Diener, die die Pest über

die Stadt brachten, jämmerlich ertränkt, mein ganzes Werk hat sie zunichtegemacht.«

»Du hast damals die Pest über die Stadt gebracht?«

»Wer herrschen will, muss die Menschen das Fürchten lehren und die Angst vor dem Tod. Ich war Faliero, Doge und Schwarzmagier, und ich war im Tod mächtiger als im Leben, das hat der Rat der Zehn nicht bedacht, als er mich hinrichten ließ.«

Sie schnappte nach Luft. Ihr Entsetzen war wie eine frische Brise für ihn.

»Wir waren ebenbürtig«, sagte er fast bedauernd. »Ich war der Dunkle, du, Violetta, warst das Wasser. Ich herrsche durch Furcht, du durch Leben und Hoffnung.«

»Ich bin nicht Violetta«, flüsterte sie.

»Du bist eine Aquana. Ihr seid verschieden und doch eins. Wenn eine Aquana stirbt, schläft euer Erbe viele Jahrhunderte, bis es eines Tages in einer Nachfahrin neu erwacht. Aber du wirst die Letzte sein, und alles, worüber du herrschst, wird mir gehören. Die Zeit der Aquanen Venedigs ist jetzt endgültig vorbei.«

Die Fliehkraft riss sie nach hinten, als das Boot losschoss wie ein Pferd, das aus dem Stand in gestreckten Galopp fiel. Gischt von der Bugwelle spritzte hoch. In halsbrecherischem Tempo jagte Fedele über den Canal Grande – vorbei an unzähligen Booten, auf denen Maskierte zum Markusplatz fuhren.

Kristina klammerte sich fest und hielt Ausschau. Sie konnten unmöglich schon so weit gekommen sein! Links neben ihnen tauchte bereits der Markusplatz auf. Vor dem hell erleuchteten Palazzo hatten sich Tausende von Maskierten versammelt und applaudierten, als eine Band anfing, Musik zu spielen. Die Stimmen vermischten sich mit dem Solo einer E-Gitarre zu einem schrägen Klang. Wie aus weiter Ferne hörte Kristina, wie Fedele während der Fahrt ins Handy schrie. »Grüner Mantel, goldene Maske …«, gab er die Beschreibung des Entführers an seine Polizeikollegen durch. Kristina hätte beinahe verzweifelt aufgelacht. Als ob die Polizei hier helfen könnte!

»Da sind sie! Rechts!«, brüllte Jan. Sie schlitterten zur Seite, als Fedele das Boot im scharfen Bogen nach rechts lenkte, eine schäumende Furche im Wasser hinterlassend. Ihr Wassertaxi schoss auf das Boot zu, das auf dem grünen Wasser zu schweben schien. Von Weitem konnten sie sehen, wie Sara zusammengesunken auf der Bank saß. Sie versuchte, sich zu wehren, als der Dunkle sie am Handgelenk packte. Ihr Mund öffnete sich, aber kein Schrei kam aus ihrer Kehle.

»Bastardo«, zischte Fedele und gab noch mehr Gas. Wind erhob sich und zerrte an Saras Haar, Nebel löste sich vom Wasser und stieg auf wie Rauch, dann begann die Lagune zu brodeln. Strudel erschienen im Wasser und ließen das Motorboot tanzen. Eine Welle traf so hart die hölzerne Flanke, dass sie alle drei nach links geschleudert wurden. Fedele drosselte das Tempo. Dann kam die nächste Welle und drehte das Boot um seine eigene Achse. Über ihnen wirbelte der Sternenhimmel wie auf einer Drehscheibe, Gischt sprühte ihnen in die Gesichter. Und dann spürte Kristina ganz deutlich, wie unter ihren Handflächen und Knien eine Erschütterung das Wassertaxi zum Zittern und Ächzen brachte, als würde sich etwas Gewaltiges unter dem Boot hindurchschieben.

»Was ist das?«, keuchte Jan. Aber Kristina zog sich schon hoch und warf einen Blick über den Bootsrand. Sie wünschte augenblicklich, sie hätte es nicht getan.

»Versuch es erst gar nicht. Du warst damals nicht stark genug und bist es heute nicht«, sagte der Dunkle. »Du warst zu beschäftigt damit, die Menschen mit den Booten fortzubringen, damit ER ihnen nichts antut.«

»Wer?«, flüsterte sie gequält.

Sein Zorn ließ sie zusammenfahren und nach Luft schnappen.

»Der, dessen Gefangener ich dank deiner über Jahrhunderte war«, donnerte der Dunkle. »Und dessen Herr ich sein werde, sobald ich dir mit meinen eigenen Händen den letzten Atemzug genommen habe!«

Er packte ihre Schulter und spürte, wie das Leben aus ihr floss und ihn stärkte. Spürte all die Kraft des Wassers auf sich übergehen.

»Nein!« Aber ihr Flüstern wurde bereits schwächer, die ersten weißen Strähnen ließen die schwarzen Locken verblassen – so wie verkohltes Papier in der Hitze grau wurde, bevor es sich zu Ascheflocken auflöste.

Im schäumenden Wasser sah Kristina ein Stück glänzender Schuppenhaut verschwinden. Unglaublich große Schuppen, mit knöchrigen Höckern wie bei einem Krokodil. Makaro!, wollte sie schreien, aber da wurde sie schon wieder herumgeworfen. Fedele stemmte sich in das Steuerrad und brachte das Wassertaxi wieder auf Kurs. Fast hatten sie das Boot des Dunklen erreicht.

»Lass sie los!«, schrie Fedele. Der Ruf ließ Sara nicht einmal zusammenzucken, nur der Doge blickte ohne Hast zu ihnen herüber. Die goldene Maske glänzte grausam seelenlos, aber Kristina konnte das triumphierende Lächeln darunter spüren.

»Zu spät«, raunte die Stimme. Sara sank in sich zusammen wie eine Marionette, der jemand die Fäden durchgeschnitten hatte. Und in der unendlich langen Sekunde, in der Saras letzter verzweifelter Blick den von Kristina kreuzte, kam es ihr so vor, als würde sie in die Vergangenheit blicken und eine uralte Geschichte sehen: Violetta, wie sie ebenso wie Sara jetzt in ihrer Makaro-Gondel saß und schwächer und schwächer wurde, während der Dunkle ihr das Leben stahl.

»Jan, nein!« Fedeles Ruf echote über das Wasser. Sohlen trappelten auf Holz. Jan war auf den vorderen Teil des Taxibootes geklettert und rannte auf die Bugspitze zu. Entschlossen, mit wildem Blick, ein zorniger Junge mit windzerzaustem blonden Engelshaar.

Noch bevor Kristina, starr vor Entsetzen, begriff, dass

er Anlauf nahm, warf er einen Blick über die Schulter. »Der Wasserweg!«, rief er ihr zu. Dann stieß er sich mit aller Kraft ab. Der Bug wippte auf einer Welle nach oben und katapultierte ihn wie von einem Sprungbrett in die Luft. Fassungslos verfolgte Kristina, wie er, mit Armen und Beinen fuchtelnd wie ein Luftakrobat, über das schäumende Wasser flog. Es gab einen gewaltigen Schlag, als er im Boot zwischen dem Dogen und Sara landete und seine Tante mit sich riss – über den Bootsrand. Doch bevor sie auf dem Wasser aufkamen, verschwanden sie, als hätte jemand sie weggeschnippt.

Jetzt begriff Kristina, was ihr Bruder gemeint hatte. Der magische Weg, der direkt aus dem Kanal führte! Kristina hatte ihn längst vergessen, aber Jan, der alle Schlangenwege auch im Schlaf auswendig herbeten konnte, hatte genau gewusst, dass das Tor sich hier befand.

Kristina warf sich herum und griff Fedele ins Steuerrad. Das Boot wendete so scharf, dass Fedele um ein Haar über Bord gegangen wäre. »Was machst du?«, brüllte er. Doch da hatten sie schon das Boot des Dunklen gerammt und das Portal im Wasser erreicht. Fedeles Ruf verhallte, die Welt wurde zu einem eisigen Strudel, grünem Licht und Rauschen. Holz brach, ein Motor erstarb mit einem wehleidigen Röcheln, dann splitterte und klirrte es und der Innenhof des Dogenpalastes tanzte wie ein Gaukler um Kristina herum. Erst als etwas Hartes sie mit einem fiesen Schlag bremste und Steine unter ihren Händen und dem Kinn entlangschrammten, wurde ihr klar, dass sie es war, die wie ein Eishockeypuck über den Hof schlitterte. Um sie herum kamen langsam die Trümmer des zerschellten Bootes zur Ruhe. Und sie selbst war gegen eine der Säulen des Arkadengangs geprallt – offenbar nicht allein. Unter ihr wand sich etwas sehr Lebendiges.

»Au«, beschwerte sich Jan. »Geh von mir runter!«

Er krabbelte zitternd unter ihr hervor und kam schwankend auf die Beine. Kristina rappelte sich mit weichen Knien auf.

Fedeles geliehenes Boot hatte sich in Einzelteilen im ganzen rechteckigen Innenhof verteilt. Das Steuerrad hing sogar oben auf der Loggia. Und inmitten der Trümmer, genau zwischen zwei Zisternen, richtete sich Fedele gerade stöhnend auf und rieb seinen Kopf.

»Sara?« Jan humpelte schwankend los. Und auch Fedele war sofort auf den Beinen.

Sie fanden sie auf der großen Treppe, die hinauf zum Balkon des Dogenpalastes führte, dort wo in früheren Jahrhunderten die Dogen gekrönt wurden. Die zwei gewaltigen, muskulösen Götterstatuen, die am oberen Ende der Balustrade die Treppe bewachten, schienen Sara mitleidig zu betrachten. Die rechte Statue, die den Meeresgott Neptun darstellte, schüttelte leicht den Kopf und schloss kummervoll die Augen.

Saras nasses Kleid breitete sich wie die Blütenblätter einer nassen Blume über die Stufen. Ihre Maske hatte sie verloren, und ihr Haar, schneeweiß geworden, leuchtete fahl wie der Mond.

Kristina stiegen die Tränen in die Augen.

»Ist sie tot?«, flüsterte Jan.

Fedele stürzte zu ihr und nahm sie in die Arme, barg ihren Kopf an seiner Schulter und strich ihr über das schneeweiße Haar. »Gott sei Dank, sie atmet«, brachte er mit erstickter Stimme hervor. »Aber was ist mit ihr passiert?«

Kristina konnte nicht antworten. Sie starrte nur an die Stelle zwischen den zwei Zisternen, wo sich gerade eine maskierte Gestalt langsam erhob. Wasserbäche rannen aus dem grünen Mantel und strebten von dem Dunklen weg wie Krakenarme.

»Er hat den Weg gefunden, indem er uns einfach gefolgt ist! Weg hier!«

Fedele hob Sara hoch. Gemeinsam rannten sie die Treppe hinauf, mitten durch eine Gruppe Spiegelwesen, ehrwürdige Herren, die nach unten schritten, ihnen voran einer der vielen Dogen Venedigs.

»Wir müssen zu einem Portal«, keuchte Kristina im Laufen. »Welches ist hier offen, Jan?«

»Keines in der nächsten Stunde«, japste er. Kristina sank der Mut. Hinter ihnen hallten Schritte.

»Bleib stehen«, befahl die Stimme.

Fedele strauchelte, als hätte ihn der Fausthieb eines Unsichtbaren getroffen, und brach in die Knie. Aber er ließ Sara immer noch nicht los, hielt sie schützend in den Armen. Die Luft knisterte wie elektrisch aufgeladen. Der Doge war mächtig, Kristina konnte seine Kraft spüren.

Er blieb stehen und lachte.

»Gib sie mir«, wisperte er.

»Niemals!«, spuckte Fedele ihm entgegen. Sein Gesicht verzerrte sich vor Anstrengung, wieder auf die Beine zu kommen, aber eine Macht, so gewaltig, dass ein Mensch nicht dagegen ankam, hielt ihn fest. Und trotzdem gab er nicht auf. Sara regte sich in seinen Armen, als versuchte sie, aus einem schlimmen Traum zu erwachen. Und wie durch ein Wunder gelang es Fedele plötzlich, aufzustehen.

»Kinder, hinter mich!«, befahl er. Kristina und Jan gehorchten.

Mit jedem Schritt, den der Doge auf sie zuglitt, wichen sie zurück – bis ihre Rücken gegen eine weiße Steinbalustrade stießen. Sie waren am Ende der Loggia angekommen und saßen in der Falle. Unter ihnen feierten ahnungslos die Menschen, ohne zu wissen, dass sich Gegenwart und Vergangenheit mischten, dass die Spiegelbilder mitten unter ihnen bei einem viel älteren Fest tanzten. Geisterhafte Stiere mit geschmückten Hörnern jagten zwischen ihnen hindurch, gehetzt von einer Meute Hunde.

Und gleich werden wir den Gespenstern Gesellschaft leisten, dachte Kristina voller Schrecken.

Sara stöhnte auf, als Fedele sie behutsam auf den Boden gleiten ließ. Kristina sank auf die Knie und stützte sie. Sara war weiß wie Marmor, ihre Lider flatterten. »Du darfst nicht sterben«, flüsterte Kristina ihr ins Ohr.

Selbst hier oben waren die Trümmer des Schiffes verteilt. Fedele zog seinen Degen und straffte die Schultern. Dann machte er ein paar Schritte auf den Dogen zu und stellte sich ihm in den Weg.

»Wie rührend«, spottete der Doge. »Der Prinz versucht, die Aquana zu retten. Doch das wird dir nicht gelingen. Ihr letzter Atemzug gehört mir, schon seit Jahrhunderten!«

»Das werden wir noch sehen«, sagte Fedele mit einer gefährlichen Ruhe.

»Das geht nicht gut«, stieß Jan hervor.

Ein Schrei ertönte, als der Doge auf Fedele zusprang. Und Fedele, der tapferste, verliebteste Mann von allen, zögerte keine Sekunde, sondern hob seine Waffe und warf sich dem Dunklen entgegen.

Kristina packte Sara an den Schultern und schüttelte sie. »Wach auf!«, flehte sie.

Ein Wunder geschah, Sara schlug die Augen auf. »Aquana«, flüsterte sie.

Jan packte sie an den Händen und zog sie in eine sitzende Position hoch.

»Du musst weg von hier, steh auf!«

Fedele kämpfte verbissen, trieb den Dunklen zurück, aber es sah so aus, als würde eine Katze mit einer Maus spielen. Und die Katze war der Doge. Mühelos parierte er einen Schlag mit bloßer Hand und holte aus. Ein dumpfer Schlag ertönte und Fedele wurde gegen eine Säule geschleudert. Ohne einen Laut ging er zu Boden und blieb reglos liegen, eine Wange an den Stein geschmiegt.

Kristina blickte sich verzweifelt um. Sturmwind erhob sich und begann, die Lagune aufzuwühlen wie eine riesige Hand. Strudel bildeten tiefe Täler. Die Gondeln an den Anlegestellen tänzelten auf und ab und ruckten an den Halteseilen wie Pferde, die Angst bekamen und versuchten, sich loszureißen.

Auf dem Markusplatz hörte die Musik auf zu spielen und eine Lautsprecherstimme forderte die Feiernden auf, den Platz und die Brücken wegen des Sturms zu räumen. Die Leute begannen zu rennen und hielten dabei ihre Masken fest, Karnevalsmäntel flatterten wie Banner.

Und als der erste Blitz über den Himmel zuckte, leuchteten draußen inmitten der Strudel tief im Wasser zwei gelbe Monde auf. Von hier oben sah Kristina es nun ganz deutlich: Ein gewaltiger Leib schlängelte sich unter Wasser, so ungeduldig wie ein Hund, der darauf wartete, endlich von der Kette gelassen zu werden. Die sanfte Stimme ihres Vaters kam ihr in den Sinn, ein Märchen, das aus Afrika zu ihr herübergeflogen war. *»Zauberwesen lebten dort, schöne Frauen mit Haar aus Meerschaum und Augen, so* *klar wie das Wasser. Eine davon verliebte sich in einen jungen Fischer. Sie sorgte dafür, dass er stets volle Netze hatte, denn alle Aquanen befehlen dem Wasser und den Lebewesen darin.«*

»Der Makaro!« Kristina hörte ihre eigene Stimme wie aus weiter Ferne. »Ruf ihn, Sara! Du bist die Aquana. Ruf den Makaro. Er gehorcht nur dir und er wartet auf deinen Befehl!«

Sara starrte auf Fedele, als hätte sie die Worte überhaupt nicht gehört. Schmerz huschte über ihr Gesicht, ihre Augen füllten sich mit Tränen, dann erschienen rote Flecken der Wut auf ihren Wangen. Und als würde diese Regung ihr ein letztes bisschen Kraft zurückgeben, zog sie sich an der Balustrade hoch und kam schwankend auf die Beine. In dem Moment, als der Doge sie fast erreicht hatte, legte sie den Kopf in den Nacken und stieß einen Ruf aus.

Es war ein Laut, den Kristina noch nie im Leben gehört hatte, ein lang gezogener Ruf, ein Lied, eine fremde Melodie, die nicht für Menschenohren gedacht war. Sie ließ die Luft vibrieren wie Wasser, in das die Töne wie Steine fielen. Die Schwingungen erreichten die Lagune, entfesselten die Wellen. Der Wind riss Saras Haar hoch und ließ es wie eine weiße Krone aussehen. Der Dunkle strauchelte und fiel auf die Knie, die Hände auf die Ohren gepresst. Er kam wieder auf die Beine und torkelte auf Sara zu, während der Ruf der Aquana anschwoll und der Wind den Dunklen hin und her trieb wie einen

Papierball. Eine Bö erfasste ihn und fegte ihn dicht an Sara vorbei. Mit einem Schreckensschrei kippte er über die Balustrade und fiel. Draußen ballte das Wasser der Lagune sich zusammen, verdichtete sich zu einem schuppigen Leib. Die Monde wurden heller und heller, dann durchbrach der Makaro die Oberfläche.

Es war ein Körper – und gleichzeitig lebendiges Wasser. Ein gewaltiger smaragdfarbener Schuppenleib schlängelte sich eidechsenschnell an Land, Krokodilzähne, so blitzend weiß wie die Marmorsäulen, kamen der Loggia so nahe, dass Jan und Kristina sich schreiend duckten. Eine Flut schwappte an Land, als der geisterhafte Drache, halb Schlange, halb Krokodil, sich herumwälzte. Nebelatem stieß aus den Nasenlöchern des Ungeheuers, legte einen Schleier über den Platz. Sein Maul schnappte zu. Saras Ruf vermischte sich mit dem Schrei des Dunklen, der jäh erstarb. Als Sara verstummte, war die Stille so dicht wie Watte. Das Ungeheuer, das seit Urzeiten in der Lagune hauste, warf sich wieder herum. Sein Krokodilschwanz fegte die Tische und Stühle vor dem Café gegenüber des Palastes in die Lagune, als wären es Möbel aus einem Spielzeughaus. Im Nebel glänzten ein letztes Mal Schuppen auf, ein drachenartiger Rückenkamm versank in den Wogen. Dann erstarb der Sturm und der Nebel verwehte. Die Lagune beruhigte sich und lag bald spiegelblank unter dem Nachthimmel. Über die nasse Brücke unter der Loggia wehte eine leere Plastiktüte. Und zwischen zwei Gondeln, die wie gestrandete Wale unter dem Balkon lagen, zeugte nur noch die herrenlose Maske des Dunklen von seiner Existenz.

»Er ist tot, Sara«, flüsterte Jan. »Du hast es geschafft.«

Sara nickte nur erschöpft. »Ja, das haben wir«, flüsterte sie, und Kristina erschrak, wie verloren ihre Stimme klang. Ohne die Balustrade loszulassen, blickte Sara über die Schulter. Fedele richtete sich benommen auf. Einen Moment lang trafen sich ihre Blicke, dann brach Sara zusammen.

DIE STUNDE DER AQUANA

Kristina hatte Nonna noch nie weinen gesehen, und sie wünschte sich zum hundertsten Mal in dieser Nacht, in ihrem Bett aufzuwachen und festzustellen, dass diese Karnevalsnacht nur ein böser Traum gewesen war. Aber leider saß sie immer noch an dem Bett, in dem Sara wie ein blasses Schneewittchen lag und kaum noch atmete. Unsichtbar für die Erwachsenen, hockte Donno auf dem Lüster und betrachtete die Aquana voller Kummer. Die anderen Donnole drängten sich um das Bett, und nur die Gänsehaut auf Nonnas Armen zeigte an, dass sie die kühle Gegenwart der Geisterkinder spürte. Fedele hielt Saras Hand, während Jan stockend erzählte, was geschehen war. Cesare lauschte bekümmert und seufzte nur abgrundtief, nachdem Jan geendet hatte.

»Ich habe es euch doch gesagt«, schluchzte Nonna, während sie immer wieder mit verzweifelter Zärtlichkeit über Saras weißes Haar strich. »Legt euch nicht mit den Geistern Venedigs an!«

Im Hintergrund lief immer noch Nonnas Radio – Berichte über den orkanartigen Wind und die Flutwelle, die den Markusplatz überschwemmt hatte und ebenso schnell verschwunden war. Die Reporter mutmaßten, es sei ein Hurrikan gewesen.

Das Handy klingelte einmal in Jans Tasche und verstummte wieder. Endlich! Luca. Kristina sprang auf und raste nach unten zur Hintertür. Ein blasser Luca stand dort, im Schlepptau Pippa. Ohne ein Wort begleiteten sie Kristina nach oben. Kaum hatten sie das Zimmer betreten, rannte Pippa los, kletterte aufs Bett und schmiegte sich an Sara.

»Sie muss ins Krankenhaus!«, jammerte die Kleine. »Sie ist ganz kalt.«

»Ein Krankenhaus kann ihr nicht helfen«, erwiderte Jan.

»Aber wir müssen doch etwas tun!«, brauste Fedele auf.

Pippa nickte. »Ja, sie braucht Madusin!«

Jan schniefte. Kristina war nun auch zum Weinen zumute. Sara hätte über die Art, wie Pippa das Wort Medizin aussprach, jetzt sicher gelächelt.

»Himmelsarznei«, hörte sie Donno über sich sagen. Die anderen Donnole murmelten zustimmend.

»Ihr meint, Theriak kann sie jetzt noch retten?«, sagte Kristina. »Wir brauchen dafür Granatäpfel, Viperfleisch und Narwalhorn. Wo sollen wir das so schnell herbekommen? Mit jedem Atemzug wird sie schwächer. Und außerdem gibt es Zutaten, die wir überhaupt nicht besorgen können.«

»Theriak?« Der alte Koch horchte auf. »Ihr habt ein Theriak-Rezept?«

»Es hat Violetta gehört. Luca hat es entschlüsselt. Damit hat sie die Pest geheilt. Es besiegt sogar den Tod.«

Jan starrte nachdenklich zum Fenster. »Es gibt einen Schlangengang ins Museo Correr«, überlegte er. »Dort sind ein paar alte Zutaten hinter Glas ausgestellt. Da ist vielleicht auch getrocknetes Vipernfleisch dabei.«

»Wir machen es«, entschied Luca mit so viel Nachdruck, dass Pippa unter Tränen hoffnungsvoll zu lächeln begann.

»Dann los!« Nonna klopfte mit ihrem Spazierstock auf den Boden.

Jan spurtete aus dem Stand los und auch Donno sprang vom Lüster.

»Aber was ist mit den Tränen der Aquana?«, rief Kristina ihnen hinterher. »Das klappt doch nie, wenn wir nicht alle Zutaten haben.«

»Und was schlägst du sonst vor?«, fuhr Nonna sie an. »Dass wir tatenlos zusehen, wie sie aufhört zu atmen?«

»Sie ist die Aquana«, gab Fedele zu bedenken. »Es ist ihre Magie. Vielleicht gelingt es ja trotzdem.«

Es war komisch, solche Worte aus dem Mund eines Polizisten zu hören. Aber Kristina erinnerte sich daran, wie vernünftig und abgeklärt sie selbst noch vor einigen Wochen gewesen war. Hier, neben ihrer todgeweihten Tante, die ihrer Kraft beraubt war, kam es ihr so vor, als sei sie seitdem ein ganz anderer Mensch geworden. Jemand, der an Magie glaubte, aber nicht an Wunder.

Luca wandte sich an Cesare. »In unserem Innenhof hängen noch ein paar vertrocknete Granatäpfel am Baum. Dann brauchen wir noch Honig und Weinsteinpulver, Opium und …«

Cesare hörte konzentriert zu und schien in seinem Kopf eine Liste zu erstellen. Was bei über vierzig Zutaten wirklich bewundernswert war. Kaum hatte Luca geendet, erhob er sich. »Einige Dinge muss ich aus meinem Restaurant holen. Und wir müssen wohl oder übel einen Apotheker aus dem Bett werfen, denn mit Opium kann ich nicht dienen.«

Luca nickte. »Und ich hole die Granatäpfel. Los, Pippa!«

Die nächste Stunde zog an Kristina vorbei wie ein Fiebertraum. Um sie herum herrschte hektische Betriebsamkeit in der Hotelküche, die sich in ein alchimistisches Labor verwandelt hatte. Der betäubende Duft von Gewürzen nebelte sie ein, während sie Myrrhekristalle mit ein paar von Nonnas Schmerztabletten, die laut der Auskunft des Apothekers dem benötigten Opium entsprachen, in einem Marmormörser zu Pulver zerstieß. Es duftete noch seltsamer, als Cesare auch noch Knoblauch und Zimt in den Topf warf. Kristina fragte sich mit einem bangen Flattern in der Magengegend, wie ein Trank, der in einem ganz normalen Spaghettitopf vor sich hin brodelte, Magie entfalten sollte. Kurz nach zwölf Uhr nachts kam Jan mit Donno zurück und hielt Cesare ein ledriges vertrocknetes Stück Fleisch hin.

»Lecker Viper!«, sagte er mit vor Stolz leuchtenden Augen. »War ganz schön schwierig, es aus dem Glaskasten zu bekommen. Und das Einhornpulver haben wir auch gefunden.« Er zog einen Beutel hervor, aus dem Cesare ein weißliches Pulver schöpfte, auf der digitalen Küchenwaage abwog und in die kochende Flüssigkeit rieseln ließ.

»Wo bleiben nur Luca und Pippa mit den Granatäpfeln?«, fragte er dann sicher zum zwanzigsten Mal. Jan zückte das Handy, aber niemand ging ran. Eine leichte Sorge schlich sich an, aber Kristina scheuchte sie sofort wieder zurück. Luca würde sie doch niemals im Stich lassen. Aber allein die Tatsache, dass sie darüber nachdachte, beunruhigte sie mehr, als sie zugeben wollte.

Cesares Tochter, die an der Rezeption eingesprungen war, hatte alle Hände voll zu tun, den Touristen zu erklären, warum es im Hotel so komisch roch und aus der Küche qualmte. Kristina schlich rasch an ihnen vorbei und huschte nach oben.

Fedele und Nonna wachten über Sara. Donno war auch wieder in das Zimmer geschlüpft. Er kauerte an ihrem Bettende und streichelte behutsam Saras Fuß. Kristina musste sich am Türrahmen festhalten, so elend war ihr zumute. Sara ging es schlechter, und schlimmer noch: Langsam glich sie einem Geist. Ihre Haut wirkte fast schon durchsichtig, so blass war sie, und ihr Gesicht so weich und traumverloren, dass sie so jung aussah wie das Mädchen, das vor so vielen Jahren mit den Donnole im Hinterhof gespielt hatte.

Beim Gedanken daran kam Kristina eine Idee. Vielleicht war sie seltsam und sinnlos, aber möglicherweise würde es Sara helfen, sie an einen Ort zu bringen, der sie besonders eng mit Violetta verband, ihrer zaubermächtigen Ahnin.

»Sara hat früher immer von einem geheimen Märchengarten geträumt«, sagte Kristina. »Bringen wir sie dorthin, wo früher Violettas geheimer Garten war!«

Fedele nickte und nahm die Schlafende auf die Arme. Ihr Kopf fiel nach vorne und kam auf seiner Schulter zu liegen, ein Arm schlenkerte bei jedem Schritt wie der einer willenlosen Puppe. Wie eine Prozession folgten die Donnole dem Paar zum Fahrstuhl. Kristina stützte Nonna, die auf ihren Krücken hinterherhumpelte.

Es war Cesare, der die Bretter vor der Tür entfernte und das Schloss zum Hinterhof mit zwei dicken Drähten und einem gekonnten Griff öffnete. Rost und Schmutz rieselten zu Boden, als die Tür zum ersten Mal seit zwölf Jahren mit einem Knarren aufschwang. Eine kleine Treppe führte in den Hof. Der Himmel hatte aufgeklart, im Mondlicht erinnerten die Risse im Boden an verzerrte, grinsende Maskenmünder, so als trüge sogar der Stein Venedigs an Karneval ein anderes Gesicht.

Die Donnole kletterten auf die Mauer und ließen sich dort nieder. Wie eine Reihe von Raben mit leuchtenden Augen blickten sie reglos zu Sara und den anderen hinab. Jan schleppte Kissen und Polster aus dem Aufenthaltsraum herbei und legte sie neben den Brunnen. Fedele bettete Sara vorsichtig auf dieses weiche Lager und strich ihr eine weiße Locke aus der Stirn. In diesem Augenblick schlug eine Turmuhr eins.

»Dreizehnte Stunde«, sagte Jan mit banger Stimme. »Wir können nicht mehr auf Luca warten.«

Kristina ballte die Hände zu Fäusten. Am liebsten hätte sie geflucht oder Luca angeschrien, bis ihm Hören und Sehen verging. Aber gleichzeitig sorgte sie sich, ob ihrem Freund nicht vielleicht etwas zugestoßen war.

Cesare war in die Küche zurückgelaufen und kam nun eilig mit einem gläsernen Kelch zurück. Es war eines der kostbaren Murano-Gläser seines Vorfahren, der rote Kelch mit dem goldenen Rand. Cesare gab Fedele ein Zeichen. Der junge Polizist richtete Sara ein wenig auf und stützte behutsam ihren Kopf. Cesare setzte den Kelch vorsichtig an ihren Mund. Ein paar Tropfen des Trankes versickerten zwischen ihren Lippen.

Angespannt warteten alle – zwei Atemzüge lang, fünf und schließlich zehn. Aber nichts geschah. Nonna presste sich ein Taschentuch an die Lippen und unterdrückte ein Schluchzen. »Es funktioniert nicht!«, sagte sie mit erstickter Stimme.

In diesem Moment summte das Handy in Jans Tasche.

Vor der Tür stand die gesamte Familie Pezzi. Signor Pezzi hatte vor lauter Eile wohl seine Brille nicht gefunden und seine Haare standen ab wie Gestrüpp. Signora Pezzi sah sehr besorgt aus. Sie hielt Pippas Hand.

»Ging nicht schneller«, keuchte Luca und hielt Kristina einen verschrumpelten Granatapfel hin. »Hier, den habe ich mit einer vollen Plastikflasche vom Baum geschossen.«

Kristina machte die Erfahrung, dass man gleichzeitig erleichtert und stinksauer sein konnte. Die ganze Enttäuschung der letzten Zeit brach sich mit einem Mal Bahn. »Toll«, giftete sie. »Und ich dachte schon, die Schlickleute hätten dich gefressen! Jetzt kannst du nur noch hoffen, dass dein blöder Granatapfel alles rettet.«

Jan stieß einen Jubelschrei aus, als die Pezzis gleich darauf in den Hof stürzten.

Cesare brach den verschrumpelten Granatapfel sofort

entzwei. Vertrocknete Kerne fielen heraus und er zählte dreizehn davon ab und ließ sie in den Becher fallen.

Kein Wunder geschah. Die Flüssigkeit blieb trüb und unscheinbar, die Kerne dümpelten an der Oberfläche. Und Sara rührte sich nicht, nachdem Cesare den Kelch abgesetzt hatte.

»Ohne die magische Zutat geht es nicht«, sprach Kristina die Befürchtungen aller aus.

»Wartet, das war nicht alles!«, widersprach Luca. »Pippa?«

Die Kleine trat vor und streckte ihre Hand Cesare hin. Auf ihrer Handfläche lagen drei kleine *Laqua*-Perlen wie jene, die den Ausschnitt von Violettas Kleid schmückten. »Hier, Sara soll nicht sterben«, sagte das Mädchen ernsthaft und ließ die winzigen Glaskugeln in den Trank rollen.

Nonna zog die Brauen zu einer Gewitterstirn zusammen. »Ich verstehe nicht.«

»Luca, gib mir dein Taschenmesser«, befahl Signora Pezzi mit resoluter Stimme. Ihr Sohn gehorchte, und die Frau kniete sich neben Sara und begann, rasch eine Perle nach der anderen aus der Stickerei des Kleides zu lösen.

Die Vianellos waren viel zu verblüfft, um sie daran zu hindern. Signor Pezzi musste den Blick abwenden, als die kostbare Stickerei zerstört wurde.

»Das ist vermutlich die letzte Zutat, die wir brauchen«, erklärte er. »*Lacrima Aquanae.* So nannte mein Großvater die Perlen. Aus dem Lateinischen übersetzt, heißt das: *die Tränen der Aquana*, im Lauf der Jahre wurde *Laqua* daraus. Wir haben sie geerbt, aber jetzt hat Luca herausgefunden, dass sie Ihrer Ahnin Violetta gehört haben. Sie hat sie offenbar anfertigen lassen. Von einem Glasmacher namens Piero Tiorato – auch *il Magico* genannt –, einem Glasmacher, so sagen es die alten Dokumente. Und er muss wohl ein Zauberer gewesen sein, wenn es ihm gelungen ist, Tränen in glühendes Glas einzuschließen.«

»Und warum besitzt ihr drei Perlen davon?«, fragte Cesare.

Luca und sein Vater tauschten einen langen Blick. Signor Pezzi nickte Luca zu. Diesen kostete es offensichtlich viel Überwindung, das Geheimnis zu verraten.

»Weil … Fortunato sie einst wohl gestohlen hat.« Er senkte den Blick und strich sich verlegen eine Strähne aus der Stirn. »Der Beutel, den er dem Dogen geben wollte – darin waren drei Glasperlen. Ich habe den Beutel erkannt – er war aus Schlangenleder gemacht und an einer Stelle fehlten ein paar Schuppen. Genau so einen habe ich einmal bei meiner Tante gesehen. Sie bewahrt alte Familienerbstücke auf. Es war gar nicht einfach, da ranzukommen, meine Tante hat die Gegenstände an ein Museum in Verona verliehen, und mein Vater musste Himmel und Hölle in Bewegung setzen, um sie zurückzuholen. Deshalb haben wir heute Nacht auch so lange gebraucht. Die Perlen waren noch bei meiner Tante in Mestre. In dem Schlangenbeutel befanden sich drei Perlen und ein Stück eines Dokuments. Die Abschrift eines … Zauberspruchs.« Er schluckte, griff in seine Tasche und holte ein Stückchen vergilbtes Papier hervor. »Fortunato hat Violetta geliebt. Nach dem Tode ihres Mannes kamen die zwei zusammen, und er machte sein Glück, ohne zu wissen, dass es die Aquana war, die ihm die Fische ins Netz schickte. Der Reichtum stieg ihm zu Kopf – und als der Doge ihm ein Vermögen für einen kleinen Gefallen versprach, da gehorchte Fortunato. Er konnte ja nicht ahnen, dass der Doge ein Magier war und die Aquana seine Widersacherin. Er schrieb den Zauberspruch ab und entfernte die drei Perlen aus ihrem Kleid. Vielleicht hoffte er, sie würde denken, der Schmuck sei einfach auf einem Fest verloren gegangen, vielleicht wollte er ihn später durch andere Perlen ersetzen, damit der Verlust nicht auffiel. Wahrscheinlich musste es schnell gehen, weil jemand ihn sonst ertappt hätte, so hat er nur ein paar Zeilen des Rezeptes abgeschrieben.«

Kristina nahm den vergilbten Zettel in Empfang. In der ungelenken Schrift eines Mannes, der das Schreiben wohl erst spät gelernt hatte, war darauf der Zauberspruch aufgeschrieben, dessen Anfang Kristina schon kannte. Nur dass auf diesem hier auch die restlichen Zeilen vollständig waren, die auf Violettas Original durch das Wasser unleserlich geworden waren.

»Fortunato brachte dem Dogen das Säckchen mit dem

Papier und den Perlen. Aber bevor er es ihm übergeben konnte, wurde der Doge als Hochverräter vom Rat der Zehn verhaftet. Das haben wir gesehen, Kristina.« Luca seufzte. »Ein paar Tage später wurde der Doge hingerichtet, die Pest brach aus und Fortunato sah Violetta nie wieder. Sie muss geahnt haben, wer der Dieb war, denn sie verfluchte ihn. Und mit ihm alle seine Nachkommen. Seitdem werden die Pezzis von Pech und Armut verfolgt.«

»Und warum hast du mir nichts davon erzählt?«, erboste sich Kristina.

Luca schnaubte. »Ganz toll – dass mein Vorfahr ein Dieb ist, das erzähle ich ja nur zu gerne herum! Das wäre ja Wasser auf die Mühlen deiner Nonna. Sie hält uns ohnehin für Pack!«

Nonna schwieg und sah einfach nur betroffen aus.

»Du bist doch nicht verantwortlich für das, was Fortunato angestellt hat«, rief Kristina. »Wir sind Freunde, und wir bleiben es, egal was früher war.«

Signora Pezzi stand auf, die zehn Perlen, die sie von Saras Kleid gelöst hatte, in der Hand. »So ist es«, sagte sie entschlossen. »Und wir bringen das Diebesgut zurück, damit der Fluch hoffentlich endlich aufgehoben wird!« Mit diesen Worten warf sie auch die zehn Glasperlen in den Trank. Alle hielten den Atem an und warteten, aber wieder geschah … nichts.

Kristinas Blick fiel auf den Zettel in ihrer Hand. Sie

las die Worte, die einen ganz besonderen Rhythmus hatten, unwillkürlich wollte sie sie mitsummen. Dann bemerkte sie, dass sie in Gedanken die Melodie wiederholte, die Sara einst im Schlaf gesummt hatte. Beinahe hätte sie gelacht.

»Keine Magie ohne Zauberspruch«, sagte sie zu Luca.

Die anderen sahen sie stirnrunzelnd an, als sie zu summen anfing, bis sie sich in den Rhythmus eingefunden hatte, dann sang sie leise die Worte.

Dreizehn Tränen, von Aquanen geweint
Dreizehn Tropfen, in Glas vereint
Dreizehn Stunden, die nicht versäumt
Fell und Federn, nicht geträumt
Lagunenwasser wird Himmelsarznei
Tod wird zu Leben, das Leid ist vorbei.

Der Kelch glühte auf wie ein rotes, pochendes Herz aus Glas. Und mit den Pezzis geschah etwas. Der rote Schein erleuchtete ihre Gesichter, sie atmeten alle auf, als würde ihnen eine unendlich schwere Last von der Seele gleiten, und Kristina war es, als könnte sie hören, wie der Fluch zerbrach wie Glas.

Sie und Luca lächelten sich zu. Und Kristina wusste, dass die Donnole ihn nie wieder einen Erwachsenen nennen würden und seine Familie nie wieder verlieren würde, was ihr wichtig war.

Stein knackte, Risse bildeten sich im Schachbrettmuster. Grüne Spitzen schoben sich ins Mondlicht. Kristina sang weiter, während ein Teil von ihr staunend beobachtete, wie das Grün die Fliesen überwucherte, wie Palmenstämme nach oben wuchsen und Blätter und Blüten sich entfalteten wie Schmetterlinge, die im Zeitraffer aus einem Kokon schlüpften. Schwerer Rosenduft vermischte sich mit dem metallischen Geruch des Lagunenwassers. Pippa quietschte vor Begeisterung, die anderen sahen nur stumm und ungläubig zu, wie der magische Garten emporwuchs. Goldene Granatäpfel wippten an Zweigen, Rosenranken überwucherten marmorne Statuen, die eben noch schartige Mauersteine gewesen waren. Palmwedel raschelten sanft im Nachtwind.

»Das habe ich damals gesehen!«, flüsterte Jan.

Hoch über den Dächern rauschte etwas wie das Geräusch riesiger Schwingen. Die Donnole sahen nach oben und schrien erschrocken auf. Blitzschnell flüchteten sie von der Mauer in den Schutz der Palmen.

Kristina blinzelte in den Nachthimmel. Zuerst dachte sie, sie sähe eine Wolke – nur dass diese Wolke sich viel zu schnell bewegte. Jan griff nach ihrer Hand und drückte sie so fest, dass es fast wehtat. »Hypogryph«, sagte er tonlos.

Die Palmwedel bogen sich unter dem jähen Windstoß nach unten, als das Fabeltier auf der Mauer landete. Hellgraue Adlerschwingen legten sich an einen schlanken weißen Pferdekörper. Brustgefieder sträubte sich, als dieses Tier, das es nicht geben durfte, sich schüttelte. Adlerkrallen gruben sich in den Stein, hinten klapperten Hufe. Der Blick aus gelben Adleraugen war ebenso scharf wie der des Makaro. Der Hipogryph verharrte auf der Mauer und wartete.

Die Erwachsenen hatten alle die Luft angehalten. Signora Pezzi hatte Pippa die Hände auf die Schultern gelegt und drückte die Kleine schützend an sich. Kristina merkte erst jetzt, dass sie längst aufgehört hatte zu singen.

»Fell und Federn«, sagte Jan. »Dinge, die nicht zusammenpassen, vereinen sich. Das ist Magie!«

Cesare verstand und hob den Kelch zum dritten Mal an Saras Mund. Die leuchtende Flüssigkeit rann zwischen ihre Lippen und das Feuer des Kelchs erlosch.

Sara atmete tief ein und schlug die Augen auf – gerade noch rechtzeitig, um zu sehen, wie der Hipogryph von der Mauer abstieß und sich mit kräftigen Flügelschlägen über die Dächer erhob.

»Oh, davon habe ich auch geträumt«, sagte Sara andächtig. »Und von Violetta.« Lächelnd sah sie sich im Garten um. »Das hier war ihr magisches Labor, das dreizehnte Zimmer. Ich war sie …« Ein Schatten verdunkelte ihr Gesicht. »Ich war sie. Ich habe Faliero bekämpft, mit meinen Verbündeten, lange Zeit. Im Verborgenen, in den magischen Nächten. Ich war es, die seine Pläne entdeckte und ihn an den Rat der Zehn verriet. Bevor er enthauptet wurde, schwor er, zurückzukehren. Nach seinem Tod kamen die Ratten, die die Pest brachten. Ich ahnte, dass der Kampf eben erst begonnen hatte. Ich habe den Theriak gebraut, um die Menschen zu heilen, ich holte die Kinder zu mir, aber ich spürte, dass er zurückkehren würde.« Sie schluckte. »Da beschloss ich, den Makaro zu rufen. Es war gefährlich, die Stadt konnte zerstört werden, die Menschen ertrinken, aber es war die einzige Chance. Ich stellte Boote zur Verfügung und begann damit, alle aufs Festland zu bringen. Dann wollte ich noch die Kinder in Sicherheit bringen. Sie schliefen noch nach dem Trank, als ich sie in die Gondel bettete. Ich ahnte nicht, dass der Dunkle längst bei mir war. Er verfolgte mich und schwang sich auf meine Gondel. Und er war stark geworden im Tod, so stark und dunkel, dass er mich angreifen konnte. In letzter Not gelang es mir, den Makaro zu rufen, das Untier überschwemmte die Stadt, aber Faliero nahm mir das Leben, Atemzug für Atemzug. Die Welle spülte die Kinder über Bord, aber die magische Gondel sank nicht, und der Makaro wagte nicht, sie zu verschlingen. Mit letzter Verzweiflung riss ich mich los und sprang ins Wasser – in das Portal, das aus der Mitte des Kanals zurück in den Palazzo führte. Hierher.«

»In den geheimen Garten?«, fragte Jan.

Sara nickte. »Ich musste schnell handeln. Ich zerstörte den Garten, bevor der Dunkle mir folgen konnte. Mit meiner letzten Kraft bannte ich ihn ins Wasser und befahl dem Makaro, ihn niemals wieder an Land zu lassen. Dann schleppte ich mich ins Haus zum Fenster. Von dort aus sah ich, wie er die armen, ertrunkenen Kinder erweckte. Aber ich war zu schwach, um ihnen zu helfen. Ich verlor das Bewusstsein und fiel oben von der Treppe. Dann starb ich.« Sie schloss die Augen und atmete durch.

Die Donnole drängten sich näher heran. Sie sahen traurig aus, und Kristina wurde bewusst, dass sie zum ersten Mal ihre wahre Geschichte erfuhren.

»Der Dunkle hat die Kinder aus dem Wasser geborgen und sie verzaubert, damit sie ihm dienen«, setzte Kristina hinzu. »Und er hat Jahrhunderte unter Wasser gewartet, sicher in der magischen Gondel, aber bewacht vom Makaro, bis wieder eine Aquana erwachte. Eine, bei der er sein Werk vollenden konnte.«

Sara lächelte mit geschlossenen Augen. »Ich habe mich immer gewundert, warum mich das Wasser so anzog«, murmelte sie. »Und auf den Schiffen haben sich meine Kollegen immer darüber lustig gemacht, dass die Wale mir zu folgen schienen und immer dort auftauchten, wo ich gerade war.« Sie wandte sich an Fedele und diesmal lächelte sie ihn ganz offen an. »Und du wolltest mich tatsächlich mit einem alten Degen vor dem Dogen retten!«

Fedele lachte. »Und du, Sara Aquana, schuldest mir immer noch einen Tanz!«

Mit jedem Atemzug wurde Saras Haar dunkler und

Farbe kehrte in ihre Wangen zurück. Als wäre die ganze Schönheit um sie herum nur für einen Atemzug aufgeblüht, welkten derweil die Rosen und verloren ihre Blätter, der Baum verdorrte, Palmwedel fielen als gelbliche Fächer zu Boden, wo sie zu Staub zerfielen. Der übrige Zaubertrank im Kelch verwandelte sich in Asche – und die Laqua-Perlen in eine Geschichte, die sich die Glasmacher künftiger Generationen erzählen würden, bis sie sich in ein Märchen verwandelte.

Eine Brise verwirbelte den letzten Rest von Magie. Violettas geheimer Garten war Vergangenheit. Aber Sara richtete sich auf. Sie streckte die Arme nach Jan aus und zog ihn an sich.

»Wenn du mich nicht vom Boot gestoßen hättest, dann hätte der Doge mich getötet«, flüsterte sie in sein Haar. Jan wurde erst so rot, dass er im Mondlicht fast dunkelgrau wirkte, dann begann er zu strahlen. Und Kristina war nie stolzer auf ihren mutigen, jähzornigen Bruder gewesen.

Erst jetzt jubelten alle los. Kristina fiel erst Luca um den Hals, dann umarmte sie Nonna und die Pezzis. Jan drückte sie besonders fest. »Und? Glaubst du immer noch, es sollte dich nicht geben?« Jan lachte nur und boxte ihr liebevoll in die Rippen.

»Wir sind die Könige des Karnevals!«, brüllte er dann. »Herren der heimlichen Wege und Gefährten der Geister!«

Bei den Nachbarn gingen die Lichter an, eine Frau im Bademantel trat auf den Balkon. »Ruhe da unten, ihr Verrückten!«, keifte sie. »Oder ich geb dir gleich ein paar Geister mit auf den Weg, Vianello. Für heute Nacht ist der Karneval vorbei!«

EPILOG

Es passierte wohl zum ersten Mal seit Jahrhunderten, dass die Vianellos aus der Ahnenlinie der altehrwürdigen Dogenfamilie Dandolo mit einer Familie namens Pezzi ausgelassen feierten. Es war ein wirklicher Festtag und der Anlass war nicht nur Saras Genesung: Denn Marco Pezzi hatte eine neue Arbeit gefunden, in der Stadtbücherei bei seinen geliebten Büchern. Und Fedeles Onkel hatte ihnen bereits eine neue, schöne Wohnung vermietet.

»Auf die Zukunft«, sagte Nonna und hob feierlich ihr Glas.

»Auf die Freundschaft!«, setzte Kristina hinzu. »Und keine Geheimnisse mehr.«

Luca grinste und nickte. Donno saß auf dem Fensterbrett und betrachtete die feiernde Gemeinschaft, dann winkte er Kristina zu und verschwand nach draußen. Es tat gut zu wissen, dass sie die Donnole wiedersehen würde – jedes Weihnachten und die ganzen Sommerferien lang. Und vielleicht, wer wusste das schon, würde Papa sich für die Idee erwärmen, zusammen mit Sara und Nonna das Familienhotel zu führen.

Kristina sah sich um und es wurde ihr warm ums Herz. Fedele hatte den Arm um Sara gelegt, Nonna lachte mit Frau Pezzi, als seien sie schon seit Ewigkeiten befreundet. Pippa blödelte mit Jan herum und Marco Pezzi trug eine nagelneue Brille und strahlte. Natürlich fehlte ihr Vater hier. Und am allermeisten fehlte Mama. Aber, das wusste sie nun, sie hatte trotzdem so etwas wie eine Familie. Eine, deren Wurzeln bis weit in die Vergangenheit reichten.

Cesare schenkte die nächste Runde für die Erwachsenen ein – den *Ombre*. Rotwein, der noch heute »Schatten« genannt wurde, weil die Weinhändler früherer Zeiten ihre Ware im Schatten des Campanile auf dem Markusplatz verkauft hatten. Hier in Venedig verwoben sich Jahrhunderte, Gegenwart und Vergangenheit. Kristina stand auf und stahl sich leise hinaus. Sie ging die Treppe hinunter zum Haupteingang des Hotels, durch die Glastür, von der das Silberwappen entfernt worden war, zum Kanal.

Ein kleiner Junge in altertümlicher Kleidung saß auf der Treppe, die zum Wasser führte. Donno zuckte nicht zusammen, als sie neben ihn trat, so als hätte er sie erwartet. Kristina setzte sich neben ihn. Eine Weile schauten sie auf den Canal Grande hinaus. Das goldene Zwielicht des Abends verwandelte das Wasser in orange-grau glühendes Quecksilber. Die Vaporetto-Boote hatten bereits ihre Lichter und Scheinwerfer angemacht und glitten über den blanken Spiegel. Und irgendwo dort unten oder vielleicht draußen in der Lagune, bei den Inseln, schlief friedlich der Makaro und würde sich nicht rühren, bis Sara ihn herbeirief.

»Wir müssen keine Angst mehr vor ihm haben«, sagte Donno, als hätte er Kristinas Gedanken gehört. »Früher mussten wir uns in Acht nehmen, wenn wir ins Wasser gingen. Der Doge und wir – für die Bestie gehörten wir zusammen. Nur dass wir keine schützende Gondel besaßen. Der Schwarze konnte das Ungeheuer anlocken, indem er gegen den *ferro* schlug, wenn er wollte, dass für einen von uns die letzte Stunde schlug.«

»Sara wird nicht zulassen, dass der Makaro euch jemals wieder zu nahe kommt.«

Donno lächelte sein stilles, atemloses Lächeln. Kristina wusste, dass er immer noch über seine Geschichte nachdachte.

»Violetta hätte euch damals vor ihm gerettet, wenn sie gekonnt hätte«, sagte sie. »Aber sie war selbst zu schwach. Sie konnte nur mit ansehen, wie er euch aus dem Wasser geholt hat und zu dem machte, was ihr heute seid.« Und obwohl es ihr widerstrebte, es zuzugeben, fügte sie hinzu: »Er war ein mächtiger Magier.«

»Das war er«, erwiderte Donno und wandte sich ihr zu. In seinen Augen lag das ganze Leuchten der Lagune. »Aber Sara Aquana ist stärker!«

Mit diesen Worten stieß er sich von der Treppe ab und glitt ins Wasser. Wie ein Otter drehte er sich auf den Rücken, strampelte übermütig mit den Beinen und hinterließ kleine tanzende Wellen.

»Bis bald!«, rief Donno lachend, dann tauchte er ab. Das Letzte, was Kristina von ihm sah, waren goldene Ringe, die sich an der Stelle ausbreiteten, an der er untergetaucht war.

»Bis bald«, flüsterte Kristina und merkte erst jetzt, dass sie über das ganze Gesicht strahlte.

VON GONDELN UND GESPENSTERN

EIN NACHWORT

Venedig ist meine Herzensstadt, seit Jahren mogle ich sie immer wieder in meine Romane (am deutlichsten wohl in »Faunblut«, aber auch in »Der dunkle Kuss der Sterne«, »Der Winter der schwarzen Rosen« und vielen anderen Fantasybüchern tauchen Wasserstädte nach dem Vorbild der Serenissima auf). Vielleicht, weil ich eine ganz persönliche Verbindung zu dieser Stadt habe: Ich stamme aus dem »kleinen Venedig«, dem Städtchen Piran in Slowenien. Hier habe ich meine ersten Lebensjahre zwischen Renaissance-Häusern mit gotischen Triforen-Fenstern verbracht und in schmalen Gässchen gespielt. Piran gehörte seit dem 13. Jahrhundert zu Venedig, man sieht es auch deutlich: Am Marktplatz steht ein roter Palazzo, überall finden sich geflügelte Steinlöwen und der Campanile von 1609 ist die exakte Kopie des Glockenturms von San Marco. Als Kind war ich natürlich auch unzählige Male »schräg gegenüber« im »großen« Venedig und auch heute reise ich gerne dorthin. Vergangenheit und Gegenwart verschwimmen hier nämlich auf unnachahmliche Weise – so, als hätte der letzte Doge erst gestern den *Palazzo Ducale* verlassen und könnte jederzeit zurückkehren. Und wer im Winter durch die nebligen und leeren Gassen geht, merkt schnell, dass Venedig auch die Stadt der Gespenster ist!

KOPFLOSE DOGEN UND SCHLANGENDRACHEN

Für »Laqua« musste ich gar nicht viel Gruseliges erfinden. Jede Gasse, jede Brücke, jedes Haus hat seine Gespenstergeschichte oder Anekdote aus vergangenen Jahrhunderten. Der Doge Faliero, der im 14. Jahrhundert wegen Hochverrats geköpft wurde (sein Porträt im Dogenpalast wurde schwarz übermalt und kann heute in dieser Form besichtigt werden), irrt auch heute noch nachts als kopfloses Gespenst hinter der Kirche San Zanipolo herum. Was lag näher, als ihm – allerdings mit Kopf – einen Auftritt als »Der Dunkle« zu verschaffen? Wasserfrauen betörten einst die Fischer von Burano – noch heute hört man in stürmischen Nächten ihren Gesang, und die Bronzepferde aus Konstantinopel wiehern nachts, weil ihnen ihre kostbaren Rubinaugen gestohlen wurden. Und dann gibt es ja auch noch das schuppige Ungeheuer, das am Grunde der Lagune lauert. Wenn dieser »Makaro«, der als Mischung zwischen Krokodil und Schlangendrache beschrieben wird, wütend ist, schnaubt er und die Stadt versinkt in seinem nebligen Atem. Zum Glück kommt er nicht an die Oberfläche, denn nicht umsonst ist Venedig die Stadt des heiligen Georg: Die Gondoliere stehen ganz in der Tradition des Drachentöters. Mit ihren Rudern halten sie den Makaro wie mit Lanzen unter der Wasseroberfläche. Solange es noch Gondeln gibt, ist die Stadt also vor dem Ungeheuer sicher.

STADT DER ALCHIMISTEN

Für die Recherche zu »Laqua« hatte ich das Glück, hinter die Reiseführer-Fassaden blicken zu dürfen. Irene, meine Gastgeberin, ist gebürtige Venezianierin, ich durfte eine Weile in ihrer Wohnung leben und mich in den Alltag der Stadt fallen lassen (das fängt schon beim typischen venezianischen Frühstück an). Mir hat sich dadurch ein ganz neuer Blick auf die Stadt eröffnet. Ich wusste früher zum Beispiel nicht, dass Venedig vor Jahrhunderten die Stadt der Alchimisten war. Wenn man genau hinschaut, entdeckt man nicht nur geflügelte Löwen, sondern auch den Hippogreif, das Symbol der Alchimie, an den Fassaden. Und noch heute finden sich Spuren der »Theriak«-Herstellung in der Stadt. Direkt an der Rialto-Brücke zum Beispiel hängt ein goldener Kopf über einer Tür, die früher der Eingang zu einer Apotheke war. Solche Goldköpfe waren damals das Zeichen für Kunden, dass es in diesen Apotheken Theriak nach Hausrezept zu kaufen gab. Diese »Himmelsarznei«, die sogar gegen die Pest helfen sollte, hat zum Reichtum Venedigs beigetragen. Eine der Hauptzutaten war Vipernfleisch – aber auch das »Horn des Einhorns« kam zum Einsatz. Hergestellt wurde der Theriak nach einem strengen Zeremionell in der Öffentlichkeit, zum Beispiel auf dem Campo Santo Stefano. Drei Tage lang wurden die Zutaten auf dem Platz ausgestellt – auch die Käfige mit lebenden Vipern. Denn da die Viper sich häutet und damit mühelos verjüngt, sollte ihr Fleisch auch dem Theriak-Konsumenten zu neuer Jugend verhelfen. Ob es geholfen hat? Wer weiß! Aber zumindest Venedig ist ewig jung und ewig alt geblieben und hat sich seine Unsterblichkeit in Literatur, Dichtung, Kunst, Geschichtsschreibung und auch auf den Fotos in den Familienalben unzähliger Reisender längst gesichert.

AUF DEN SPUREN DER ROMANFIGUREN

Apropos Bilder und Alben: Wer mir auf den Spuren von Kristina, Jan und Sara durch Venedig folgen will, der findet auf www.ninablazon.de weitere Infos. Und auf Instagram (@ninablazon) sind unter dem Hashtag: **#Recherchereise_Laqua** zahlreiche Fotos von Schauplätzen und Details, die im Roman auftauchen, hinterlegt. In diesem Sinne: Viel Spaß im geisterhaften Venedig!

Nina Blazon

Lillesang – Das Geheimnis der dunklen Nixe

ca. 420 Seiten, ISBN 978-3-570-31071-7

Als Jo und ihre Familie das alte Haus an der dänischen Küste erben, erzählt die kauzige Nachbarin Bente die Geschichte von dem Gongur, der an Land kommt und Menschen ins Meer zieht. Anders als ihre Mutter, die das Wasser meidet, lässt Jo sich von der Alten nicht ins Bockshorn jagen. In der Nacht jedoch wird sie tatsächlich von einer Stimme an den Strand gelockt. Bente kann das schlafwandelnde Mädchen in letzter Minute retten. Was hat es mit dem Nixen-Wesen auf sich? Und warum versteckt Jos Mutter alte Fotos, auf denen Gesichter herausgekratzt sind?

30249

cbt

www.cbt-buecher.de